流明

林淑貞——著

推薦序　相遇

第一次親近淑貞，是在多年前的中秋時節，憂心地驅車專程南下新竹。滿室親友齊聚她家，屋裡只有酸楚悲淒。我求助似轉身仰望窗外，我們其實都像個孩子般，渴望在天地間有個歸屬和依靠，這麼單純的念想，這點微小而不足道的期盼，為何如此艱難？沒有人回答，那一輪高掛天空的月亮，分外圓滿而清明。

那是我極少見過淑貞的彷徨無依，再見時的她總是積極開朗，見她挺直胸膛故作堅強，一步一步的前進，那份硬撐起的堅毅，卻比軟弱或哀傷，更令人心疼不捨。然後，我也遇上生命中的難，我們成為解語交心的好友。每次的相聚，如今回想起來都覺得誠摯珍貴。這些年我們身邊發生好多事，滄海桑田，潮落潮起，往往在見證無常後，心中常常存有質疑，並探問起這個宇宙的安排。每次的會談她說她的近況和故事，我也說我的故事和近況，我們聊生命、聊信仰、聊人生中的飄零孤寂與沉鬱，動情之處流下眼淚，暢談結束，總有如釋重負海闊天清之感。

有一次，我們吃飯時聊得忘情，居然錯過看戲時間，兩人急急忙忙趕搭小黃，結果司機又走錯地方，我們只好下車邊笑邊跑趕著路。那是我生平第一次看戲遲到，內心覺得失禮懊惱，等到急噗噗趕到，工作人員要我們在場外稍待，待上半場空檔引導我們進場。那是個獨特奇妙的經驗，氣喘吁吁的我坐定後，望向場上人物布景，那一大片姹紫嫣紅，覺得自己彷彿錯過一點什麼，但是又如何呢？一段開幕值不上天大的悔恨，雖然戲不等人，不等你定位就如常搬演，但是當時我卻很阿Q地想著，即使錯過一小段開場，仍舊可以欣賞到精彩結局，那段邊跑邊笑的錯過，反而成為回憶裡美好的空白。

曾經我以為，生命一旦錯過，就會變成亙古的遺憾，當生命失去重要在乎的人事，失掉篤定的信仰和堅持，就再也無法回復以往快樂安然。但是，不會的，時間歲月的淬鍊，會讓我們的心志更加堅強，更渴望為自己找到出口。即使對生命的疑惑仍在，孤寂感仍與生常存，但是，那又何妨？不快樂、快樂都好；風光、低潮；得失、榮辱；月圓、月缺；花開、花落皆有時，萬般都是生命中的經歷。每個人所承所受的，都是剛剛好的份，人生就是一長串的追尋再追尋，因為有了這些過程，我們才會變成今天的我們，有點智慧有點愚騃，但卻自在從容了許多。

淑貞經常探問生存的意義，我尤其喜愛〈入味〉一篇，她對自我追尋的過程，恰如《悲慘世界》裡最深刻的吶喊：「我是誰？」這也是我內心常浮現的問句。我是誰？一邊是渴望嚮往的自由，一邊是拘捕箝制的囿禁，事實上警察和罪犯都是自己，這個世界由我們一心所造，沒有別人，我是罪犯或我是自由之身，都由著自己的心境，我們不也一再追趕著自己，直到臨老之際心靈才被釋放，自由的追尋之路，何其遙遠漫長。

我十分欣賞淑貞談到的孤寂感，但凡經歷過死生別離的人，自然能體會書中所提孤寂滋味。孤寂感是存在之必要，活著是件不易不凡的事，能岸然活著更是不易。不用在意別人眼光評價，不需要定義自己，就是這樣存在著，孤寂是在的，喜樂也在。煙花夢影，紅塵一場，終其一生我們要學習的，還是和自己好好相處安頓，如實觀看，盡情超越自我，然後回家。真實，是唯一的出路，而這條出路，也將邁向唯一的終點，重要的是過程，不是開場，更不是結局。

有幸相伴走過這些年，我慢慢發現淑貞的不容易，她沒有待在原處等待援手，好的壞的，苦的甜的，她都細細品味，並且試著真實面對沒有抗拒，現在的她讓我安心，也為她喝采。這世間所有的苦，起源於自己的不接受。抗拒世事無常，抗拒自己一生只是這樣無功也無過，而歲月卻已然流逝。但往往際遇總因無常翻轉，歷經風霜，決意要好好活下去的那一刻，會突然懂得了一些什麼事，萬般體會親身走過。恐懼是什麼？無能為力又為何物？當眾人幫不上忙，當老天爺把你推到牆角時，你才會發現真是退無可退了。然後，你會發現自己的存在，那是一個嶄新的自己，生命的出口就在那裏。

曾經有幾次當天地闃寂，默然獨坐，仰望月光，傾聽內心，那樣的感動令我無法言語。這世界再也沒有什麼可以阻止我對生命的熱愛，存在就是一件值得喜悅驕傲的事。這世間所有的發現與愛，都從存在而來，取用不竭。跟著書中文字流眄前半生，在我們生命裡有些人有些事，或許已經走遠。但是，真的走遠了嗎？思念讓回憶如此鮮活，歷歷的一切，彷若從天邊回到眼前，忽遠忽近，成為生命的滋養。這個世界沒有絕對的是非，沒有一成不變的安排，繼續走，精彩就在眼前，是為序。

王秀珍

漢聲廣播電台「生命教會我們的事」主講人

自序

生活瑣事，生命片段，是不可切割的真實存在。書寫這些，見證瑣事與片段是生命密邇難分的過程，還似出發、歷劫、回歸的英雄歷險。

輯一；塵緣夢影，以夢為主，寫如夢人生，或午夜夢迴之魘，或浸潤幽傷之谷，大都隱潛傷逝情懷。

輯二；逆光流思，以事為主，寫生活感思，點點滴滴，進駐心房。或惜，或感，或啟，或悟，即閃即逝的感知，竟是搖蕩心思的光影。

輯三；人世遇合，以人為主，寫交接情緣，在宇宙的光年裡，邂逅與知遇成就種種人情世故，也張羅畸笏索漠，或聚或散，或離或合，瞭然於心。

輯四；死生契闊，以幽冥為主，寫向死而生之況味，真實體會，才能了知人世種種情緣或死或生，銘鑄深情。

輯五；尋幽訪勝，以地為主，寫山水清遊，流移在地理方位中，有感有思，也有悸動與懷想，流轉在如蓬飛揚的人生驛站。

以上五輯，依序為夢、事、人、生死、地為主，總賅近年哀樂心境與轉折流宕之情思。

二〇一七年九月三日

目次
Contents

輯三：人世遇合

輯四：死生契闊

輯五：尋幽訪勝

輯一：塵緣夢影

遺失身分

夢見書市。

在熙來攘往的香港市街信步行走，依坡建築的舊書攤，如長龍般地逶迤數公里，在燦艷的陽光下，益顯得突兀與不搭調。

浮廊似的書市開展著迎客的面容，我以尋寶似的心情到來，揹著小背包行吟其中，快哉樂哉地逡巡在各個書攤前披沙揀金，像淘寶一樣，終被我找到一本明代刻本，喜孜孜地把玩著，摩挲著木刻本所含載的歷史滄桑。

逛著，走著，閱著；累了，睏了，渴了；走進一家小冰店吃冰解渴。

心裡一直很在乎手中的明代刻本，讓我食不知味地吞噬冰品，而且忘神地行走者，居然將背包遺忘在店裡，待我走了數分鐘之後才驚覺小背包遺失了，裡面有護照，有現金，還有回程的機票，怎麼辦呢？在異鄉，人生地不熟，誰能證明我的身分呢？那麼，我因何到此一遊呢？細細一想，原來是前來參加國際研討會，如此一來，與會的學者們可以證明我的身分，可是，身無分文的我，如何前往港大呢？又，會期早已結束了，學者們也應作鳥獸散了吧！

開始恐慌了。如何證明我的身分呢？如何回返台灣呢？

著急的我，來來回回地尋找那家冰店，可是場景似乎被置換了，地景移形換位似地憑空消失，無論如何尋找，就是找不到剛才的書市，焦急的我，失魂落魄地不斷盤桓在香港市街中，到底依坡建築的書市在何處呢？

到處尋人問津，偏偏無人知曉，遺失身分的我，慌恐地一一叩問沿街的商店主人，最後問到一位白髮皤皤的老人，他正就著廊柱閱讀聱牙詰謳的文字，一探詢之下，才知道依坡建築的書市採疊式的構造，只要進錯岔口，便有不同的街景朗現，該如何進入那條舊書攤的書市呢？經過他的指點，在臨坡的岔路上，迴轉上臨流的長廊，才隱約地感受到書市的地貌浮現。彷彿是哈利波特的九又四分之三月台，非有慧眼無以見之，更無以進入；又似魔法巷，非俱備魔法身分者不得進入，無以知覺。由於老人的導引，才能臨坡順勢走上疊式的舊書攤書市。

登臨書市，依舊熙來攘往，我焦急地飛奔冰店，急切地追問老闆娘，我的背包還在嗎？她笑臉盈盈地拿出遺失的背包，告訴我，她曾追出來找我，卻望不到我的身影，只好先收著。

望著重回手中的背包，彷彿歷經一次世紀大災難般的恐慌，心中充滿了感恩，再三言謝，最後，老闆娘還拿出立體雕刻的西方三聖圖像要贈送給我，卻被我回拒了，心中卻浮現，拒絕結緣品，好嗎？可以嗎？然而，不可重回的時空場景，已不能逆轉了。

燦豔市書的陽光仍然高照大地，而我從夢境中幽幽隱退。

夢醒，心有餘悸，難以撫平。

水中夢影

夢見，到香港參加國際研討會。

與會學者，群賢畢至，老少咸集。有熟悉的學者在場，我們互相打招呼，互相握手寒暄。大會幫大家分配住宿，也安排發表的議程。趁著空檔，大夥到會場外的市集閒逛，遊走。

天空如此的青藍、透朗、清明，而市集如此的囂喧、熱鬧、吵雜。和友朋閒逛，感受香港資本主義的張皇。

有一位朋友說，他要先到會場處理議程，想幫我帶照相機到會場去，因我還要閒遊市集，不想帶太重的照相機，有點累贅。我託他帶去，感受他的熱心與盛情。

在洪流滾滾中，看著他的背影浮沉在水面上，且浮且游地前往會場，這是一個難忘的會議，到會場必須先經過一段洪流，而且必須親身泅游，才能抵達。滾滾黃水，激浪翻騰，我們在這頭望著他，感受他的熱情與盛情，只能遙望他在洪水中平安抵達。

後來，他從會場歸來，我問他，照相機放好了嗎？他突然大叫，唉呀，只顧得泅游，忘記了照相機這一事。

聽他說完，整個人有點失心失重的感覺，不是因為照相機名貴，而是因為照相機裡面有很多歷史珍貴的生命紀錄，如果不見了，將是一大損失，一種生命的流失感不斷地浮湧再浮湧。不能再央求朋友幫我尋找，必須自己親自前往取拿，一定要找回來。一定，一定。

他說，就放在滾滾的洪流中的石頭上。我想，掛在浮出水面的石頭上，應該不會不見，可以親自前往取拿的。

某位老師，借我腳踏車，讓我快速抵達渡岸的津口，就在前往津口的過程中，感受失去重要、珍貴物品的傷痛，一種失心失重的感覺騰湧在心口，一直翻騰再翻騰。而天空仍是如此青藍、清明；市集仍是如此的喧囂、吵雜。

腳踏車輪，疾馳前往，像在與歲月光陰爭時，唯恐誤了時間，珍貴的、寶愛的生命紀錄即將沉淪在永不見天日的水底，永遠，永遠。快，快，快……

夢醒，那種失去與失落的感覺仍然騰躍在胸口，久久，不能自已。

二〇一五年十一月九日

考試夢

教室內非常喧嘩，同學們熙來攘往地進進出出。

黑板上有幾行大字，大抵是說考卷如何書寫，文字有白有黃有紅，似乎在標記重點，我抬頭望了一會，似乎無心留意與自己無甚關連的事情。有些同學很努力的觀看黑板上的文字，我則不甚措意，忙著自己的事情。

下一節考試鐘聲響起，大家紛紛入座，結果，一進教室，大家拚命作答，我則沒有試題卷，奇怪了，為何大家皆有獨我沒有呢？我舉手反映，沒有監考老師，同學們紛紛回應我說，題目就是剛才寫在黑板上的文字呀！什麼，我不知道吔，有位好心的同學，撕下她多的一份試題給我書寫，才能免於無題作答的尷尬。

大家因為準備好了，迅速作答，我也不怕，因為考試是我的強項，仔細地鉤稽自己的想法，也將許多紛爭的議題融入書寫，一筆一畫地描寫，字體工整，行文流暢，因為這是最擅長的內容了，欣悅地作答。

無卷作答，是一件可怕的事，何以會做此夢呢？大約是近日唐代學會的壓力吧！要召開理監事會議，又要召開年會，又要處理唐代會刊出版事宜，時間緊迫，再加上幾篇研討會論文尚未寫就。每天早起晚睡，處理事情，整個人悶得很，反映在夢境中，似乎映照出無刻不在的焦慮感。

二〇一六年十二月一日

婚戒

夢。

場景回到南港福山街的舊家居住。依舊是透天二層樓居住。

有一位朋友也和我們一同居住，我們把最好的房間留給他用。然後和我們全家窩住在一起，上上下下的，各自生活。為了怕吵到他，大家皆安靜地各自打理生活事項。他拿了一個婚戒給我，要我套在他手上，我按照他的話語，將美麗婚戒套住他的第三個手指頭，第三指象徵結婚。他要我用婚戒套住他，這意味著什麼呢？我們是在進行婚約的盟誓嗎？或是他在向我表白嗎？是他向我？或是我向他？或是二者皆非或皆是的婚約嗎？閃閃發光的婚戒意味著二人的盟誓，可是到底是誰主動？這也是一樁謎題，出現在夢中。

不敢告白，不敢主動，是現代人缺乏勇氣與自信心。需要勇氣是怕被拒絕。需要自信心是肯認自己是最好的，一定可以給對方美麗的承諾。

可是現代人太小心翼翼，沒有挫折忍受度，無法接受被拒絕的打擊，無法面對退貨的窘況，所以大都步步為營地張羅自己的地盤，不敢表白，不敢主動，不敢跨出一步去表述自己的情感動向，於是，曠男怨女太多，太多不婚族在尋尋覓覓中逝去了青春，逝去了歲月，猛然回首，才知道，青春已不再是自己的權利了。而逐漸退縮的信心與勇氣，猶如驚弓之鳥，更讓自己退回蝸居，裹足不前了。

到底這個夢境意味著什麼？

身旁太多男女學生在對的時候遇不到對的人，曠男怨女太多了，青春只好緩緩消失在時光的黑洞裡。

二〇一六年十二月二十三日

逆向與迷途

夢。

和一群師友一同到大陸參加學術會議，會後大會安排旅遊的行程。大家一同進入一座古城參觀，迴路不斷，我們必須一區一區參觀，由於時間有限，而且每一區域的賣場太多，強力推銷，阻斷我們的行程。我不耐煩這種推銷方式，不順著參觀方向前進，和另一位女校長一起從旁邊的小路進入另一參觀的區域，心想，反正大家皆是順向，一定會和我們會合到這個區域。我放心的進入新區域參觀，女校長不敢跟進，所以退回原來的參觀區。只有我獨自一人在陌生的區域參觀。

結果，時間不夠，大會引導人員突然告訴大家，不再參觀了，直接出場拉到午餐用餐區。

我未知這個訊息，久候大家不至，有點納悶，趕快問同團接待的人員，為何看不到同行的師友呢？他說，因為時間不夠，他們直接到餐廳。我一聽急了，問如何是好？人生地不熟的，該如何前往餐廳和大家會合呢？接待人員說，跟著他們幾個人走就可以了，他們要步行到餐廳呢！

好啊，急亂中，有人帶領指引，當然好啊。尾隨著他們穿過熱鬧、喧囂的市街，一轉眼之間，人潮洶湧看不到引領的人，心裡好著急，急急拍手呼喊，王老師您們在哪裡？他們馬上應聲說，我在這兒，莫慌莫慌。抬頭一看，正在對街向我呼喊，急急過街和他們會合。

醒來，心裡還很著急、緊張。

出國旅遊，在異地，在陌生的國度，最怕的是迷路，或是脫隊了。這種急切惶恐的經驗，恐怕不是經歷過的人能深切體會的。

二〇一六年十二月二十三日

從商或從教

夢。

未知因何踏進一個新的職場，從商，股票證券公司，執行長是位帥氣中年人。我新進公司，必須經過考驗，因為執行長的任期有限，他怕有人奪位，所以新人進來，皆要面臨一個嚴峻的考驗，那就是神射手用利箭向新人射三發，新人可以利用隱蔽的家俱作為掩護，如果通過了，就可以任職。如果未通過，立馬死於利箭之下。所以留下來的人，皆是通過神射考驗。何以作此考驗呢？未得而知。但是全公司的人皆盛傳我有一種殊異的功能，執行長已先預見我將意氣風發的奪他的寶座。

手無寸鐵，又無股票證券知能的我，何能奪寶座呢？我哀求，不要射我，我不會當執行長，而且我的能力很差，不要射我。可是，偏偏全公司的人都要看著我被執行射箭的考驗。雖然不肯的我，還是遵行規定，躲在桌子角落，以被單張羅著似網罩，第一箭射過來，我輕易的用床罩擋過，可是，我要裝作被射中，動彈不得，這樣神射手才不會又發第二箭。果真，第二三箭未發，我立馬跳起來說，不要接受考驗了，我要重新回到教育崗位，作育英才才是我最要從事的職業，我寫了千言書，萬言書說明自己對教育的熱誠，而且心裡也在盤算，為何我要進入這個陌生的領域職場呢？為何呢？喔，想起來了，原來是與我高職從商的經驗連結。這時，心裡很矛盾，究竟是從事教育工作，可以讓我快樂，抑是從商讓我的人生翻盤？

步出公司，外面的商店人潮洶湧，才早上八點多，人潮即已湧現，這預示什麼呢？經濟好轉的年代裡，哪一個人不作飛躍之姿呢？而我，果真要重回教育現場嗎？心裡不斷地在掙扎著，從商，大起大落，可能一飛成名，榮華富貴；也可能一落千丈，永不贖身。從教，只能自甘平淡，沒有風風雨雨，沒有風起雲湧，沒有暴享大名的可能。

如夢的人生，駐立在十字路口，未知如何前進？

二〇一七年三月八日

沉寂的浮沫

接到龍騰出版社的來函，說，他們擬把我某一篇文章收入參考的教材之中，並附上稿酬簽約書一式二份及該篇文章的打字稿。

一看篇名，果真是我寫的，不過，事隔十多年了，寫了什麼內容，幾乎全忘了。重閱舊文，又喚醒記憶了。

博士班畢業，由國中教師轉換跑道，任教靜宜大學中文系，那時，常常要上很多種課程，備課、授課雖然成為很重的負擔，我卻甘之如飴，因為可以脫離管教國中生的生活常規，只須面對課程與知識，並且可以把大學生當成朋友一樣交心，這樣便值得了。

那些年，有時，同一學年要上到六種科目，而且不是簡單的課程，對我而言，皆是新課，皆要從頭開始，從零開始，負荷很重，包括中國文學史，歷代文選，中國寓言，詩選及習作、詞選及習作，蘇辛詞，漢語文言，文學與人生、……這些課程，除了中國寓言是自己新開的選修課程之外，其餘皆為中文系的必修課程。雖然中國寓言是我開的課程，卻是新課，從來也沒有上過，也沒有讀過，只是想讓自己脫離韻文學深沉的悲感，開發有趣的領域而已，如此一來，也要從零開始備課。

因為每天皆有新課，常常是搭火車時拿著課本或教材隨時備課。回到家，料理完晚餐，收拾完畢，繼續備課，而研究也沒有稍緩，稍減，研討會繼續發表論文，有一年發表了六篇，那是我這輩子最猛的一年吧。任職靜宜，雖然課程太多種類，卻因此奠定授課的範圍。基本上，往後的課程皆以此為範疇。

今年到大陸參加詩經會議，巧遇靜宜的學生，刻在攻讀博班，他們說，當年曾上過我的文學史，這樣一講，即喚醒記憶，那年，還讓學生做中國文學史的考古題，彙編成二巨冊，成為他們備考的專用教材呢。

出版社寄來的文章，是教歷代文選所寫的雜文。我常常隨著心意所向，想到什麼就寫什麼，不管是創作或研究，不管是學術論文，或散文，或新詩，或雜感，只要有意念，隨手寫，隨手寄出去。有時，教詩詞也隨手寫雜感，甚至連看電影、繪本的雜感也隨處發出去。當時，還有幾篇雜感因為教唐傳奇而寫，投寄在中央日報，而這篇重耳文章，是投在國文天地之中。

現在，重閱這些文字，是此時的我絕對無法再寫出來的，一來心境不對，二來時隔事遠，無法重回那種想法了。到底寫了多少，不得而知了，而且舊作散佚，連自己要找皆不易了，幸好出版社還能幫我找到這篇舊作。但是，如果是用筆名，大約永沉大海，再也找不到主人了吧。記得在國中教書時，寫了幾篇國中教育及國中生閱讀漫畫效應的文章，因為用筆名，大約無法重歸原主了吧。

暑假，有朋友問我，寫了某篇文章記得內容嗎？確實記得曾寫過該文，但是，內容已忘，是個隨寫隨忘的人，有時問我，還得想半天呢。健忘、善忘是我的本質，偏偏是個喜歡隨手寫文章的人。又一次，某朋友問我，喜不喜聽歌，我說喜歡，還記得寫過分析現代歌詞的文章，可是具體的篇名及內容，真真一字一句都忘了。歸來後，在自己的電腦裡找不到檔案，也徒呼奈何了。

還有，每當要上網重新更新登錄自己的研究成果時，是最痛苦的事了，記憶很差的我，當然也不會記得了，常常要東翻西揀的找檔案，後來，文學院為了要統計教師的研究、服務、教學等項內容，有一個固定的表格檔案填寫，從此以後，非常依賴這個表格幫忙記錄曾經寫過多少，做過多少事，審過多少期刊論文、升等論文、特約討論等項，甚至連參加研討會也要靠著這個表格來記錄，才能完整的留存當年度所完成的事項。

因為一封來函，喚起沉寂的往事。餘沫仍在，希望這篇雜感文章對高中教育有一點點的貢獻。

二〇一四年十一月二日

星雲軌道

今天下午前往東海口試，回程，某師送我回中興。在途中閒聊。知道自己不快樂，也不想讓別人知道我不快樂。為何不快樂呢？就是沒有可讓生命揚波的熱情，也沒有可欣可喜之事可以載欣載奔。就好像星雲一樣，只是順著軌道流轉再流轉，找不到可以讓自己覺得有意義的事，也找不到讓自己覺得有價值的事，沒有意義，沒有價值，只是流轉在歲月的軌道之中，因事做事，做事因事，也不知道別人的眼中到底銘刻出什麼樣的我的圖像。

曾經，書寫是我的最愛，用來療癒生命創傷，當最愛成為沒有意義時，連書寫的鋤頭都覺得很沉重，居然無法知道流移在浮世紅塵中的重量是什麼，於是，跌入更深沉的無意義的失重狀態之中。讓星雲流轉在軌道中，失重、失衡、失去重心。

二〇一四年十二月三十日

流光驚逝

暑假之前，即收到出版社的催稿令，預計九月二十日之前完成一書。心想，已有四、五萬字的基礎，再加上有二個月可以書寫，遂優哉游哉地任時光流轉，且不自覺地淪失在各種庶務的忙碌中，包括系務瑣事的應對及大大小小的各種委員會議，再加上幾個研討會籌備工作，有十月的國際性語言文字學會議，有十二月份的全國經學與文化研討會，有明年的張夢機研討會，這些庶務，讓時間的流度飛速流動而渾然未覺。

直到今天再次收到第二道催稿令，才驚覺時光流逝，非可等閒，心裡有點慌，拖欠積稿總是心有未安，開始思考與構思，如何積攢時間？如何開展書寫？必須再度沉入書寫的漩渦中了，且讓俗務暫時擺下，好好面對文字的遣度吧。

二〇一四年八月二十一日

忍情

自知，是個念舊的人，常常不能割捨的是人世間的情緣。

自知，是個重情的人，常常要面對情、理、法的糾葛。

自知，是個拙於言辭的人，常常要面對口若懸河的對談者。

自知，是個拙於表述的人，總要暗藏潛浮內在的意念發想。

知道自己很多缺點，總是用逃避的方式讓自己不要沉淪，不要陷溺，這就是一種壓抑，或是一種忍情吧！

知道自己會陷入LINE或微信的無盡等待中，整個心情就會懸空在那兒，一點事兒也無心打理，於是，為了回復平靜的生活，為了讓自己更單純地生活，不再受制或陷入等待的無奈之中；不再讓自己在無窮的耗費時間與精力中過活，忍情、忍心、忍意地刪掉通訊軟體，復歸寂寥之後的淡漠。

忍情，雖是一種壓抑，不如此，如何能夠回歸平實波瀾不起的生活？如何讓自己更自在的活在當下？

忍情，遂成為面對自己缺點與懦弱的方式之一。

二〇一五年九月五日

花事闌珊

靜夜裡，推著單車，閒步在夜色深沉的校園中。此際，皎潔的上弦月，高掛中天，讓人心情愉悅而舒坦。逡巡在林木扶疏的園裡，感受好風如水。

走著走著，突然聞到一陣花香瀰漫在空氣中，淡淡的幽香，吸翕我的感官，是最愛的梔子花香，沒錯，就是它，淡雅的清香在向我招搖，不能錯過，絕對不能錯過。回頭尋找花香的來處，是在分隔島中，矮叢白花漸轉為淡黃，整樹盈盈，是的，由白轉黃，正是花事闌珊。

不知何因，偏愛這款花香。是童年的記憶嗎？是求學過程的記憶嗎？是什麼時候種下的因緣呢？

曾經在日本的人行道上，看見灌木梔子花錯生成喬木一般高，讓我驚訝，以為誤認梔子花，然而盎然的花氣襲人，證明是她，沒錯。異邦見花，有他鄉遇故知的愉悅，倍覺欣喜。

曾經在淡江宮燈道旁的竹籬旁，欣聞她的香氛迎人，而今，歲月不再，教職員的宿舍早經改建多年，只能在夢中依稀尋訪那股甜沁入心的幽香，一如青春不永，只能在心底記取往事悠悠。

住家社區前的芳草萋萋中，種了幾株梔子花，在向晚時分，伴著兒童嘻笑聲，自然是一種溫馨可人的感覺。

日前也買了一盆梔子花養在後陽台上，看著她盈盈開綻白色花顏，一週二週，由白轉黃，是的，生命中難掩消逝與傷逝，所有的花開終將花謝，所有的繁華終將歸寂。而生命的哀感，又是何人可以叩問的？

捨不得花事闌珊，終要將這樣花殘枝頭的樣貌以影像留存，只為了銘刻春天曾經到訪，也曾依戀不捨地走離。

二〇一五年五月一日

杜鵑花城

上週五，到杜鵑花城開會。

信步走過花道，卻被粉妝玉琢的杜鵑喝住，春來了，為何不能駐足流連呢？於是，佇立在風中，在向晚的花道中，細細品賞花顏，斟酌春天的容顏。

東坡曾云：江山風月本無常主，閒者便是主人。

匆匆的歲月中，何曾品賞風景？學會放慢腳步，才能品味沿路的風光，吟賞路過的風景。

二〇一五年三月二十五日

悲感之美

讀到幽傷的詩歌，聽到感傷的歌曲，聞到憂憫的事件，總是讓自己油然昇起一股感傷，一種沉深的悲感，想要寫作，想要抒發。

那是一種什麼樣的情懷感傷呢？是一種哀感頑艷，是一種惘惘不甘，是一種難遣的深情，是一種悒結難解的憂懷，靜靜地流淌在心底深處，積澱再積澱，不能不發而為文，這是一種悲感之美，興發了以文字抒發的動力，也開啟了創作迷狂之門，可以自在地悠遊其中，以文字暢快地流宕出感興與感覺。

只有在盡力傾吐之後，才能有解脫的快感，也只有抒發之後，才能有欣然適意的快樂。這種美感，稱為悲感之美。一定由悲情興發而出，才能出之以美感的創作。

二〇一七年五月十一日

迷戀

生命中總有一些貪嗔痴，一些迷戀，一些執著，讓自己不可自拔似的陷入。

貪愛，喝下午茶的情境。一杯濃郁的咖啡，一塊清芬的蛋糕，一位或一群可以對談的人，一起享受午後的快樂時光。談天說地，沒有邊界，天南地北，國境無限，快樂的擁有語言流動的暢意。

貪愛，聆聽靡靡流行音樂的情境。一首接著一首的聽著，整個人也銷魂在歌聲海域流轉的世界裡，浮浮沉沉地，欲死欲生的載浮載沉。流動的旋律，婉轉淒美的歌聲，跌進其中也不覺悵然惘然。

貪愛，閱讀詩詞的流離迷惘，一種淒迷的心境油然而生。什麼千種風情，什麼暗然銷魂，什麼蘭舟初發，什麼蝶夢人生，一一鉤魂攝魄地展演著異時異代的情意流連。

貪愛，舌尖上流動的芬芳，清香的鮮蔬，濃郁的湯品，牽絲的起司，噴汁的小籠包，以及港點隨意自在的輕啜小食，是蘿蔔糕，是鳳爪，是叉燒酥，是焗白菜，是奶皇包，是芝蔴球，皆讓人食之大有幸福的美感，不必大魚大肉，不必奇珍異饌，簡單甜點，足以品味人生了。

貪愛，生活中的小小幸福，這些連結著生命中的點點滴滴，讓自己可以在忙碌的人生裡，因為執著、沉溺與陷入，而有一種浮生偷閒的快意。

二〇一七年六月二十四日

書寫

原以為書寫，是生命中可以支撐存在意義的方式；也是可以療癒創傷的方式，更是排遣孤寂難以言說的方式。但是，看到了巴黎高峰會議討論減碳的議題，電視畫面出現北極雪崩的情景，突然覺得山崩地裂，書寫也無所謂了，千秋萬世之後，誰會記得誰是誰？書寫是什麼意義呢？

昨天和黃錦樹、駱以軍餐敘閒聊，談到至異鄉異國開會，一群老作家會自動送書，他們完全棄包，或是像某人更有仁道一點，帶到對街的旅館棄置。

黃錦樹又說，他審查玉山文學獎，分明說，這些僅是隨筆，是生活碎片，不值得出版，主辦單位說，已編列經費，不得不核銷，他，從此再也沒有被選為評審了。

是呀，書寫是一件什麼事呢？對書寫者而言，是生命中不可承受之輕重，有不得不書寫的理由，像屈原的孤芳抱潔，像司馬遷的積憤，像杜甫的致君堯舜，心中鬱結有不得不寫的衝動，然而，後世如何看待書寫這件事呢？歐陽修指出文字書寫像飄風過身，像草木終會朽腐，那麼？為何還要書寫？為何還要努力的書寫呢？何不將這些力氣拿來吃喝玩樂呢？

讓自己快樂的方式是書寫，如果，書寫成為一種負擔？那麼還有這種需要嗎？還值得努力奮為？

追求不朽，立言是唯一不求人的方式，立功則是隨機而遇，而立德從來也不會有人看到的，如是，唯剩下書寫是唯一可以存在的方式之一，是以，還要如此書寫，不是為了有觀眾有讀者，而是為了排遣難以言喻的孤傷，讓生存有了著力點，讓自己不會像飛蛾一樣無所依託，只能撲火而已。

雪崩，驚心動魄；生存與死亡，又是何等事？如何活得昂然有味？

二〇一五年十二月二十四日

詩歌的力量，搖蕩人心

太久沒有讀詩，沒有寫詩，整個心靈似乎枯槁了。昨天，特意到台北國圖聆聽顏師講演元白長慶體，感覺，詩歌的力量重回身心，整個人的心情也似春天一樣充滿了朝氣，也灌注力量。

許久以來，一直知道詩歌是心靈深處的呼喚，唯有面對詩歌時，才能回歸到最深沉自我，才能讓自己自在的適意活著。

翻讀二頁張錯的新詩，也是一股衝動，讓我想書寫，讓我重新有力量可以創作，是不是因為春天，還是因為詩歌？無論古今，酷愛詩歌，讀或寫，皆是一種正向能力的釋放，也是一種情意的抒發，借古抒己或是以書寫療癒，皆是一種必要的能力與能量，重新歸位，似乎預示著歲月美好，不要管論文的進度如何了，每天可以書寫，就是一種幸福了。

二〇一七年三月十五日

蜿延的歲月，歌詩的流蕩

行走，彳亍，盤桓，盡興在風景之中，清靜的心，飛躍在論述的光影中。邊緣的光影，尋覓詩句，尋找詩心，生命的靈魂，散步，映照，在煽動的涼風裡，飌飌生音。在月之下，在波之下，在光之下，在生命的背後，靈魂的閃耀與光影的流迭，一生總在伏案努力書寫，究竟寫出什麼？感受什麼呢？

如何清理生命的靈魂，在光與影交接之際？在晃動的時光邊隙裡，像在美麗的遊覽中遇見，遇見眼中的你，以及不一樣的自己，行走如在時空的浪漫中，勇敢地，比真實還更真實的面對自己。面對你，如在天地曠野中矗立的沉思者，沉思是為了彰顯閉隱收斂之後的開拓，如摺扇心情，無法將真心張望在你的對望中，只能留一個幽閉的心情，在通過你的張望之後的含斂眼目，在你的書寫中，望見了未來的自我。

在時空之外，逸失。而與你彷然相逢，放開，是我以論述之迷，流醉在你的豪情之中。綱維是你的支柱，我則是在角落裡覓你的故事，往後空間、時間裡，將羅織詩心的一生，因論述而不悔，窺探冒險之後的靈魂，我們仍然瞻仰成仰視的角度。燎原，同情，了解，值得肯定的追索。共鳴，呼喚，朗誦，在符碼之中呼應存在的價值，發光的文字是閃耀千古的流螢，自在自飛在時光之海裡。

二〇一五年十月十六日

長恨此身非我有

碩專班文獻研讀講授東坡詞，心緒似乎變得很幽微。近一學期未講授詩與詞，整個心思似被庶務填滿胸臆，流轉在各種事務之間，變得面目可憎，做事只是為了完成事項，只是為了時程的推波，一點自我的心情也不能驟生。

詩與詞，似乎是內心潛在的情意在流動，衍化成字裡行間的悲歡離合，每次總要掏心掏肺地講課，同時，也將自己的心情一層層演繹成詩人的哀感頑艷。今夜重新帶著同學解讀東坡詞，將自己再一次推進幽微的情境之中，漶漫的情懷悠然、幽然、油然昇起，好似睽隔幾世紀般地遙迢，也似故人久違重逢。終究，在山水間關之際重會，在峰迴路轉之間重睹，所有的記憶，所有的情思，似乎也如波似浪，一潮潮地湧現，有情風，無情浪，勞生有限，世路無窮，人生呵人生，總在人世的涯岸驚拍浮生若夢的感受，總在潛伏的心底流淌著昔是今非的感受，總是銘刻著人世如煙似夢的感受。在這個寂天寞地之中，誰見幽人獨往來？誰又能與我相照眼在這個歷史的轉角呢？黃樓夜景的浩嘆是歷史的感懷，也是生命的呼喚，今之視昔，猶昔之視今，當所有情愁感傷消沉之後，我們又在何處流轉？在何處浮遊呢？長恨此身非我有，何日忘卻營營？

浮遊在人世的我們，仍然浪走在紅塵裡，縱能偶開天眼覷紅塵，我們仍然冥頑地浮沉在紅塵迷夢中不肯走離，仍然哀痴頑愚地載浮載沉在滾滾紅塵裡拍打著生活的節拍，應和著生命旋律。

二〇一五年三月八日

七寶樓台

歌詩，像一葉扁舟，常要將我載往深邃水域裡尋訪詩人的靈心銳感。

歌詩，也像一座森林，常要讓我在叢叢花木中循著幽徑尋訪詩人感慨遂深的心境。

歌詩，更像一首首未央的歌曲，不斷起伏跌宕在心海裡千迴百轉難以釋放的幽情深懷。

歌詩，感人太深，每一讀詩，總要讓我跌入深沉的境域中無法自拔，像沼澤般吸附著。閱讀歌詩，總讓我著迷，也讓我迷失，更多的時候是迷惘。在剪理不斷現實的人間網絡之中，隨時會有一股幽幽然浮沉的心緒輪轉著。

學生找我繼續談論文。上週未竟的課題：追憶詞的判讀。

如何閱讀詩人？夢窗的生命型態迥異蘇辛之豪健曠爽。一個男人，不做事功追求，但願在文字海域裡逡巡；不求立己達人，只願耽溺在文學世界裡；不願襟懷遠大，只願在追憶中流轉歲月；不願在人群中樹立典範，只願盤桓在傷春悲秋的感懷中。不與世間男子一般，在家國、人我之間求得事功模範，而寧願守著自己的心情，寫出一篇篇晶瑩如玉的詞作，感動自己，成就自我，這種書寫的方式，是宣洩自我多愁多感的意緒，是療癒自我蹭蹬的幽懷，也是完成自我釀造出來的感傷世界。走不出去，所以多在追憶中淪漾；也不願意他人踏進這個幽深的門檻裡，遂故作晦澀難解的情境。扦插著種種記憶，在生命之樹中，綻放幽寂獨深的蓓蕾與花朵，讓每個人、每件事、每樁情、每場景、每個流麗的人生風景，如同花兒一樣地璀璨盛開，又匆匆謝了。走過生命節序的人、事、物、情、景，一一銘記著令人感念與懷想，共同跌入他的沉深淒美的世界之中。

他，用絕美的文字，創造嘔心瀝血的意象世界；用耽美的心境，沉淪在傷逝的情懷中；用回眸的眼神，張望著迷濛的過往；用傷逝的心情，捕捉過去種種艷絕的際遇。如此情深，如此迷離，遂讓後世無以解讀，如同七寶樓台，眩人眼目；除此之外，無法拚貼時空際會，無法張羅世情淒迷，無法迴旋舊曲重譜。如是，閱讀者也同體感受他淒美的耽溺。

昨天，某學生來談東坡之朝雲書寫。悼亡，也是一重重的帷幕，揭開往事之羅帳，形影、身影、聲影、光影之美，斗然躍上心頭，而留存在文字之中的，究竟能捕捉多少的心緒流轉？多少的痴怨嗔迷？多少的愛恨情仇？多少的怨絕盡在西風斷雁中迷飛，在淪失的歲時裡蹁躚流移？書寫，果真能彌補生前未足之悵恨？果真能捕捉生命的姿影永世不朽？

情之所鍾，正在我輩，夢窗遠失在追憶之中，東坡逆回在悼亡之中，究竟誰深誰淺，情之一字，長短豈可丈量？淺深豈可斗量？唯有中宵獨立，方能體會燈火闌珊處的淒迷守候的情痴；唯有靜候雨中流香，方能體會結愁丁香的怨絕難以遺忘。

如此深情難遣，讓我既愛歌詩又懼怕閱讀，每一回，熒熒文字如玉，成串地跌入眼眸之際，迷離一如重重簾幕，想捲而未能；迷離一如煙雨，想乍晴而未能；只能沉深地如扁舟，搖晃在天地山水之間流轉；在幽森林木深處，靜聽鳥啼巧囀而痴絕。

二〇一六年三月二十四日

寫詩的心情

多久多久，再也沒有寫詩的心情了，這是一種什麼樣的心情呢？

寫詩，是最幽深的愛戀，是最曲折的心情投射，也是生命跌入幽谷最無以取替的心情記錄。但是，好一段日子，不曾用筆書寫心情，不曾用筆記錄情感的轉折。忙碌使人勞勞碌碌，忙碌使人庸俗與疲憊。

四五月忙著寫馬華文學，七月預計到馬來西亞開會，機票對方早在四月已開立了，不能臨陣脫逃，也沒有勇氣做個不誠信的人，於是，硬著頭皮寫著，其實別人論述已多，借了二十多本的書，先了解何謂馬華文學，大家的論述範圍與論點為何，再切入自己的視角，原以為自己可以很快的找到論述的方向，結果，皆籠罩在別人的論述之中，逃脫不出來，於是，面對書海，面對文字，真真不知道該如何駕馭，可讓自己跳出既有的論述框架。流轉在書籍之中，閱讀再閱讀，心想，只能以一篇很爛的論文交差吧！這不是我的風格，但是，無可奈何的是，自從接下行政之後，常常參加應卯的研討會，光是去年就參加六場，五月在靜宜大學參加漢學會議，寫了黃節的論述策略，六月底到文化大學參加中國唐代會議，寫就〈郭翰〉中的織女形象，顛覆傳統的想像；七月到石家莊參加詩經會議，寫了吳汝綸的詩義會通，十月，參加蘇州大學的唐代國際會議，寫白水素女與織女之異同比較，十一月初參加中央大學的明清文學，寫梁啟超，十一月中旬再到政大參加情志書寫的研討會，發表夏敬觀的詩學理論與編注意圖。

六場研討會，每一場皆是擠出時間來經營構寫文章，寫完之後，也來不及修改，只能再按照著既定行程繼續往下趕稿。今年四月的張夢機研討會，提交生命書寫一文，五月讀書會要寫《篋中集》文章未完，又繼續馬華書寫，常常，一邊寫古典，一邊又張羅現代文學；才剛將馬華文學《仰看天狼星的視角》寫完，又匆匆往下趕行程，日前的《對蹠與融攝》一書審查意見回來了，再修改，預計二週內寄回，手邊又開始進行席慕蓉的書寫，七月要截稿，邊讀邊寫，似乎時間的夾縫中，連呼吸都覺得很辛苦。

就是這樣，寫詩的心情淪失了。寫詩是真實面對自己的心情，只有寫詩才能張揚存在的意義，可是，寫詩也同時宣示幽微難遣的心情。不能寫詩，無時間寫詩，究竟是在預示什麼呢？

近日讀席慕蓉的文章，只想趕緊將答應別人的文章寫出來，應詩人蕭蕭之邀，七月底要交稿的文章書寫席慕蓉。因為七月有二趟出國，如果未能在出國之前完成，心裡會很焦灼，也不想爽約，遂給自己定下了時程，希望在六月底之前完成。於是，似乎又似日神東皇太一駕著六龍繼續趕路了。

忙碌，對我是好的嗎？還是不好呢？我想，在既定的行程之下，一定要早早完成，無暇去思考詩對我的意義了。可是，當我閱讀席慕蓉的文章時，似乎心底又被召喚書寫的心情幽幽然上揚，是的，還記得紀錄生命中的每一件事，這樣才能還我一個璀璨的人生，在槁木死灰似的人生之中，願意以光燦之筆，為生命作註記，為人生留下可能的姿影。

二〇一五年六月十二日

現代版紅樓夢

十二月，歲暮之際，饗宴自己的方式，是欣賞一場賞心悅目的舞台劇。

二十七日前往國家劇院觀賞林奕華新推出的《紅樓夢》，男版，現代版，顛覆傳統，演繹一場現代人對情欲的糾葛，同時也重新詮釋紅樓夢的情節，張揚在紛紜的眾生之中。

由於內容置入許多現代人的生活模式，剪貼生活入戲，令人感受既貼切，又突兀；貼切的是生活模式的熟悉感；突兀的是，分明是紅樓夢的字句，橫空盤硬地流入眼目之中。令人莞薾，也令人哭笑不得，曾是如此熟悉的情節，拚貼成現代版的情慾流轉，愛恨情仇，似乎流眄在你我之間，讓人久久不能自已。

哭醉在迷夢之間，跌撲在紅塵之中，流漾在生死之間，浮晃在人海之中，是誰，誰是你心中終要追尋的那一個驀然回首欲與你相望在冷寂處的人呢？誰又是你惓惓難釋念茲在茲的影像流醉在酡紅的夢境裡故作喑啞之聲呢？

曾是迷醉的歌聲再起，讓翩翩欲舞的姿影，醉你以音聲流轉。是的，聆聽〈似曾〉一歌，讓人悲懷難抑，擱淺在音聲的流域中，未辨方向，未知前途，在滄茫的聲流之中，讓載浮載沉，悠悠的情愫幽幽苒苒地昇起，在似霧似夢之間。

謝幕，拍紅了手，久久不停，因為曾經邀請林奕華蒞校演講，很能感受他要演繹的人間情意與虛空孤寂，誰與誰對話？誰又與誰相視而去？雲漢相邈的無情，總令人感傷，而無論是古人或現代人，無論是真實的人生或是虛構的小說，世世代代要演出的，不就是人世間的愛恨情仇、是非恩怨嗎？轉頭一空，而我們似乎仍然虛空地駐立在滄茫的人海之間，仍在青山綠水之間凝視著人世種種，總是，總要，要讓自己唉乃一聲撐過所有的人世風浪，人間情仇。

二〇一四年十二月三十日

花果飄零

在張夢機研討會中，學弟李宜學遞了一本李元皓出版的新書：《不辭遍唱陽春：京劇鬚生李金棠生命紀實》一書給我。

坐在B會場中，興趣濃厚地快速瀏覽，不禁感嘆花果飄零。

當年有一群京劇要角，例如顧正秋、李金棠來台演出，值逢台海變革，從此回不了家鄉，成為生命中的遺憾，這也是歷史的悲劇。然而，京劇仍可在台灣延展戲劇生命，仍可薪傳。最可悲的是，飄零移居到異邦的京劇名角，從此斷絕演出的機會。

想著一群名角飄零到異邦，難掩傷逝之情。

生命中常有許多的錯忤，讓你不得不面對，也不得遁逃而去。

李金棠從上海來台，再也回不了家鄉，最後，移居美國，他鄉成為家鄉，那種悲感，最是無可奈何。

想著李煜，在亡國之際，既貴為帝王之軀，又淪為階下囚，反差的生命，又豈是龍樓鳳閣、雕欄玉砌可以回首張望的？

想著李清照，也在南北宋之際，南渡為生計不得不改嫁他人，當年與丈夫趙明誠的翻書潑茶的歡情，與淪落江南的錯忤，又豈是可以逆料？

想著許許多多在亂世之中，不得不生離死別的傷感，讓人興發同情之悲。這些錯忤的遭遇，不就是如同花開花落，隨風而飄逝的落花嗎？不就是不可逆抗的飄零嗎？想著文學家、藝術家的生命，在開謝起落之中，豈能有抗拒的力量阻擋悲劇發生？不可言說的哀感存乎其中，益發感傷。

花果飄零，徒令人悲愴。

二〇一五年四月二十七日

李白〈上雲樂〉

女媧戲黃土，團作愚下人；散在六合間，濛濛若沙塵。

細讀李白〈上雲樂〉一詩，中有四句，挑動心緒，久久難平。其實，這四句是運用女媧的神話故事寫成的，而我們似乎也是在團作的黃土中形成各色人等，有容貌之妍媸，有智慧之賢愚，有氣度之爽健矇昧，有稟性之精敏頑痴，而我們又是那一等人呢？

浮遊在人海之中，我們又要形成什麼樣的愚痴流走在浮世之中呢？

二〇一五年一月五日

水厄

水的意象，在中國詩歌中可以是「楊柳岸、曉風殘月」悽婉多情，可以是「一棹春風一葉舟」的曠達飄逸，可以是「朝來寒雨晚來風」的無奈淒楚；更可以幻化成「胭脂淚、留人醉」的哀感頑艷，或是「抽刀斷水水更流，舉杯消愁愁更愁」的笏漠怊悵。於是，文化水旅，臨水顧盼，溫婉而情深，故國種種，曾經是陌生的地理，多次往來壯遊，從此召喚我的，不再成為虛空的名詞，而是一種臨現的真實感受。……

一、滄浪之水清兮

懷芳抱潔的三閭大夫屈原，因為楚懷王受讒言所惑而日益疏遠，憂憤而作離騷以明含忠履潔之志，其後襄王再將屈原謫貶江南，感懷深思遠慮不被重視，耿介之意既傷，壹鬱之懷靡愬，遂自投汨羅江而亡。此一壯舉感動多少中華兒女，形成一個行吟澤畔，顏色枯槁的典型。然而以屈原之才，難道不能洞識歷史是非？不能解讀歷史迴環的定律嗎？〈漁父〉中不是指出滄浪之水若清明，則可以濯吾纓，滄浪之水若污濁時，則可以濯吾足？他分明知道壯舉遠遊可以避禍遠災，知道與世推移必能明哲保身，但是何以仍有懷沙之志呢？何以仍未能自脫臨淵投水之厄呢？是的，舉世皆濁獨他清明，是一種痛苦的負荷，能夠勘破人生種種又如何呢？生命仍須貼進生活之中，面對舉世皆濁的他，何忍獨醒於世呢？以縱身江海的臨別一抹，欲換回君王的警醒，可惜，襄王終不悟。這樣的悲劇，生生世世輪迴上演，王國維不也是一個典型嗎？哲學之可信而不可愛，文學之可愛而不可信，遂令苦痛如鐘擺似地迴環往復，不得解銷，於是，他也作出奮力一投，自沈昆明湖而亡。我們皆相信「試上高峰窺皓月，偶開天眼覷紅塵，可憐身是眼中人」，是他自身的寫照，也應是他對生命困惑所作的回應，能夠洞識俗世紅塵種種，但是勘不破的人世迷夢，亦復自為紅塵之人，兀自在擾攘紅塵之中盤桓、逡巡。因為悲憫人世騃愚，而自己又無法走離，最迅速的方式即以最慘烈的姿態作出告別。水，竟是洗滌心靈困惑的場域，竟是擺脫人世的墳場。但是，奮力一投，何補於世，僅能解決生存的困惑、執迷而已，對於人世種種是非恩怨仍未求解，問號仍然疑存人間。「自是浮生無可說，人生第一耽離別」，靜安自覺離別是浮世第一難堪之事，豈料他也以慘然之別留給後世無限哀思。

二、時不利兮騅不逝

力拔山兮氣蓋世的江東守護神項羽，窮途末路之際，以自刎烏江結束輝煌壯烈的一生。後世對於他的悲壯，多寄予同情，杜牧曾云：「江東子弟多豪傑，捲土重來未可知」，即意味著東山再起的可能性。項羽有無如此自覺呢？我想，應該有的，只是他無法做到「包羞忍辱」的修養。當日，意興遄飛，今日何能空手而歸？衣錦還鄉是一種榮耀，如果無法成功而歸，對於雄心萬丈欲學萬人敵的項羽而言，不啻是一種恥辱。是故，無顏見江東父老是一種刻骨銘心的恥辱，寧可玉碎，絕不瓦全的悲壯是英雄志士最佳選擇，徒留烏江日夜東流，似為人歔欷悲嘆。

其實，從歷史的角度來考察，項羽失敗之因，其來有自，先是學書學劍皆不成，欲學萬人敵，季父項梁乃教兵法，可惜略知其意之後，又未肯竟學。此其志大才疏之病一也。范增見劉邦駐軍壩上，入關後，戒士兵勿取財物無傷婦孺，有天子氣，應急擊勿失，是時，項羽有兵四十萬，劉邦十萬，若急攻必勝，惜項羽掉以輕心，此其輕敵之病二也。又范增於鴻門宴暗示項羽，惜默然不應，此其婦人之仁之病三也。及兵敗，未能忍辱負重東渡烏江，此其輕生死之病四也。最後以「天亡我，非用兵之罪也」作為遁辭，實為大謬。

由是可知，成敗在人，咎由自取，我們當在項羽的悲壯中學會歷史的教訓，勿讓烏江成為葬送豪情壯志之水。因為包羞忍辱才是真男兒，管仲不以小節自縊溝渠，欲大用於世，遂能一匡天下，糾合諸候，達成尊王攘夷的壯舉。於是，項羽自刎烏江成為最悲壯的照影。

三、抽刀斷水水更流

當年，為撈水中明月，誤墜采石磯畔的李白，令人想念，如此一個浪漫的傳說似乎也只適合任俠擊劍的他了。

事實上，每一個文學家的生命中都煥發許多光彩照映人間的多姿。李白有其浪漫的一面，借酒、借美人以抒發自己的情志，那一份幽微的襟懷，若未能透視他生命本質來反觀，可能只看到表象的他，以縱情詩酒的方式嶄然過活。但是，最真實的內在質地裡，懷抱用志之心的他，也希望能一展長才，然而事與願違，曾云：「我志在刪述，垂輝映千春，希聖如有立，絕筆於獲麟」立志若孔子，其才高志大，非可等閒，可惜人世不容：「奈何青雲士，棄我如塵埃……方知黃鵠舉，千里獨徘徊」，獨自盤桓在人世間，孤寂隱忍，誰識其心？

這樣的生命特質似乎只有杜甫隱然知悉。其云：「秋後相逢尚飄蓬，未就丹砂愧葛洪，狂哭痛飲空度日，飛揚拔扈為誰雄」。以此小像刻畫一代詩仙，可謂貼切至極，在人世周折迴轉間，仍無定點可立足，猶似飛蓬無依，飄零在萬紫千紅的大千世界中，人，必定在時空的坐標中找到自己的定位點，然而飄遊無根的李白，尚在尋覓當中，求仙未果，丹砂未成，嚮往永恆的存有也落空了，於是藉酒佯狂可能是比較貼切生命的做法，可惜空有一番經世才華也成為浮花浪蕊，飄浮在萬丈紅塵中。

「長風萬里送秋雁，對此可以酣高樓」的飄逸成為中國人遙契詩仙的想念，當我們起舞弄清影時，赫然發現可以換一種心情來對影成三人，使我們孤獨而不寂寞。

浪漫的傳說是我們假裝相信的故事，因撈月而入水的太白，留給我們無限的想像與思維，在河濱水畔山涯水涘間，偶然映目照眼的花草也許是吸吮太白骨血所幻化出的菁華，與我們結緣在無名的世代中。

四、江花江草豈終極

曾經顛沛流離，曾經困厄偃蹇，仍不「忘致君堯舜上，再使風俗淳」的信念，使杜甫以「三吏」記錄時代的動盪，以「三別」刻畫人世的慘痛，而國破之後，草木猶在，仍是感時花濺淚的慘惻，仍是恨別鳥驚心的悸動。

「人生有情淚沾臆，江花江草豈終極」，逢春開放，逢秋凋零的花木，在時節的更迭下，活出一片天地來，而人生正在有情，所以會感慨、會興嘆，所以在遍歷人間苦難之後的他，仍能有一幅儒者的擔當精神，不忘當年「自謂頗挺出，立登要路津」的雄心大志；仍能在茅屋為秋風所破之際，高歌「安得廣廈千萬間，大庇天下寒士俱歡顏，風雨不動安如山」的襟懷。目睹唐玄宗歌遍霓裳之際，仍要指陳「彤庭所分帛，本自寒女出，鞭撻其夫家，聚斂貢城闕」的辛酸淒楚與荒淫逸樂作強烈對比。旅食京師十載，為尋一官半職以施展抱負，惜隨陽之雁各有稻粱謀，遂令他過著「朝叩富兒門，暮隨肥馬塵，殘杯與冷炙，到處潛悲辛」的生活困境。

天寶十四年安史之亂爆發，從此展開奔波、坎坷的流浪生涯。先從長安攜家小到奉先，潼關失守，再向北流亡，，暫時安頓家小於鄜州羌村，隻身奔赴靈武，投向肅宗，中途被安祿山部隊俘虜，押解長安困陷半年餘，逃出後，杜甫以芒鞋之姿覲見肅宗，授為左拾遺，充任諫官，惜因宰相房琯被罷免事件，得罪肅宗，免罪回鄜州。長安收復後，皇室爭權奪利，后妃、宦官擅權干政，擁兵自重的將領叛變，加上回紇、吐蕃乘機擴大勢力，史思明再度叛變稱帝，離亂顛沛的歲月再起，目睹哀鴻遍野，杜甫以他見聞，記錄時代的變亂，見證戰亂後的民生困頓、流離失所。

廣德二年受嚴武之召入幕為節度參軍，次年嚴武過逝，杜甫頓失依靠，只得離開客居的成都，攜家乘舟東下。遷居夔州近兩年期間，他居住於白帝城下，在大江岸邊寫下感慨激揚、借古諷今、痛切時弊、憂國懷民的詩章，大曆三年乘舟出夔，前往湖北江陵，逢河南兵變，再徙湖南岳陽，來往於長沙、衡州、耒陽等地，一生困頓偃蹇的杜甫，料不到生命最後的兩年，幾乎都在船旅中渡過，而且病逝於湘江客船中。

歷史的長河將他由大唐聲威的玄宗渡向日益衰敗的肅宗、代宗二朝，親見時代離亂，以血淚交織出感時憂國、悲天憫人的浩然詩篇，成為中國詩史上最昂揚奮勵、也是最悲切淒楚的詩歌，永遠輝映在我們的心中。

五、問君能有幾多愁

朝見寒雨，則感喟林花謝了太匆匆，暮見江水則愁緒似水溶溶向東，如是多情，如是無奈，正是亡國之後的李煜，面對景物難排的悲情感。曾經意興風發過著「鳳閣龍樓連霄漢，玉樹瓊枝作煙蘿」的帝王生活，四十歲之前是位溫婉多情的帝王。鳳簫吹斷水雲間的快意、臨春飄香屑的情味、車如流水馬如龍的豪情，轉眼間，成為往事只堪哀的感恨，玉樓瑤殿，空照秦淮，溶溶江水依舊向東，而物事人非的愁顏向誰認取？

李後主生於深宮之中，長於婦人之手，自小風神灑落、廣顙豐頰，遭長兄文獻太子弘冀忌恨，遂以詩書自娛，又濡染於中主文學、藝術之專長，成為一位多才多藝的太子。十八歲與昭惠后成婚，享受著花月春風的夫妻生活，二十三歲文獻太子薨，徙封吳王，隨著兄長繼亡，二十五歲嗣位金陵，其後，為求苟安，向宋稱臣，三十九歲金陵城陷，率臣肉袒出降，四十歲解送汴京，離開雕欄玉砌的後唐宮殿，從此，故國對他而言，是一個象徵歡愉的樂園，然而，昔日貴為帝王之尊，此刻已成為宋朝的階下囚。

國家之不幸，或許是文學家大幸吧。正因為經歷人世最不堪的亡國之痛，遂造就他的詞作風格由溫婉柔約轉成淒惋哀戚，不僅堂廡加大，而且感慨加深。

溶溶春水，當日可以是花滿渚、酒滿甌地自在逍遙於萬頃碧波中，而今，只能悄悄地暗聲自問能有幾多愁，恰似一江春水向東流的無奈景況了。

六、小舟從此逝，江海渡餘生

縱身塵世，常常因為莫名的忙碌，使自己忘了真實地生活、真誠地感受時節的更迭，挽不住日益流失的歲月在日昇日落中沉淪。每天在晨曦在逃離夢境，卻又跌入人世大夢中，幾乎忘了體貼自己真實的情感，就算讀了一首悸動的好詩，也立即被瑣事磨滅；就算是聆賞一曲悅耳樂音，也無法片刻駐足腦海，對於自己的麻木，有點灰心，有點沮喪，更多的無奈。

莫聽穿林打葉聲的東坡，似乎也曾有此感喟：「長恨此身非我有，何時忘卻營營」。汲汲營營於塵俗中，誰能回復本我之姿？東坡宦海浮沉，行蹤遍歷大半中國，自神宗熙寧四年起至元豐二年，屢遭遷謫，由杭州而密州而黃州，席不暇暖，烏台詩案後，更由黃州、汝州、常州、杭州、穎州、揚州、定州、惠州、儋州到處流徙，周轉在江山間，終於在徽宗建中靖國元年得以回歸京師，卻因染疾病逝常州。相較而言，我們的小小是非恩怨、愛恨情仇又算什麼呢？

在仕進與隱退間，常有「人在江湖，身不由己」之嘆，造成兩難的情境，往往存於一心，所謂「揀盡寒枝不肯棲，寂寞沙洲冷」是一種孤寂，而「江山風月本無常主，閒者便是主人」又是一種心情，人應如何調適自己，活得昂然一點呢？東坡閱讀《莊子．養生主》時悟出：「安則物之感我者輕，和則我之應物者順，外輕成順而生理備」正是圓照之境，莫怪乎黃山谷云：「淵明千載人，東坡百世師，世處故不同，風味要相似」，揭示兩人生命型態雖然迥異，卻能各自體悟人生真理，活出一片天地。

金山寺藏有李公麟繪題蘇軾圖像云：「心似已灰之木，身如不繫之舟，問汝平生功業，黃州惠州儋州」正標示出東坡一生的事跡。縱使平生困偃，仍不改吟嘯徐行的本色，縱使「路長人困蹇驢嘶」的困境，亦要迎向山頭斜照，遂能贏得歸去也無風雨也無晴的局面。於是，在東坡的吟嘯中，我們似乎也應學會「菊殘猶有傲霜枝」以挺立生命的風姿。

七、功名富貴無憑

「學而優則仕」是中國讀書人的理想，欲將一腔懷抱藉由仕進獻諸家國，仕途遂成為平步青雲的進階，然而魚躍龍門何其不易，除了要具備才德之外，尚須時來運轉，一生蹭蹬的范進年已五十四，猶未得一功名，受盡岳丈冷嘲熱諷，舉鄉試時遇監考之周進，時周氏已六十多，其遭遇亦類同於范進，迄六十餘歲，方得功名，因為遭遇人世之不堪，所以特別同情一身襤褸應考的范進，決意認真擢拔真才，避免遺珠之憾。當時考試流傳祕訣「快、明、短」，「快」是指交卷速度快，「明」是指文章結構明暢易懂不須鋪排迂迴曲折之章法，「短」是指篇幅簡短，無須長篇大論，為何如此呢？因監督試場往往一連十數場，常累得人仰馬翻，在不得簡省的原則下，只好採用「快、明、短」的鐵律，以迅速製造榜單。往往考生尚在考場時，眾聲喧嘩，原來是榜單已揭，令尚在考場的考生，徒呼負負，如是取才，如何能達到公平？如何能擢拔真才？范進第一交卷，周進監考閒來無事，乃取試卷一讀，不甚了了，乃置一旁，久候仍未見有考生交卷，閒來無聊，遂再取范進試卷一閱，又覺了無興味，擱置一旁，久候皆不見有人交卷，在百無聊賴之餘，三取范進試卷再閱，以打發監考無聊時光，細細一讀，方覺醰醰有味，始知文章有味，當在咀嚼中體悟，立即圈點第一名。范進逢周進三讀才舉鄉試，若遇他人，則范進不知蹭蹬何時方能罷休。對於讀書人而言，寒窗苦讀的意義，在於能有朝一日一舉成名天下知，但是，乘心如意者幾人？究竟多少老儒生沉淪在考場的不歸路中，未能抽身而退？聊齋誌異的作者蒲松齡早年亦是一意求仕進，四十歲之後乃絕意仕途，自為私塾教師，將一生積憤寫成聊齋誌異，供人笑談，其悲憤遭遇相同，然表現型態殊異而已。

吳敬梓面對這樣的科考制度，心中有痛，於是透過冷筆寫出熱熱鬧鬧的《儒林外史》，吳氏形塑的儒生當中，有逢迎阿諛者，反能平步青雲；有一生行事廉潔不取，反致落魄寥倒；有市井小民，雖不識詩書，欲能活得昂揚有姿，令人擊節讚賞。而睥睨官場，傲視群雄的王冕，代表的是不與世推移的清流。在儒生群相中，合當如第一回所言「文人有厄」，王冕夜見索貫犯文昌星，又見百餘流星墜向東南，如果以中國小說的說法，一顆星代表一位人物，則百餘星之流墜，正象徵著文人遭厄，面臨此一情景，本已不屑功名利祿的王冕，更有理由，更知道進退之際當潔身自好，以求自保。

科舉流弊，文人有厄，吳敬梓只得以文章洗滌心靈，以清酒潤澤肺腸，放浪行跡，是瞧不起為名利擾攘爭奪之人；縱情詩酒，是為了擺脫世俗的眼光。曾經家世豪富，經他揮霍，落拓寥倒，幾至無以為生，然，仍不脫灑脫行徑，甚至窮至冬夜無炭火取暖，與友偕行，繞城縱歌，號為「暖足」，迄天亮方各自回歸。有時，友朋知其困頓，想其饑寒贈金紓困，錢一到手，依然以酒祭腸，放蕩如昔。

是什麼樣的意念，讓他傲視人間，不事生產？是什麼樣的執念，讓他揮霍人生，縱情歌酒？是什麼樣的世態炎涼，造就他筆下的群儒眾生？對於執意功名者，除了冷嘲熱諷之外，能否有一絲絲悲憫，以解救引渡泅泳無助的人們？《儒林外史》的開篇詞，分明已揭示「功名富貴無憑，費盡心情，總把流光誤」。

是的，人世原是無邊大海，泛游在名利場中，鮮能全身而退者，於是，吳敬梓縱情歌酒的目的是為了解放自己，以自己的生命為舟，以理想為舵，欲撐出一片海闊天空來，雖曾貧困賣文，亦不肯應試，亦不應「博學鴻詞」科，行跡遍歷淮安、揚州、蕪湖、宣城、蘇州、杭州等地，讓山水清音，編織悅耳的空谷迴音，讓山水澄澈，滌淨世塵俗垢。

八、都只為風月情濃

「開闢鴻濛，誰為情種，都只為風月情濃」，太虛幻境的第一支紅樓夢引子明明已點出悲金悼玉之結局，可惜賈寶玉仍未能勘破情緣，任自在情海中飄浮。

當年女媧煉石補天，剩餘一塊頑石無才補天，遂棄置青梗峰下，因受天地日月精華，幻成神瑛侍者，得以灌溉絳珠草，絳珠草幻成女形後，投胎轉生為林黛玉，以淚水還報灌溉之恩，交織上演一齣離合悲歡的故事。

人世情愛，早已緣定三生，於是「似曾相識」出現在乍然相逢的寶黛瞳眸中，是為了認取前世今生早已盟定的因緣，無論是喜是悲，同來人世走一遭，是為了證成情愛無價，亦是為了還報泉水灌溉之恩。如果愛情無價只能換來世外仙姝寂寞林、如果報恩只能換得「一朝春盡紅顏老，花落人亡兩不知」的結局，則枉自嗟呀、空勞牽掛自是命中註定。

縱然釵、玉二人，一個是閬苑仙葩，一個美玉無暇，可歎人間美中不足的是：必須在才與德之間、在性靈之美與人情世故之美中做抉擇時，撕裂的痛楚，必然揚起。當薛寶釵鑼鼓喧天、出閣行大禮時，林黛玉必須以魂歸離恨天之姿影向人世作最慘烈的控訴。焚燒詩稿，不只是為了了斷情緣，更是悵離人間，不留一點悲情痴恨。然而最苦的是，寶釵贏得名份卻未能贏得寶玉的心，因為，寶玉絕意以出塵之姿告別人間，落得白茫茫一片大地，宣示人世一場終將歸於寂滅。事實又不然，腹中遺子，算是對人間情愛作一點交代。

淚，是一泓心靈清泉，深情無悔換得人世無情，喚不回老祖宗寵愛的優勢，也喚不回已逝的青春情愛，只有瀟瀟淚雨斑駁灑在詩稿上，泣紅點點盡是睢心之痛，淚盡人枯，果真是玉帶林中掛。玉，原是晶瑩溫潤，何故高懸林中？畢竟水月鏡花終教心事成虛化。於是報恩之淚，經不得秋流到冬，春流到夏。

九、千芳一哭，萬艷同悲

曾經，傲立千佛山上，在梵宇僧樓旁，靜觀齊州景致，欲體會老殘遊記的迢遞山水；也曾在明湖邊，臨水照影，欲尋天光雲影；然而歷史的睽隔，使我無法體會「四面荷花三面柳，一城山色半城湖」的美景，乃至於「一盞寒泉薦秋菊，三更畫舫穿藕花」也只能成為書中照眼一亮了。

景物雖非當日老殘所見之景，但是老殘感時悲國的情懷，卻深深刻烙在中華兒女的心靈。尤其第一回以帆船夢境來暗寓國家將亡，將老臣忠心護國、小官胡作非為、演說者空口說白話、一般百姓又愚騃不堪的種種形象描摹生動，讓握有羅盤的老殘，亦無法指點獻策，面對家國之痛，乃揭示「靈性生感情，感情生哭泣」之感喟。是故屈原寫《離騷》、蒙叟著《莊子》、司馬遷寓寄《史記》、杜甫攄寫《草堂詩集》、李後主之詞作、八大山人托意於畫、王實甫結臆於《西廂記》、曹雪芹憤寄於《紅樓夢》皆是有感而作，每一位文學家、藝術家，乃至於生命哲學家在對治生命困境時，能不有感而發，形諸筆端以見感憤之情？

劉鶚生當晚清末造，有身世之感情，有家國之感情，有社會之感情，有種教之感情，遂縷縷化成老殘遊記的痛泣，黃河觀冰，見斗杓又將東指，禁不住淚流而下，想劉鶚一生落拓，年二十廣讀典籍，有狂生之喻，應試落第，幾斷仕宦之心。二十七歲經營菸草，以虧損收業；年二十八懸壺揚州，門可羅雀；二十九歲設石昌書局於上海，後因訟案歇業。三十二歲黃河決口，投效吳大澂治河，三十五歲山東河患，張勤果召往治，整治河患遂成為劉鶚一生中成就最大、最難能可貴的事業，其後又一直身處顛沛流離中，四十歲建議張之洞用外資建造鐵路，因被京官反對作罷。四十一歲棄官就賈，英人採山西煤礦，聘為華人經理，時議不諒解。四十四歲八國聯軍攻陷北京，俄軍佔倉稟，以低價購米賑災，被視為「通夷」。四十七歲擬辦鍊鋼未成，四十九歲創海北公司製造精鹽，海運航船，惜功敗垂成。五十一歲事浦口地產，又被視為為外人購地。五十三歲，袁世凱以擅發倉糧及浦口購地事件密電兩江總督，緝捕劉鶚遠戍新疆，終因水土不服，客死迪化。

縱觀其一生經歷及所作所為，不被世人認同、了解，再加上時運不濟，屢次實業之舉皆功敗垂成，令人扼腕，如此困頓，能不借諸筆端發露心情乎。是故「帆船夢境」中，欲以羅盤、紀限儀救援將沉之船，反被視為「洋鬼子差來的漢奸」，只好含淚退回之一幕，實是劉鶚切身慘痛的經驗。似乎，站在時代先端者，雖能洞識時代的危機，但是，想法超越世塵，無法被俗世認同，只能無奈地被世俗放逐，或是孤寂地渡過一生。

面對孤寂的人世，創作是解消困厄的方式之一，於是他藉著《老殘遊記》指陳時代之弊病，雖然書中的老殘未必等同於現實中的劉鶚，但是藉老殘遊歷以抒發個人的感憤，卻是真實的。所以序言沉痛地指出哭泣有兩種，一種是無力之哭，一種是有力之哭，此所以千古作者寄感憤於筆墨之深意。

於是，棋局將殘，人屆暮年之際，見家國離亂而無挽狂瀾之力時，其悲憤已非個人情感所能負載者，能不痛哭乎，所以有老殘遊記以求海內千芳、人間萬艷，同哭同悲者乎。

十、結語

走過悠悠漫漫的歷史，走過迢遞的故國水景，留給我們的湖畔水影，不僅僅是回顧的蒼茫，不僅僅是清淚可以滌怨、濁酒可以化愁、暮雨可以銷魂，更可以在漫漫的人世中，以淚滌怨、以酒化愁、以雨銷魂，而一江春水正以負載悲歡離合的胃納，收容人世間騷人墨客及日暮窮途的壯士們作最驚心的投水之態，讓水花潑濺如彩虹般的炫麗，在黯然的天地間留下最後的姿影，供後人憑弔。

莫名的感傷

有一種莫名的感傷常常會不經意地襲上心臆。無由來的，就好像晏殊說的，去年天氣舊亭台，似曾相似燕歸來，無可奈何花落去。

無關心情，無關氣候，只是幽寂，只是一種沉淪的情緒一直浮上來，彷彿要滅頂似地，無由來地感傷，幽悒的心情無可排遣，無可言說，讓自己陷入沉深的哀感之中，是生命無常？是死生契闊？是思念浮湧？是沒有意義的忙碌？不知因何，悲切的心情，一直無法返轉，只能沉淪再沉淪，讓我似乎轉換成另一個人似地。

ＦＢ中那個充滿活力的人是我嗎？到處參加研討會飛來飛去的人是我嗎？那個充滿燦艷笑容的人是我嗎？那個精力無限參加各種活動的人是我嗎？那個巧笑倩兮彷彿青春年少的人是我嗎？那個站在眾人之前總是溫和話語的人是我嗎？那個能夠站上大舞台面對群眾侃侃而談的人是我嗎？那個在面對學生滔滔不絕的人是我嗎？

彷彿退縮回巢居裡，獨自面對幽傷，幽寂的人生果真是一把幽深的摺扇嗎？

心情，真真是一把摺扇，開展華麗亮燦的畫面是要鋪陳給別人看的，而含藏收斂的心情，是無人可知的幽傷獨自蜷縮在困境裡，裹足不前，也不想開展給別人，恰似丁香空結雨中愁，無人可傳送雲外之信。

反差的心情，在ＦＢ裡看到一個截然不同的自己。一直將繁華亮麗的外表展現給別人看，而幽藏潛蟄在心裡深處的是不足為外人道的心情寫照。魚龍潛躍飛不渡，究竟那個飛躍不過幽谷的幽情者是誰？是真實的我們嗎？

二〇一五年十月十二日

記憶與失憶

平躺時，常感到頭皮表層有痛的感覺，可能因為常常在研究室休息時，只以後腦撐著椅背休息的原故吧。

以前在研究室累了，就會倚座背而睡，擔任行政主管之後，在研究室休息的時間更多更久了。發現頭皮會有酸麻的感覺之後，因是，睡覺平躺時，往往不著枕頭，以平緩頭部的痛感。

未知是外傷，抑是內傷。記憶也在衰退之中。

百年時，亞傑往生，我悲痛到似乎喪心，無知無覺，連家中的電燈皆未知該如何操作。以前是憑著反射動作關開燈，事故之後，沒有了反射動作，只能從零開始學習。重新知覺廚房的燈在何處，大廳的燈在何處，洗衣晾衣也似乎無所感受，急躁的個性似乎癱瘓下來了，整個人常常怔怔地不知道要做什麼。開了電視，讓電視的喧囂聲伴著無知覺。悲泣，痛心，似乎無法形容內心的感受，常常不自覺地流淚，不知覺地悲泣，想掩飾這種心情，到陽光海岸運動，流淚與流汗是同樣度過了最悲感的歲月，坐在瑜伽墊上，感傷地常淚流滿面，在騎車過隧道時，也揮淚，揮汗，那時，只能流淚，讓自己不捨的情緒一直高漲，卻怎樣也不想讓別人知道心情，不想讓關心我的人傷心。不能工作，不能寫作，不能做平常可以做的事，只能平實地教書，來來去去新竹與台中，經過了二年，才能恢復一點點的知覺，也才能慢慢地步上生活的軌道上。

自此以後，彷彿之間，記憶衰退很多，寫了上字忘了下字，說了上句，忘了下句，轉身之際，忘記自己要做什麼？常常，忘記自己身在何處，要做什麼事情，這種情況似乎越來越嚴重，而且頭皮層的疼痛仍在，遂到中國醫藥大學進行腦部檢測，結果出來了，說是老化現象，要我多用腦。每天寫文章，每天讀書，難道沒有用腦嗎？還是僅僅是表層的動作，未到深層的動腦嗎？

最近有部電影，是位大學教授罹患阿滋默症，逐漸忘記自己，想念過去的自己，這種深切的感受，現在也侵襲著我。想念青春的年少，想念靈動活潑的過去，想念舉筆揮毫的快意，享受大談闊論的意氣豪爽，想念！想念過去的我，而活在當下的我，還能剩下什麼呢？

記憶找不到回頭的路，而失憶的路已逐漸成形，將在何處尋覓青春，何處尋訪靈思，何處追記往事？逐漸瀍散的記憶，已逐漸遠離，而漫漫的歲月又將在何處逆尋？

頭皮表層的痛感仍在，頭皮深層的記憶日益流失，最後，還能剩下什麼呢？還能做什麼呢？

說話的速度越來越慢，是不是也是一種症兆呢？講了上句，忘了下句，遂要放慢速度，讓自己更清楚說什麼？或是尋思要說什麼？以前，看到說話速度慢的人，以為是深思熟慮，現在才知道，這是否是一樣的失憶？一樣的尋思下句？

似乎，只能勇敢地面對自己的種種，在日益衰老的過程中，面對自己，面對現實，是一種必須學習的殘酷的勇氣。

二〇一六年三月二十一日

候鳥人生

移居新竹是生命中的一個驛站。

先是亞傑到新竹元培醫專工作，每週返回台北，我則在台北的某國中一邊教書，一邊帶小孩，一邊修博士班課程，俟完成博士學位，也帶著賢賢一同移居新竹。那時賢賢才五六歲，我們蝸居在空軍十一村的眷村裡，過著與世無爭的寧靜歲月，賢也在眷村裡成長。每天看著日升月落，我們馳騁在附近的小學校園裡慢跑，打籃球，也閒逛新竹近郊的每個景點。賢賢有記憶的童年就在眷村裡成長。

眷村拆除之前，我們移居竹北，住在竹北，有了自己的房子，也算是安頓生活與生命，傑來去中央與竹北，我則來去台中中興與竹北，二點一線，是我們上班的路線，每次上班，傑先送我到竹北火車站，我再轉到新竹搭乘自強號，到了台中再轉公車進校園，雖然周折往返，卻很歡喜地過著每一個幸福的日子。每天來去，回到家還可以備晚餐。

自從傑往生之後，這個居住在竹北的意義已經沒有了，想移居台北的念頭時時浮上心頭，因為親友皆在台北，住在竹北，其實是寂寞的。像是一座孤城，一座孤島，在孤獨的海域裡泅浮著，希望移居台北的念頭一直出現。

尋房之旅，開展四年有餘，自己的口袋太淺，買不到理想的房子，怨不得別人。看房不下百間，從板橋，古亭，中正區，到中永和，景美木柵，新店線，最後才知道中永和新店線的房子相對便宜，卻一樣讓人覺得下不了手。就是這種感覺，一直為尋房而焦慮，找不到理想的房子焦慮，找到了，應該又是另一種焦慮的開始吧！那就是貸款、搬家、裝潢、安頓、適應的麻煩吧。捨不得臨窗書房可以靜心寫作，到了台北，是不是還可以靜心寫作呢？是不是繁華的世界讓人下凡塵之後便永劫不復呢？

二〇一六年四月十六日

浸潤在幽傷的深谷裡

從去年十二月開始，無由來的，整個人陷入極端的低潮，縱使有事在忙，有文章在趕，有庶務在處理，但是憂傷一直襲擊著我，讓我不再有動力做事，每天，陽光透進床前，也不再有動力起床，像行屍走肉一般，做該做的事，行該行的路，但是，整個心被掏空了。

害怕自己一直陷入這種憂傷之中，向朋友訴說，她們說，要忙一點，才不會一直想著這些空洞無聊的事。

沒有人了解，那麼可以求助何人呢？向通識大體的資深老師說，整個人活得很沒有意義，忙也忙得沒有意義，書寫也不再有意義了，她勸了我，也陪著我走在校園裡，感受存在的意義，因雨，我們匆匆分手。但是，心中的憂傷仍未能消除。一直想找人訴說，卻不知道該向何人說？潛藏在心底深處，仍是最深的痛、最憂的傷，無以消除。

過年前，和好朋友在寒雨中聚首，仍未能解困，到紐西蘭一遊十天，憂傷仍然存在心深處。

趁著到台北開會，約了秀珍見面，她是可以說體己話的人，她的勸慰，常常撩撥我的淚水，感傷，讓我清淚滾滾。一個寒冷的午後，我們坐在昂貴的保羅餐廳互相傾訴自己心情，她因病，我因憂傷，兩個同病相憐的人，本應聊更多，卻因為天黑要回家了，我們又忽忽作別。

而今，又已忽忽過了三月了，那份感覺仍然存在著。早上躺在床上，心口像被刀刺，茫茫然，空空然，像是缺心，像是行屍走肉一般。這種痛，何人能懂？

怕自己陷入絕對的憂鬱之中，昨天，刻意和彩琴吃午餐，閒聊，想讓自己的不快樂撣走，卻招來更多的感傷，知道自己不快樂，想要快樂，卻無從快樂，找不到可以言說的對象，怕將負荷拋出去，別人無以承接，或是怕他人陷入相同的憂傷，為我而憂，為我而傷，於是，要學會忍著不說，學著自己吞噬痛苦，不要讓親朋好友為我而憂。

如何迎向光明，如何走出幽谷，如何正向能量提昇自己，如何？如何？如何可以快樂呢？當忙碌不再可以麻痺心思；當書寫不再是快樂時，那麼，當如何是好呢？

二〇一六年三月一日

幽谷中的孤吟者

未知因何，似蜷伏的小狗，靜默地躲在一個小角落，舔拭憂傷，舔拭傷口，在莫名的歲月裡，哀傷流成遍地皆血的傷痕，無人體會，無人知契，只能面對憂傷，走孤獨的路。想要脫困，想要脫逃，卻像天羅地網似地罩著不快樂。

陽光，依舊燦艷，歲月依舊如流，而人事是不是依舊難以掌握呢？行走在歲月的邊隙裡，期待自己更快樂，更自在的順時而流，順潮而往。

二〇一六年三月二日

悲歡歲月

清晨醒來，躺在床上，猶不肯下床。

向來充滿活力的我，醒來，一定會立即跳下床開始忙碌的一天，可是近日以來，心情充滿了許多的不確定與負向的念頭，覺得人生無可歡，無可悲，無可求，無可作為，為何如此呢？自己也說不上來。

大抵視力越來越差，事情越做越慢，心裡的焦灼與不穩定的感覺逐漸襲上胸臆。在別人面前，努力歡笑，努力帶給別人正向的能量，可是，潛隱在心深處的悲感，似乎無可宣，無可洩。只能幽幽地繼續潛藏在心湖讓它慢慢地侵蝕自己的能量。

四月三日下午，和博生凱特對談他的論文，明代公案小說中的問題，天界、人界、冥界，面對群體失序的社會，清官如何判案，如何重建社會秩序？而清官又如何建立典範？編寫公案者的意圖又何在？論文已到最後繳交的期限了，大致完成，剩下枝微末節的修繕，告訴他如何修改，如何撰寫。後來，我們又希望這樣的研究能量不要逸散，很興奮地想組個古今讀書會，讓充滿學術企圖心的學子們可以有向心力、核心群組，共同在學術殿堂上打拚，互享資源，互通有無，這個有能量的讀書會，一直是我想成立的，也希望凝聚有學術潛力的學子，共同扶攜前往。於是，當下開立認識且有研究企圖的學子名單，確立宗旨，期待有具體的成效，幫助學生們往學術前進。

四月四日下午，再和二位碩生對談論文，四月七日是最後繳交的期限了，必須今天談畢，修寫完成，送交初審。僖文寫李公佐的四篇傳奇，徵怪述奇，凡人歷奇，以夢境、以鬼怪書寫人世異常接遇，圖尋覓李公佐的創作意圖及個人研究的體會感悟；筱潔寫張南莊的何典，以鬼喻人，論述鬼怪寓言在乾嘉時期的興盛與特殊意義。前者以分析演繹為主，後者主要從敘事學分析結構，我們從二點談到六點四十分才結束。

為人師表，總是鼓勵他們往前奮進，給予正向能量，而幽微的心情只合自己在夜深人靜時品味。

回到孤獨的自我，總是如此幽深、卑微地面對悠悠歲月。想做的事情太多，想寫的構想太多，而視力不能配合，充滿了不確定的感覺。這種無可歡，無可喜的歲月，沒有能量再往前進，只能順著歲月的潮流一一前行，而不可逆回的光陰，就靜靜地流淌在宇宙的邊境，永逝不回了。

二〇一七年四月五日

靜靜地老矣！逝矣！

看到新聞，日本每年獨居老人孤獨死亡無人知道的情事越來越多了。遂規定獨居老人，每天要在家門口升一面旗，讓大家知道你平安無事，若有未升旗者，即知道有狀況了，可立即前往查看。

看到這則新聞，心裡深有感受。我似乎也在過著獨居老人的生活。無可對話者，一個人默默地在家中，感受孤獨，感受存在的況味。一種死寂的，任歲月悠悠的流逝，無歡無悲，無喜無樂，只有悠悠，還是悠悠地面對老去，面對死亡。雖然體力仍可，但是，心境已如止水。

老年化的社會，是當今必須面對的事實，已有一百萬人的退休族群在社會底層竄動，將來更多。我們又將如何面對自己的年老？面對自己未可挽回的孤獨呢？想回台北，房價太高，買不起，也不想離開舒適安逸的生活。搬家是一件痛苦的事情，將書籍散盡，才有可能重回台北。因為二十三櫃的書籍，是台北房價無法負擔的沉重。

面對孤獨，是否只能孤獨？面對老去，也只能默默承受了。而死亡，向我們招手，走向無盡的邊涯，何處是歸程，未知另一個世界究是如何？只能努力在現實的人生之中奮力作為了。

看到別人對生命充滿熱情，充滿活力，只能羨慕，還是羨慕，看著自己逐漸步向老化，步向死亡之日不遠了，想想，何事可以快樂？可以活得昂揚一點呢？沒有人可以預知死亡之日，而無歡無悲的歲月還是如此進行嗎？還是一個進行式嗎？

二〇一七年四月七日

認真悲傷

近日讀郭強生《向遠方前進》寫自己單身初老的心境。

另有一書得獎作品《何不認真來悲傷》，雖未讀其書，大抵應是對人生的感慨。

悲傷一事，必須面對，然而直視悲傷，何不用快樂的心情面對呢。

早年寫過一文，蘇軾的境遇感，寫盡了人生的昔盛今衰，昔少今老，昔歡今悲的感受。

人生，向死而生，向老而生，向病痛而生，向著不可知的命運前進。什麼時候將遭遇何事何人何劫何難，未可得知。

只能阿Q的用一句話統括這種無以名之感傷：生死有命，富貴在天。

是的，直視人生，真的無歡可歡，無樂可樂。那麼存在人世間走一遭的意義何在？歷經生老病死，是為了應劫而生？是小說世界之中預敘所彰顯的：「爾等打下凡塵歷劫，期滿返歸天庭。」的佈示嗎？

輪迴觀念很深的我，一直深信是輪迴在主導我們的人生。

如果不信輪迴，那麼還有什麼理由說明我們存在人世間的遇合呢？

面對緣份，面對死亡，面對茫然不可知的未來，我們該如何是好呢？只能勇敢前進，往前走，往前進，才能讓自己有動力存在世界的角落裡運轉著可以呼吸的現在與未來。

二〇一七年六月二十五日

不圓滿成就書寫

元稹的：「誠知此恨人人有，貧賤夫妻百世哀。」寫出了貧賤夫妻共同營生的哀感，此後感念亡妻，只能寫下：「曾經滄海難為水，除卻巫山不是雲」的感慨。再多的美好，再多的燦艷也不及舊情了。

義山的：「春心莫共花爭發，一寸相思一寸灰」，寫出了情深難遣的深情，讓人纏綿難解。

放翁的：「此身行作稽山土，猶望遺蹤一泫然」，也寫出了對唐婉無盡的哀思。

是的，不圓滿，是生命中的欠缺，是生命中的遺憾，這種遺憾留在心頭難以解銷，只有透過書寫才能療癒，只有書寫才能抒發，才能紓解。所以感人的詩句皆是在萬千難迴的哀感中產生的，讓我們讀之為之惻然，讀之為之哀思。

人世中的情愛，千年難得相逢一回，在對的時間遇見對的人，不早一步，不晚一步，剛好，你我四目相望，在宇宙的光流裡，這樣的對望是令人感念的，縱使緣短情長，亦足令人回味無窮；縱使有情無緣，亦足令人感念萬千。偶然相逢還離索，便要用千萬倍的時間去回憶，追憶，感念，哀思，這就是情愛，這就是真情真愛。沒有什麼可替換的情感。

納蘭性德亦然，與妻子三年情深，一旦妻子身亡，便要用一輩子哀傷的心情去活過一遍曾經擁有過去的美好，雖然沉浸在哀傷中令人憔悴令人老，卻也是讓人有活力，有動力可以往下征服歲月的摧殘，透過書寫讓我們讀到他的深情不悔，讓我們看到了人世憂傷不是死亡可以切割的。

李清照也是如此，所有的美好，只能成為夢中影像，活著是為了追憶，為了書寫，為了憶念曾經有過的美好歲月，所有的甜蜜歲月，當現實生活如此不堪地摧殘時，活在記憶中便能夠讓人更自在一點。李煜不是說：夢中路穩宜頻到，此外不堪行。夢中可以忘卻痛苦，忘記現實的摧折，那麼夢境中的春花秋月，便像真實一般地重新活過一遍。

現在的我，是不是也活在記憶中？活在不真實的人世間去追憶曾經擁有的過去？曾經，永遠是曾經了，唯有當下，才能自足自在地活著。告訴自己，一定要放下過去，一定要努力面對未來，一定要健康快樂的面對未來，這樣才能有更多的能量注入新生活，不要回顧過去，不要追思過去，所有的過去僅是歲月潮流中匆匆的涓滴，活在當下才是最真實的人生，迎向希望，迎向快樂，莫要再追索過去的種種，讓不圓滿成為過去，往下要開發的，將是永遠的快樂，千倍萬倍的活出快樂來。幽傷的書寫，成就了文字，文學；快樂的生活，成就人生，成就揮灑自如的未來。走出困境，快樂昂首勇往直前吧。

二〇一六年十二月六日

當孤寂進駐時

有一種孤寂的生物進駐心靈時，教你猝不及防，那種被刻骨析肉的心緒，是非親自領受無以感知的。

聲光、影像營構出來的電影，收攝了觀眾的眼目。面向世界的電影劇情，是要講給大家聽、大家看的故事。然而，隱藏在電影背後的意蘊，豈是如此容易解讀？一千個讀者有一千個哈姆雷特。作者已死，宣示讀者誕生的理論告訴我們，不同的讀者讀出殊異的作品意涵。常州詞派也先於此而發明說：作者未然，讀者何必不然呢？

觀賞胡金銓的電影，有一種滄海桑田的落寞感，有一種孤孑獨行的寥落感。未知因何，這種淒美撼動整個畫面，讓觀賞的心情一直揪結著。

聽了來自夏威夷大學的王君瀚老師闡說，才知道胡導晚年孤寂的心境。一個人獨居美國，不乏友朋來來去去。但是，我認為那種啃嚙心靈的孤寂，是對藝術執著的踽踽獨行，是無可言喻的。曾經繁華過眼，而今只成為滄桑。為了能有言說的對象，寧可讓王老師開車往返於二大城市之間，在車上，對話，傾談，似要將孤寂的，淒涼的，無可言語的落寞擊出胸臆之間。分明是觀眾遍天下，不乏愛戴的親朋好友，然而，心境的孤淒，真是無以言之的。

閱讀三毛的散文，也能體會這種無可言語的孤寂感。分明是讀者遍天下，分明有許多的愛慕追企者，寧可閉鎖心靈，將自己禁錮在心的牢獄裡，讓自己衝不破，走不出來，撒哈拉沙漠的故事成為一則無人可追攀的傳奇，而夢中的橄欖樹也成為傳頌於世的歌吟了。

張愛玲，又是一則傳奇，孤高，自恃，獨居的晚年，心境與電影劇本的反差，是雙重矛盾的存在見證。

觀賞王安祈老師編寫的《三個人兒兩個燈》京劇，也能感受寂寂閉鎖的宮女心境。青春年少進宮的女子們，哪一個不是花容月貌呢？然而清寂的宮中生涯，只能獨對青燈垂嘆。羨慕梅妃，至少還有懷想的對象；羨慕相思情長的宮女，至少還有哀怨的對象；羨慕其他宮女，至少還見過今上；而自己什麼皆無，連愛情的滋味皆未嘗過，青春年華轉眼即逝，寂寂長日，沒有懷想的對象，沒有相思的人兒，這種孤傷冷寂的心境，刻畫的非常生動。

李義山「紅樓隔雨相望冷，珠箔飄燈獨自歸」的冷寂；溫八叉「一葉葉，一聲聲，空階滴到明」的淒感；陸游「傷心橋下春波綠，曾是驚鴻照影來」的孤傷；吳夢窗「年事夢中休，花空煙水流」的哀感，不就是為我人刻鏤人生孤寂的情境，先我們而發聲，先我們而感受，而這種孤寂淒傷，不是常人輕易可以逃逸的，更何況敏銳多情多感的才子、詩人、詞人呢？如何不化為筆下刻骨銘心的詩詞呢？如何不鐫刻字句，臨案書寫情懷，用以撼動百歲千年之後的我們呢？

胡導用影像為我們刻畫這種孤寂，三毛用散文，張愛玲用小說，義山夢窗用詩詞，……他們將人世間難遣的孤寂感傷，用不同的藝術媒材為我們傾洩難以言喻的淒涼感受，我們透過這些藝術重新體證領會他們遺置安放那種嚙心魂的泣血之傷。

當孤寂的生物進駐心靈時，如何直視？如何排遣？教你猝不及防的心緒，不是天崩地裂、疾雷轟頂的爆裂，而是一種涓涓長流似的流衍在每寸的血脈之中，刺傷著你靈心慧感的反應，那種被刻骨析肉的感受，是必須親自領受的人生況味。而歲月一樣流轉，一樣淪逝，不會因為你的淒傷而停止了運轉。看著日升月落，看著花朝風影，一日日的淪逝，一天天的流逝，挽不回的青春，挽不回繁華落盡的淒傷感受，刻鏤著心版如寸寸刀刻，逆竄的血液滴滴流淌，面向這些無以名之的孤寂感傷襲擊時，無所遁逃的你又該如何為自己的人生掌舵呢？

二〇一七年六月四日

紅顏已老

臨鏡照影，掩不住的紋路，銘刻歲月的痕跡，是怎樣也無法撫平的滄桑。

臨鏡自顧，髮絲斑白，日益明顯，是怎樣也無法掩飾的歲月流轉。

是的，看著紋路加深，看著鬢髮斑白，喻示著青春遠揚，年華不再了。

感傷，曾是青春年少的紅顏，如今也只能蕭蕭面對日益的歲時消逝。

生命的迴旋曲中，能否再奏青春舞曲，想著前人高唱，我的青春小鳥一去不回，此刻有深深體會，當心理年齡還在青春，形軀已邁向向晚的年歲了，這是一種什樣的心情呢？

看著年輕人輕歌曼舞，看著他們痴痴愛戀，看著他們為學業為工作而打拚，似乎，那樣的情境才是昨天之遠，怎麼忽忽也過了數十年了。歲月堪驚，最是驚人的是，從不覺自己年老的過程中也被學生被歲月追老了。能有多少的感嘆呢？能有多少的風華歲月可以再重來一遍？無法重回的青春，才能體會秦始皇派五百童男童女前往海外尋找長生不死之藥，也體會漢武皇建立金銅仙人的荒謬，這些似是荒謬的故事，正足以投射人類憂生懼死的心情，也投射人類對青春流逝的恐懼。

往者已矣，逝者不回，更加深人類對死亡的憂懼。

望著日益憔悴的容顏，望著無以復加的流逝歲月時，我的情，我的愛，也被風吹散在無形的光陰之流裡了。什麼樣的人生可以重回，什麼樣的故事可以重新演繹，什麼樣的遇合可以更溫暖生命的溫度，也許，在重重的人生遇合裡，遇所遇，合所合，知所知，也散所散，如斯，生命的流轉才能不斷地生發，不斷地轉動，也不斷地輪替與代謝。

念著青春，想著年少，蓬勃的年華已遠逝難歸，能面對的，竟是蕭蕭瑟瑟的人生，與日益深刻的紋路。無路可迴，只能勇往直前，這就是現實的人生，真實的人生。

紅顏已老，將用什麼記取曾經有過的春天？將用什麼書寫曾經揮霍的年少人生？想著，念著，看著，悠悠歲時不再，萍水相逢盡是他鄉之客，何處可以回歸？回歸究竟是什麼樣的心情呢？

傷逝，竟是此時此刻最深的心情，最難遣的心緒難以撫平。

二〇一六年三月六日

流眄

人間的愛恨情愁，流轉在前世今生之中，究竟我是誰？誰是我？曾經死生相許之人，來到了今生，是否還能記得前世的因緣？是否還能在今世重續塵緣？抑或，僅成為陌路相逢，流眄回顧一望，情緣皆了的陌上人？

在冥冥漠漠世塵流轉的我們，如星雲在浩翰宇宙裡行走；如飄風在流風沫影中流蕩；如浮萍在水流中既聚且散，我們真真不知道行走在既定的軌道之中，到底下一步是什麼樣的因緣等待我們聚合？等待我們了卻情緣？曾經愛過的，恨過的，揪心的，厭棄的，到底是何因緣相聚？到底是何因緣離索？

忘不了那一幕，淺淺回頭一望，四目相視而顧，是否能認取前世的因緣？抑是了無瓜葛？若有，焉能只剩下回望而已？若無，焉能在今生今世的芸芸眾生中，巧然四目相望？相望，是為了印證前緣？抑是了卻塵緣？內心是否還能激發情意流動？抑是陌塵相視而去？

年前，麗卿說，有一部電影我應該很喜歡，是《柳如是傳》，劇中許多詩詞，頗合風雅。得空，觀閱，果真是喜歡的文雅風流類型。

觀後，久久未能忘懷一幕。

前世是錢謙益與柳如是的人生鋪陳，及至結尾，今生是紅男綠女在觀畫。前世的柳如是流轉為今生的窈窕時髦之女，錢謙益則是儒雅君子，在芸芸人群之中，感受前世情緣的流動，儒雅君子回眸一望，與時髦女子巧然四目相對，究竟要記取前世因緣？抑是拋擲過去情愁？

就這一幕，回眸流眄，讓我驚悸不已，是不是我們也常在日常生活中遇我們該遇之人，見我們該見之人，只因為前世許下的諾言，或是前世未了之情緣，讓我們得以在今生今世，或為骨肉，或為夫妻，或為手足，或為師生、或為友朋，……

塵緣如是牽繫，縈心未已。在浮世之中，更珍惜相知相遇的因緣，也許，曾經是許諾今生重逢，也許是累劫累世的因緣聚足，得以重逢此生此世。

流眄一望，成為內心悸動的牽掛。

二〇一五年二月十日

輯二：逆光流思

與忠義結緣

受邀到礁溪進行「第二期關公暨三國故事師資培訓班」的講學，二次，每次二小時，被命題講授「劉備待人事略探究」、「從赤壁之戰探究關公華容道釋曹的功過是非」二議題。

接到預定課程表時，是十月二十二日，而我預計在十月二十五日前往桂林、南寧參加國際學術研討會一週，臨在出國，主辦單位要我在十月二十八日之前將講授大綱寄過去，十月二十九日正式開課。這是不熟悉的課題，只好央請曾在忠義關公單位服務的蔡翔宇賢棣幫忙寄個簡單的大綱過去，回國之後再來處理授課的內容了。

與「中華關聖文化世界弘揚協會」接觸是在擔任行政職時，協會特地蒞臨中文系要求合辦忠義文學獎，這是一個有意義的文學獎，對社會有正向提撕力量，尤其對更生人有生活存在的動力，樂見其成，並促成此事。協會黃國彰理事長並說明，已在桃園開辦一次講學，問我能否受邀對「第二期關公暨三國故事師資培訓班」學員講授二次課程，黃理事長發心要推廣忠義教育，讓信仰關公除了人格力量感召而非迷信之外，想藉由開辦課程讓學員獲得善知識，而非蒙昧無知的崇拜。而這些接受知識培訓的員學，是來自民間的宮廟系統，讓他們免費學習，可以回到自己宮廟中推廣正向的善知識。這當然是好事的，將信仰由行動力量提昇到知識能力的講授，是值得推廣的知識行動。由於這是善心善事，也是提昇社會正向力量公義之事，當然義不容辭，明明知道雖然非我專長，但是能夠和發心學習的學員們忍識，遂爽快地答應接受這項講學任務。黃理事長還展示第一期的課程師資表給我看，大約中文學界講師是認識的友朋，他們也發心講學，我有什麼不可以的呢？而且協會為了提昇師資素養與能見度，中文學界多找行政主管，包括任職系主任、所長等，這樣更可以提高講學的知名度。也就是在這樣的因緣，與關聖協會有了合作的機會。

第一項工作是評審忠義文學獎，協會寄來一箱近十公斤的文稿，分成三類，論文組、創作組及更生人組；論文及創作組又各分為學生及社會大眾二組，所以遴選的類別琳瑯滿目，稿件寄來，立馬鋪在書房的桌上、地上，還有客廳的茶几上，先分門別類的擘分清楚，不同組別，避免紊亂，然後再進行審閱。最令人動容的是更生人組的文章，每一字每一句皆是他們人生經驗椎心泣血的書寫，讀得我常常悲慼襲心，透過這些文字，讓我重新活過很多不一樣的人生，毒犯，經濟犯，暴力討債犯，姦淫擄掠無一不備，其中，有誤入歧途的，有自甘墮落的，有被友朋牽拖的，有隔代教養的，有父母離異的單親家庭，有虛榮追求高社經地位的，有莫名被陷害的，林林總總，每個故事皆是真實血淚的書寫，這些存在社會陰暗角落的人們，他們用微弱的力量，想向社會爭取一點點的榮譽感，一點點正向的力量，乃至於存在的一點點動力，於是，他們學習創作，學習構思，甚至一筆一畫地鉤勒每一個字句，閱讀他們的文章，文字大皆筆畫工整，可見得他們努力用心，而文句內容，也都是真實生命的歷程，在刀尖浪口嗜血的記錄，讓人讀之動容異常。

花了近二個星期的時間，細細研讀，而這個期間是夾在八月中到青海參加少數民族交流活動與九月初至四川參加唐代會議的中間，必須在出國前將審查完成，才能不負所託。於是，每天，每天，早起晚睡，日升月落，努力閱讀這些文章，一審，二審，寫評語，定名次，有時，數篇皆優時，還不時地前後比對章法結構、內容義理、行文修辭及可讀性等項，一篇篇仔細閱讀，一字字努力敲打評語，大功告成寄出時，內心的激動與感動，其實不亞於投稿者。評審忠義文學獎，讓我似乎活過每一位受刑人的生命，去體會他們真情實感，去領略他們真實的生命歷程，是椎心泣血的吶喊，也是向社會投遞出想重新活過人生的呼喚。

第二項工作是講學，十月底歸國之後，努力蒐集三國志、三國演義的資料，乃至於請學生幫忙影片剪輯、蒐集。由於是我不熟悉的課程，花費心思比準備正常課程還費心力，尤其是，到底要運用什麼策略來講授這樣的課程呢？

事先，心中存滿了許多的疑惑，不知學生的程度，是小學、國中，抑是大學？不知學生人數，是多是少，完全沒有概念？是男多抑是女多呢？講授會場是什麼樣的情景？是在菜市場旁，抑是在講堂內？週遭是有梵唄誦經聲嗎？一些奇想不斷地湧入腦際。也許你會問，為何要知道學員的學歷程度，為何要知道男女誰多誰少？為何要知道什麼樣的授課場景呢？這些，與授課內容的編排有關，學生少，可以對話回饋；男女生的比率也會影響上課的氛圍，可以略調整成適合男或女的課程內容，因為男女生關心的議題有所不同。再則場景如何，可能可以隨機運用。由於心中充滿了奇特想法，故而，雖然講綱已備妥了，而且也上傳給協會了，但是，仍然拿不定主意，是否原原本本、老老實實的按照講義上課呢？

十一月二十六日，七點零五分出門，先搭高鐵接駁車到新竹站，再搭高鐵北上，到台北車站轉搭火車到礁溪，其實，車程周折，買票也周折，經過一週時時上網，一直買不到火車票，換搭早上六點零六的火車，也無位，再換從不同區段車程買票也無位，最後，二十五日想想，臨櫃到竹北火車站買票再試一次吧，居然賓果，買到九點從台北到礁溪的火車票了。告訴票務人員說，上網一直搶不到票，為何這次這麼順利，臨到出發前一晚才搶到票？她說，可能剛好有人退票吧！是呀，真幸運。

而這種幸運也得來不易，高鐵到北車是八點三十二分，距離火車九點鐘出發，還有近半小時時間，為何不轉搭客運呢？頂怕塞車的我，深懼雪邃假日人潮湧動，所以搭火車雖慢卻能夠順利抵達即好。

安坐在候車室候車，也再複習一遍講義。真的，看不下去，真真看不下去，也說不上來。通常是，臨上課前，會很迅速瀏覽教材，而且心領神會，默背內容，此時，何以完全不能入境呢？很奇怪呢。

提早半小時抵達會場，想先看看會場的情況，包括授課場地，學員多寡，上課氣氛等，結果，是在講堂授課，平日是KTV的教室，假日回收當成授課教室，學員有三四十人，男女皆有，似乎女多於男吧。由於上一場的講師仍在授課，聽她的內容以及音量聲勢，滂薄有力，我呢？將如何講授呢？

想用一種有別於一般的授課方式吧，讓他們有不一樣的上課感受或啟發吧。

站上講台，先說明現在台灣流行的教學方法，大概有PBL，有磨課師，有反思教學，有翻轉教室等等，今天，要採用翻轉教室的方式授課，因為每位學員皆是將來的老師，必須學會思考，並且組織說話，有條有理的回應問題，所以將以學員為主軸，翻轉教室，我只是一位課堂導引者。不管學生能否接受，決定運用這套方式，也融入PBL的問題引導方式來進行二小時的課程。

第一問：為何大家要坐在這兒學習，每週六不辭辛苦地坐在這兒一整天上課？這個問題要導引學員思考自己學習的動機或目的性，清楚目的或動機之後，才能更有學習的動力，學員們紛紛表述自己的動機與目的，雖然第一次上我的課，學員們並不陌生，能夠分享自己的想法。

第二問：今天的主題是劉備，為何我們今天課程要學劉備？他距離我們很遠了，為何我們要了解學習劉備呢？他有何特質值得我們學習呢？學員們男男女女分別表述劉備具有領導統馭的能力，重人和，是位仁德兼備的人物，林林總總的回應問題。能夠回應這個問題，才有學習的必要性。

第三問：大家如何知道有劉備這個人？是從三國演義來的？三國演義是小說，小說通常是虛構的，那麼，小說中的劉備，可不可以相信呢？大家也紛紛表述，有的舉手，也有不舉手。我告訴大家，小說的人物、情節、場景有可能是虛構的，但是小說的內容仍是著根於社會日常生活中，著根於人性的思維之中，有部分可以相信的，因為他是抽提人生、人性的部分來演繹。

第四問：如何閱讀文學作品？告訴大家，創作歷程是從作者到文本再到讀者，而閱讀過程是反向的，讀者逆向文本，才能求知作者的意圖。

第五問：三國演義作者羅貫中為何要創造三國演義，其創作意圖何在？塑造出什麼樣的劉備呢？學員也紛紛表述自己的看法，說明羅貫中的意圖及劉備的人格特質。

第六問：史傳中的劉備和小說三國演義中的劉備有無不同？

學員們不太清楚史傳與三國演義之異同，於是，帶領學員進行講義的閱讀，史傳中的劉備是陳壽三國志所寫，歷史比較具有可信度，而小說是虛構的，可能是作者增益情節而成，比對史傳有關劉備的五個內容，兼備仁德思想，再看看三國演義的內容，完全是從史傳演繹出來的，只是文字較好閱讀，內容較精采流暢，並無逸出史傳的書寫，故而三國演義中的劉備形象是羅貫中從史傳中脫衍而出的，信實度高，且具閱讀的精采度。

引領學員思考自己學習的動機，如何解讀作品，如何了解作者的創作意圖，如何了解劉備還值得我們學習的是他的仁德作為，這樣皆是可以學習的。

然而，知道這些的目的性又如何呢？

再問學生，劉備距離我們一千八九百年了，將近兩千年了，我們閱讀、理解劉備這些人格特質的目的何在呢？

我還是要教學員們了解客觀知識與生命知識有所不同。我們知道劉備具備仁德思維，這是客觀知識，但是，如何轉化成我們生命內化的知識，就必須努力去實踐，也就是將客觀外在的知識內化成生命的動力，這樣的學習，才是真知真行，知與行能夠合一的。

用拋問式教學，讓學員翻轉前一堂課由講師講授的模式，藉由提問，思索，回應，進行反饋學習，未知學員們是否有所感知與收穫。這就是我，喜歡用不一樣的授課方式和學員們互動。不知學員們體悟如何，雖然今天我給的知識性的內容不多，提問式的思考比較多，讓他們重新面對自己的學習，了解學習的動機目的，進行更深刻的思考，才是我想要的教學方式，而非平平白白的由老師講授內容，這些內容，其實講義皆示現出來了，如何導引？如何思考，才是今天的重點。

只是未知學員們是否真的感受到授課的策略，目的是要讓他們成為學習的主體性，藉由自己的思惟，不斷地精進反問自己的學習，為何學？如何學？學後又將如何轉化成內化的知識。面對年齡層偏中老年的他們，是不是適用呢？不得而知了。

二〇一六年十一月二十七日

站在講台上

徹夜輾轉難眠，何以致之？大約是午後一杯咖啡的效應發酵。從十二點一直到凌晨四點，還是未能入眠，六點多起床，速速整裝，往北行去。雖然徹夜未眠，仍要精神奕奕地站在講台上傳道授業解惑。

站在協天廟講習的講台上，今天要上的課程是：華容釋曹對關公是功是過？

先不說課程的內容，先做個開場白，不管外面的風雨多大，天氣如何冷冽，今生今世能夠聚在這個講堂就是我們的福緣，讓我們珍惜當下，享受當下。全球六十七億人口，我們得以相聚在此，就是磁場相近，讓我們得以在滄茫的人海之中相遇相知，讓我們享受這片刻相聚的時刻吧。並且肯定學員們為了學善知識，要歷經十二週，三個月漫長的學習，每個週六聚會在此，只為了實踐學習，完成理想，值得令人感佩。

再談身旁幾個人物的典型，正在往理想的途中前往。黃國彰為忠義關公的事業，努力奉獻自己，蔡所長買了山谷要種有機的食物，凱特父親八十歲了猶努力的種植蔬果，以完成自己的理想志願，每人因為身分位階不同，社會背景不過，學經歷不同，各自選擇不同的方式前往理想的國度，每個人皆要努力的尋找自己的目標，每個人也正在途中。我用馬斯洛的五種需求告訴大家，一定要從生理、安全的基本需求過度到社會、尊重、自我實現的過程，唯有理想性的實踐，人生才能彰顯意義，鼓勵同學好好完成這個目標。而這種目標的追尋與完成，就好像王國維所說的三種境界，第一境界是：「昨夜西風凋碧樹，獨上高樓，望盡天涯路」，是一種滄茫的，沒有目標的追尋中，追到之後，路途遙遠，必須再有第二種境界：「衣帶漸寬終不悔，為伊消得人憔悴。」為理想付出的過程就是一種艱辛的奮鬥，努方付出終能有成的。第三境界是：「驀然回首，那人卻在燈火闌珊處。」理想就在眼前，不必外求了。這三種境界，也是大家實踐過程的三種過程。

再導引，上週是採用翻轉教室的教學法，本週擬採用戲劇教學法，未知同學是否能相應，讓同學能夠透過影片觀賞，進行角色扮演。

然後，進入課題之中，先首用問題導向教學法，三個提問，先問為何要認識關公，意謂其有何人格特質值得讓我們學習？二問，為何要學華容釋曹的內容？致底史傳有無此事？三問，華容釋曹的經過，對關公而言是功是過？

透過三國演義的影片，讓同學觀賞曹操的英雄氣概，關羽的知恩圖報，二人的對話，實令人動容。尤其是曹操寧可一死以保關羽之忠，這一幕觀之令人感佩，可惜三國演義多採「貶曹褒劉」的視角，以致於曹操成為奸雄的代表人物，事實上文學中的他，橫槊賦詩，不可一世呢。

同學們紛紛表述自己詮釋的視角，有一學員扮曹操，再進行歷史講述法，讓自己的看法詮釋出來。經過三位同學演繹表現關羽與曹操的形象之後，再回歸到講義中，究竟史傳與三國演義如何呈現這個事件呢？

我引了三國志，說三分，宋平話，元雜劇，分別說明歷史上有曹操從華容道逃走，卻無關公釋曹的過程。釋曹是羅貫中從元雜劇中脫衍而出的故事，將曹操的奸絕、孔明的智絕、關羽的義絕表現得淋漓盡致，故而史傳與三國演義的異同，呈現出史傳的真實與小說的虛構性，何以羅貫中如此書寫呢？

三國演義的內容，羅貫中的創作意圖表現出傳統的正統思想，精采筆法，型塑人物刻摹深動，引人入勝，故而小說比起史傳更具傳神與可看性。此所以毛宗崗說華容釋曹有三絕：奸絕，智絕，義絕，這樣形塑人物比三國志更精采可觀呢。此所以我們喜歡看小說的原因。但是，三國演義屬於歷史演義，是正面書寫英雄將士們的威猛雄武，是正面歌頌英雄人物，若是從詩歌觀之，則多側寫人民哀苦無告的生命歷程，杜甫的三吏三別，就是書寫戰爭的殘酷，是側面書寫，寫新婚別，無家別，垂老別，寫新安吏，石壕吏，潼關吏，故事也正是精采可觀，只是，寫的是人民的哀痛與悲慘的經歷，不歌頌英雄，不寫將士威猛，而是寫人民的內心活動。

我們，站在歷史的後設點上，應如何看待三國志與三國演義的人物？也可以區別史傳與小說中的故事情節與人物之異同了。

講義的最後，仍有五個提問，呼應了講義最前面的三問，也算是總結整個課程的內容了。

二節課，帶領同學尋找自己的理想，實踐自我，然後，了解馬斯洛的五種需求是人生必然的經驗，人必定要從生理走向更高層次的理想性，接著，再告訴同學，史傳與小說有差別的，只是小說也是抽提歷史而來的。

站在台上的我精神奕奕，與人交接往來，神采飛揚，完全看不出失眠的失衡恍神的狀態，只有坐下來，立即入定睡著才能深切反映睡眠之不足。

這就是我，總要將最精采的表現留給群眾，將幽微的心境留給自己。

二〇一六年十二月五日

文學獎的流思

近日，評審某縣市的文學獎，感受投稿者敘寫視角的多元化與認真，同時也感受主辦單位的慎重其事。

內容分兩組，一組以散文筆法敘寫感、思、聞、見；一組是以評論手法書寫思維之啟發。投稿者莫不借力使力，示現豐富的內容、敏銳的感思，但見各展所長，各現所能，也讓我在級數、分數間逡巡思考，深怕遺珠之憾，也憂懼遴選失誤。

其中，有以清麗之筆寫出慢活的人生，有以攝影之法寫出聞見，更有題寫名園名產以示見聞之豐，更有以虛實雙遣方式，將虛構與真實雜揉其中，令人跌入穿越時空的邊境，任自悠遊；當然，以對照手法寫出今昔變化者有之，以清麗流轉之筆寫出雋永有味者有之，也有以真誠的心情寫出遊子回歸的返樸歸真，……凡此，皆令人贊嘆不已。

另一組，以評論書寫啟迪思維或感思者，有資藉他山之石攻錯者；有借鏡他鄉異國文化的成功案例，作為當下執政者的省思；也有以個人助人的案例說明市政應如何開展民眾所需，即是政府存在的價值所在；更有以個人教學經驗指陳教育的方向及可行之法。如此繁富而多元的論述，莫不要引發庶民心聲，開發執政者可能的思考向度。

如是，清麗的散文，加上沉深的論述，讓我沉淪在悠悠的文字國度裡，披沙揀金，欲將散落的奇彩珍珠串成一條璀璨的項鍊，示人以斑斕。

在溽暑的午後，覽閱這一篇篇奇文奧思，也讓我在閱讀中感受他人的感受，體會他人的體會，以及增加自己生命的聞見深度與厚度。

二〇一四年八月十八日

唐代魅影

常常從睡夢中驚醒，因為中國唐代學會的事情讓我睡不安穩。急急起床處理聯絡事宜或是安排事情。

也常常在夢境中出現焦灼的情境，讓我處在未知如何是好的困境之中。為何如此魂牽夢縈？為何如此灼人心肺呢？

自從接下中國唐代學會理事長一職之後，常思，如何可以讓這個學會更好，更蓬勃發展。也想要舉辦唐代學術營，讓更多的同好參與，可是，面臨的困境又教人裹足不前。

經營二年的唐人選唐詩讀書會，成員十二人，因為要舉辦唐代國際會議，向讀書會成員邀稿，無人回應，最後只能請他們擔任特約討論或擔任主持人。

前屆理事交接的物品，只有改選當天交給我的學會大小印章。多次詢問各項資料，說要寄給我，也可能太忙碌了，忘記了。二〇一五年四月二十五日約了前任秘書長洽詢相關事宜，曾說要將資料全部寄給我，久候不至，也不了了之了，也不再催了。學會的匯款於二〇一五年九月匯入，其實費用尚好，最主要是如何運作學會的資料，得不到奧援，轉向數屆前的理事長洽詢，幸好，她們很熱心提供手頭營建的資料，轉寄給我，以及應操作的方向：刊印會刊、舉辦國際研討會等事項，於是，我就遵循這個方向前進：舉辦研討會及經營會刊。

二十一期會刊邀稿，撰稿，舉辦第十二屆國際學術研討會。忙碌自在其中，不在話下，過程順利圓滿，令人喜悅。

從今年元月開始，又開始開展二十二期的會刊邀稿，承蒙師長提供意見，可闢傅樂成專輯，也熱心幫忙邀稿，我也努力向學界尋求奧援，逢唐代研究學者即邀請他們撰稿，有人熱心回應，有人冷漠相對，這些皆是意料中的事。努力邀稿、集稿、排版、校稿，和工作團隊不斷地進行收稿、集稿，直到十一月中旬還有師長未繳文章，我的心懸在空中，很怕十二月的年會交不出二十二期的成果，每天每天焦灼地寫電子信，打電話，催稿，校稿，寫稿，改稿。自己也怕文章數量及頁數不夠，努力請學生寫研討會的論文摘要，自己也寫了數篇參與國際研討會的側記、籌辦感言等。還好，篇數夠了，然而排版要商請團隊同仁幫忙，因為期中事務太多，必須等他處理完自己課程的業務：上課，改作業，期中考考卷的事宜之後，才有空幫忙排版，時間越來越緊迫了，我的心懸得更高了。因為是義務幫忙，不能催別人，而且別人有自己的時間表，我再怎麼急也無用。幸好，他是個快手，二天內將所有的二十五篇文章排版完成。感恩。

接著，要轉寄作者校稿，時間迫近年會，作者有的很配合，有的要三催四請的，有的壓根就忘了此事，只要是我邀稿的，一定要一篇篇打電話，或寫電子信催稿。事情真的很繁瑣，但是，得耐住性子一件件處理。

年會，要如何召開，必須循往例。我先問新任理事長可以召開的時間，再發函調查召開的最佳時間點。這一波電子信寄出之後，才知道舊的通訊錄很多都是無效的信件。

師長提醒我，要召開理監事會議，又有師長說不必另外召開，只要年會當日召開即可，兩種不同意見，對我來說，不開理監事會議可以省事，但是，很多年會要處理事情，必須先溝通才可以。所以我先問新任理事長，可以出席的時間，他因為出國到日本一週，必須延到十二月中旬才能召開，而且時間還要調查，因為要過二分之一人數，會議才有效。發函調查，結果，不盡理想，而且新任理事長的時間也有限，最後，在師長的幫忙下，敲定十二月十六日週五下午二點召開，這個時間是夾縫中找出來時間。

理監事會議三個議案，一是年會相關事宜討論，時間，地點，主題演講，最後敲定十二月二十四日，主題演講商請理事王國良教授擔任。二是新會員入會申請，共有四人，一一列出他們的學經歷，經理監事同意通過。三是理監事改選名單之確立。歷史學門團結令人佩服，努力投入整個學會運作，相對於歷史的文學學門，則多為散沙，參與度不高，無凝聚力。所以呢，可以提名的只能是熱心公共事務的歷屆理事或理事長了。另外，我也希望薪傳，所以提名本來性較高的潛力股，期待薪傳。成就了理事名單二十二名，監事六名，這樣可以提交年會投票了。

開畢理監事會議，確定年會事宜，又開始不眠不休的規劃議程，製作演講海報，處理通知事宜等信件。

事情擱在心中總是大石，想要早點處理，而且十六日理監事會議決定二十四日召開年會，只剩下一週時間，太趕了，我要火急處理相關會通的事宜。一大早五六點起床打議程，幾度和師長們打電話，寫電子信溝通議程、海報內容。希望能在公開場合宣布新任的理監事及理事長，一反過去閉門作業，所以略改議程，和師長溝通，大家表示可以，遂改成我的議程版本。

海報製作也牽涉版權問題，排印問題等，要一一解決。

將電子資料廣發學界，爭取一週時間讓年會及演講事宜佈告，讓更多人參與這個活動。

幾經修訂、討論、改版，終於將議程寄出，並且也擬寫邀請函，邀請二十一、二十二期會刊作者出席，至於通知所有的會員以及新申請的會員等皆只能在短時間內以電郵處理了，不處理紙本郵件了。時間一週真得太匆促了，也幸好有一週，否則更慘，因為消息佈告、流傳，轉介，皆需要時間的醞釀。

我的團隊呢？秘書長是系主任，知道他很忙，只要是我能處理的事情，由我來處理，不勞煩他們了，結果形成我一個人乾著忙。

二十二期的校稿終於在千催萬催之中完成，同仁幫忙再排版，再校稿，聯絡出版的廠商，希望能趕在年會召開時送到會場。週一再修改因排版跑掉的字型，然後確定可以送印，心中的石頭才落地，希望週三寄出，週五抵達台師大會場。也是思慮必須周密，幾經細算，基於成本考量，才確定印出一百五十份，三十份送樂學書局寄賣，四十份留著寄給作者，八十份寄到台師大會場發送。會刊確定之後，心情釋放一顆巨大的石頭。

另一顆石頭是年會，因為移師台師大，我的團隊全部在台中，這回要調人手真不容易，學生們大都安排當天的活動了，當天是聖誕夜呢。最感動的是，在最需要幫忙的時間，幾個貼心的博士學生及已畢業刻在高中任教的學生，調課，取消約會來幫忙我完成這事。

由於是義務，不能催，而且還深懼秘書長未能出席，我的團隊還有一人當天到南部喝喜酒，唉，時間敲定，一定會與其他事情撞期。只能作選擇而已。感謝調課及取消約會的學生們的幫忙，真的令我非常感動的無以名之。

其實在忙碌處理唐代學會年會事宜的期間，還夾纏著其他事項。十二年國教擔任課綱研修副召集人，二年多的研議，終要面對四十三位課程審查委員的質詢，十二月十八日的備詢，如臨大敵，事先備妥所有的講稿、資料，也利用一天時間整理資料、記誦，深怕不過案，還得周折重跑研修的流程。

另，山海經讀書會、群流會講讀書會仍在運作，事情總是要一件件做好，做完，不得勉強諸事交纏，益顯忙碌。

因為行政團隊在台中，心想，來回台中台北要花高鐵費用，不如將我可做能做之事由我來完成，遂形成團隊由我打前鋒，和唐代學會其他學界朋友師長聯絡，而其他組員則幫我處理後續事宜。自以為這樣比較節省能力精力，殊不知，學會其他師長一直覺得為何不見我的團隊成員呢？他們似乎是隱形人，藏鏡人，事實上，是考量台中台北二頭跑的交通費用很高，故而我承攬一切對外接洽的事宜。

今天一大早起床，又開始思考，年會的流程，需要什麼資料？打了主席報告的講稿，又思交代學生準備會刊的牛皮紙袋，要將會刊裝入資料袋中，又想到昨天到台師大會勘場地，安排布置事宜，移師台北，對我們真得很不方便，只好求助即將新任理事長協助。

又想到年會的演講費用、工讀金、交通費、茶點等費用必須支付，急急又跑去提領現金，希望當日付款一切順當。也交代行政團隊任務分組，事情只能沙盤推演，至於整體情形如何也只能用預期的心理規劃了。真的很焦灼，可是能奈何呢？細思整個流程、工作細項，又因為有新會員要申請入會，逾期，過了理監事會議了，寫信問師長，新會員可以如何處理呢？告知，要在年會報到時召開臨時會議，於是，又開始擬理事臨事會議議案及簽到表，事情總是一件件浮上來，也是浮上來才知道需要解決，故而細細瑣瑣的事情很多，想到就必須處理，否則會讓流程懸空，就這樣整天忙著細細瑣瑣的事情，為求年會召開圓滿，故而大大小小事情皆得細細思考，整個人似乎陷在其中，動彈不得，遑論寫作了。

聯絡司儀蜀恩，將議程寄給她，也將可參酌的司儀講稿寄過去供她修改參考之用。

聯絡惠馨，領據，收據各要處理列印妥當，文具用品備妥。飲品：茶包、咖啡包必須從台中帶到台北，不方便再請台師大支援了。

主題演講者的講綱到來了，不想再麻煩台師列印，聯絡團隊有誰可以支應這份工作，國卿回應可以，於是請他列印五十份，從台中帶到台師大。

又想到，這回幫忙最多的高明士院長、王國良老師及相關的理事們，於是，親自寫了謝函及準備食品禮盒，當天贈送他們，以示感謝。

又想到當日有唐代學者往來，於是興起贈書活動。打電話給學生書局，預購二十冊拙著《對蹠與融攝：唐人生命情調與審美風尚》準備當天饋贈學者，感謝他們對唐代學會的支持。事先請學生書局寄送到台師大文院院長室，由他代收，當天早上再運下樓送到會場，不必由台中或台北送過去，省了一段路，只是又得要麻煩他人了。

事情繁瑣，卻又未知什麼事是被隱藏漏掉的。

又想，如果有人想臨時加入學會，那麼是否要準備申請書，以備不時之需？又思，如果有人不能到會，由其他會員委託，那麼是否也要準備委託書呢？這種細節皆要想到，才不會在台師大造成不便，因為我們是客卿，用電腦不便、列印不便之下，如何是好？如果能事先處理完畢，可減少當日的麻煩。

再則，要報告工作事項及收支情形，於是，又要擬寫工做事項的檔案及收支一覽表了。這種細碎的事情，就是要沙盤推演才能順當，也要花時間寫內容填表格。因為年會當日的支出情形有些未知，所以收支表未能盡詳，也是麻煩。

還要提醒自己，一定要記得將工作項目及收支表上傳，否則當日無檔案可用，為避免窘境，通常會列印一份紙本備用，就算是沒有電子檔，至少，也有紙本可當作講稿來用。

因為年會的召開，讓我進入備戰狀態。由我籌辦，代表文學學門，也代表中興中文系。歷史學門的人，或是其他學界的朋友，總是抱著觀望文學學門如何完成？所以，我一定要好好把這個年會圓滿辦成功。

細細回思，接掌這二年，也思好好運作唐代學會的活動，但是能力與精力有限，因為所有的精力耗費在處理系務上面，擔任行政主管三年，每年舉辦大型會議二至三場，今年就辦了四場：白萩，唐代，李炳南，麗澤，除了會議，還有全校型的閱讀寫作計畫案，期中、期末報告，觀課、大型演講、參加研習等事項，真的疲於奔命，再加上開不完的會議，以及課程的張羅，職場實務、文化專題講座等項；還有各種庶務、委員會議等，似乎精力有限，無力招架太多的事情，行政將精力耗盡，無力再處理學會的事情了，這使我覺得歉意了。所以接掌二年，只能做了幾件事：舉辦國際研討會、二十一、二十二會刊的出版與邀稿、籌辦年會、完成理事長改選、代表台灣中國唐代學會出席大陸唐代文學學會進行兩岸學術交流等項。其實，原本應該善用團隊力量不該自己在窮忙，可是想到年輕人，在拚升等，也於心不忍，不能將事情壓在他們的身上，果真，一年內看到四位同仁升等，也是喜事一樁。事情前原後果，糾纏成匆促召開年會，實是不得已。

二年圓滿交棒，充滿感恩，也體會個中滋味。

二〇一六年十二月二十日

迎向美好的戰場：課審大會感記

六月十七日，連下一週的暴雨，似乎沒有減弱的趨勢。腳傷，仍要前往台北市立教大進行十二年國教國語文國中組課審大會的報告及備詢。

希望今天可以達成任務。為什麼說希望今天可以達成任務呢？其一，去年十二月十七日，也是一場備詢，因程序問題，重新啟動，高中、國中、國小再重新分組進行課審大會。其二，上週國小組因議程時間問題，未能進行備詢，空轉一次，須再候下次才能再進入討論與備詢。希望我們國中組不會這麼慘，不會在會場外面空候數小時之後，才告知今天進不了議程了。

北上，對我也是一番折騰。賢說，既然腳傷，為何不找其他人報告、代理呢？近日因意外腳傷，推掉許多活動，只有二件事不能推掉，一是碩博論文排定日期的口試，這是學生的未來，不可耽誤；一是十二年國教的課審大會，因為擔任副召集人，全程參與，非常清楚課綱的內容與過程，不可迴避，不可推辭的責任心讓我必須親自披掛上陣，秉持著鐵的毅力前進北上。

從一〇三年九月開始進行課綱研修，這是一段漫長且艱辛的奮戰過程。必須依循教育部頒佈的總綱進行國語文的課綱研修。要既在其中又要不離其中，且要能走出既定的傳統格局，這對我們皆是一種全新的挑戰，大家分頭蒐集各種資料，各國的國語文教學課綱、理念、課本、教材，以及已執行中的九年一貫的資料，大家討論，對話，期待能夠找出適合我們國情的課綱。而在草創初期，大家還要先了解整體架構，預期如何完成？如何整併國小、國中、高中各自分工的情形。

從「基本理念」、「課程目標」、「核心素養」、「學習重點」之「學習表現」、「學習內容」到實施內容，每一項次的遣詞用句，每一行的字句段落，都經過研修委員，包括來自全省的學者專家、現場教師、議題委員，共同討論出來的草案，字字句句斟酌討論，從分組會議到課綱研修大會，每一場次的討論與對話、溝通、交流，皆是絞盡腦汁的激發想法，有時意見不合，甚至一個字，例如「得」、「能」、「宜」、「應」等字，就花了半小時的討論，字斟句酌，就是要表現出無懈可擊的新課綱。

歲月忽忽，三年行卸任了，訪學一年的期程也將結束了，研修的程序似乎仍在龜步前進中。原訂一〇七年啟動的新課綱，因為某些領域的討論延遲，致使整個推動時程往後一年啟動。然而，是否真能在一〇八啟動新課綱，仍在未定數之中。

今天上陣，讓我分外珍惜曾經一同走過戰場的夥伴們。

珍惜，每一次和研修夥伴們犧牲假日，齊聚一堂討論內容，形成共識。

珍惜，大家齊心協力，想要完成課綱的認真負責態度與精神。

珍惜，每一個不眠不休的深夜裡，接到各小組寄來的檔案，推敲字句的時光。

珍惜，每一場分組會議，大家對話交流，想將理想與目標置入其中，與世界接軌。

珍惜，每一場課綱大會，五六十人齊聚討論的盛況，以及意見相左的對話交流與溝通。

這些過程，不是課審委員可以體會的。他們只要盡情發問就好了。

而我呢？必須事先做足功課，努力準備報告及備詢的資料。四五十位委員，他們愛問什麼就問什麼，我必須一一回應。

五月下旬，先進行核心小組討論，將欲報告的內容確認之後，連同相關程序的資料一併送交課審大會。

課審大會委員們必須在六月十日之前將審查意見送交研修小組的我們，我們要一一具實回應委員們的提問。彙整意見之後，我們先各自書面回應問題，六月十五日再緊急進行核心小組討論，所有的問題回應是否符合程序？是否說明充足？內容是否合理？同時，我們也進行「攻防戰」的模擬。預先就可能的問題互相提問討論，心中還是充滿了許多的不確定感，未知六月十七日的課審大會是否能如期進行？會不會像國小組再延宕時間？

六月十七日，我們的議程排定是下午一點三十分開始進行，雖然大家約好十一點抵達會場，但是，我還是想先抵達，了解整體狀況。早上十點出了中正紀念堂七號捷運口，腳傷在暴雨中前進北市教大，走了近三十分鐘，因為行動緩步，所以更要早一點出發的決定是正確的。

課審大會早上進行議題融入之程序與實質審議，下午才是我們國語文國中組程序與實質審議。抵達等候室時，國教院行政助理已先到達，將資料備妥，我先閱讀相關資料，思索可能提出的問題，也重新檢視我們回覆的書面資料是否完善合理。當然了，也一再重讀報告的PPT是否有不足不備之處。夥伴們陸續進來，現場教師一位，國教院研究員二位，我們也進行討論對話，針對可能有的問題再進行攻防。

一點三十分團隊進場，由我先進行二十分鐘報告，首先，謙沖自牧，放低身段地說：「感謝各位委員一同來關心我們的十二年國語文教育，每位委員的意見都是我們最寶貴的建議，我們會尊重每位委員提出的問題」。接著，介紹我們的團隊夥伴，開場結束，進行報告。第一部分程序審議、第二部份實體審議，如行雲流水，不疾不徐地一一報告完畢。主席要我再進行書面審議的回應。我問，時間有多少？她說，「無上限」，一聽「無上限」，心似乎有點涼了。但是，仍要一一應戰。我掌握時間，精要回應內容包括「基本理念」、「課程目標」、「核心素養」、「學習重點」、之「實施要點」、「附錄」等項林林總總共有八頁的A３紙的內容，簡單扼要的回覆我們的理念與內容，由於以上內容，是事先備妥，進行無礙。

接著，才是重頭戲來了，所有在場的委員皆可以舉牌提問，主席先安排順序，再由我回應，採取一對一，即時回應方式。

第一位委員第一問，令人傻眼。問：你們定義的「本國」到底是指什麼？第二問，什麼是「本土」，你們的「本土」是什麼？《燕行錄》是本國還是本土？這是朝鮮到中國的一本見聞錄，你們將它定義成什麼？……

兵來將擋，水來土掩。不卑不亢，謙和從容，善意溝通，不可形成敵對。這是我應戰的態度，絕對不能被對方的凌厲攻勢及亢奮的負面情緒所影響。

團隊的合作，非常重要，當對方提問題，我要立即回應，夥伴們會協助我，提醒我，所問的內容在第幾頁？或是適時小聲抛出幾個字，我即能心領神會。

夥伴遞給我憲法條文，我回應：我們定義的「本國」是依照憲法而來，念了幾條條文，回應所問。……

進行二小時的諮詢回應，大抵問的問題有文白比率、區域研修代表、諮詢會議人數、文本定義、縱向橫貫的連續、寫字問題、句段表達的批判性……等等。

凌厲攻勢，如箭雨灑下來，皆要一一回應，不得迴避。

我的回覆，簡捷精短，怕講太多，節外生枝。

當我未能回答的行政問題，國教院的夥伴也適時進行補說。

當然，也有謙和、善意的委員，提醒要注意的事項或內容，我們當然虛心接受。只要從發問的語氣、口吻，就能立即判讀是善意或是為問而問，或是表演性質。曾有一位委員針對一個問題，連舉三次牌，要我們回應，「知之為知之，不知為不知」，可以回應的問題當然回應，至於不知的部份，當然無法回應，何況所問無關實質審議的內容。對於情緒性提問，只能輕描淡寫的回應就好了。

一場凌厲的攻防戰，其實，並非完全是敵對立場的回應。面對善意建議，我們虛心接受，可以再回頭修改草案；對於情緒發言，我們也善意釋出溝通的可能性。

諮詢結束，團隊退回等候室，課審大會繼續進行，將所有意見形成共識之後，才能提出要我們進行回覆，並投票表決是否通過。

我想等待投票確認是否通過之後再離開，洪主任說不必等了，有工作人員會通知我們。是喔！心還是懸著。團隊們也在等侯室裡，針對剛才的諮詢紛紛表述自己的意見。

一場美好的戰爭我們曾經參與了，大家皆努力迎向前了，至於結果，暫且不繫掛了。

離開北市教大，暴雨依舊。從早上八點多出發，回抵家門已近傍晚六點了。

在擔任研修委員三、四年漫長歲月裡，曾有人問，為何要跳進這個火坑？我不入地獄誰入地獄？問題是入地獄也要有所成就，才不枉此行。期待完成任務，給大家一個全新視野的課綱，引領國語文教學走向自主行動、合諧共好的境域。

當然了，我們雖然努力研修出課綱草案，但是，過程還是要進行一層層的關卡檢視，包括舉辦各種諮詢會議、公聽會、網路論壇、專業審查、課發會審查、課審會審查……等等，最後成形的課綱，希望是符合總綱理念暨全體國民的期待與需求。

有些事情，只要你做了就有能見度，只有做課綱研修是耗費心力，卻無人了解你投入這些多的精神與精力，所為何來？既沒有論文的產出，也沒有發表的場域，更是無名的成就。但是，我們心甘情願努力付出貢獻，沒有傻瓜，很多事情做不出來；很多事情若只計較利害得失，就沒有背後的無名英雄了。

歡喜心的接受這項任務，也在無怨無悔中默默完成應該完成的程序與既定的內容事項。我們不爭功，不諉過；我們也承擔一切。只要有任何不妥之處，團隊會主動積極地進行縝密審慎的討論與修改，期待這是符合我們國情且能與世界接軌的課綱。

二〇一七年六月十八日

命題、閱卷與審題

一、命題

國家考試之命題，是身為大學教授一份公共服務的重要任務。每回接到命題邀請的通知時，常常想拒絕又不敢拒絕，因為邀請命題的召集人往往是資深的師長輩。

命題，是痛苦的，因為命題內含古、今試題，古典較無爭議，現代文學爭議性較大，不能採用大陸作者，不能涉及版權，不能有性別、人權之歧視，不能，不能……，相較於古典文學或經籍，受限較多，且歧義較多。

命題，還有類別，有時規定「語文知識」、「創新思考」、「文化知識」……等項各要命多少題，必須在限定的時間內完成命題。

命題，最難的是設定選項，又有單選和複選題之分、有單題和題組之分。單選有「正確的選項是」只要出一正三負即可。有「不正確的選項是」要出三正一負。複選題的答案複雜，五個選項要交錯正負答案，而且要具備誘答，又不能有歧議。設定選項是考驗自己的思考與能耐，凡是選項必須細細推敲，易引起考生爭議的選項，得一再細細思量，是否合理。事關考生權益，一定要慎審處理。

通常，命題通知是五六月發出並召開命題會議。就是要老師們利用暑假在家修身養性，好好命題。而且費用很低，以前命題費是一題二百五十元，現在提高到三百元。比起閱卷真的很菲薄，但是，學術服務，不能以價議論。不然，碩博論文口試更可憐，一本碩論口試費是一千二百元，要看十餘萬字，博論二十餘萬字，一千八百元，且舟車勞頓，口試時間短者二小時，長者往往有逾越四個小時的。

早年，接到命題通知時，知道暑假不好過了，常常帶著書籍在飛往異域的候機場上，演繹假擬試題、選項，一字一句嚴密的斟酌。單題還好，只要就一段文字鋪展試題就好；題組最辛苦，一段文字要試擬二題，而且還有選項要設計呢。

去年，被分派命題單科的文化行政，要從古典文學、台灣文學各命二題共四題的申論題。為了與歷年考題區隔，先試讀近五年的試題，不得相同、相近，而且還要與學校的碩博士入學考試的試題不同，煞費苦心。除了命題有正題副題，我還各自多命題了二題，以備審題時可以多一點選擇。共有四位委員，各自命題完成之後，就要入闈選題、審題；為了讓考生有點發揮申論的空間，問題不能太死，然而也不能寬到沒有標準答案，就是要「不即不離」、「既要能有所依據，又要能充分發揮」的前提下，作為選題、審題、改題的標準，最後經由命題委員與召集人共同議定，才能確定試題。

為了命題文化行政，我花了許多時間研讀中國文學史、台灣文學史，以及了解文化時事，俾能將相關的時事動態結合題目置入，但是，入闈時，才能確實知道是否和其他命題委員相左、相合，題型的分布也很重要，包括文學觀念的演進、文類的考慮、時代的分布、作家的能見度、試題的意義性等等，皆是要細細思考安排的。

二、審題

今年，很幸運，可能是年紀大了，或是資深了，被分派擔任審題委員，心中慶幸不必再命題了。以前接到命題通知時，常覺得四項選項似緊砸魔咒一樣，一直徘徊腦中，揮之不去。

事先，召開命題、審題聯席會議，讓彼此知道命題與審題的規定及注意事項。

先讓命題委員們命題五題，試審，知道錯誤所在或重要方向的調整，其後再命題二十題，今年每位命題委員的題量是二十五題。

而我負責審題，先由行政人員分配可以審題的時間，三位委員一同審題。大約是從早上九點半到下午四點多，或是下午一點到七點多，一天次的審題可以審個三四十題不等。不過，因為命題的難易與修題的意見相左，常常要經由討論，得到最無爭議的題幹與選項，才能採用。

三位審題老師的默契很重要，有時，很有默契速度很快。有時精雕細琢，就是要將文字修到明確、精準才能放行。若是急驚風碰上慢郎中，也要彼此協調、適應、磨合。

命題委員各有僻好與專長，有的喜歡精短文字，有的喜歡長篇大論的文章；有的專長是義理，喜以經典或哲學命題；有的專長是文學，喜歡詩詞入題；有的喜歡採用現代文學，有的喜歡以應用文的題詞、結尾敬語等命題；不管什麼樣的題目，我們照單全收，而且必須滴水不漏的修題，題幹的問法是否明確、精準；衍字、錯字、不符合問法的句子皆須修改；選項與題幹是否相應？是否具有邏輯性？選項之間的設計是否具備誘答？最重要的是，正確選項是否具有完整性，不能有爭議性。

審題，最重要的是修題，往往為了斟酌、琢磨一字一句煞費苦心；有時覆案原典，檢視標點符號、斷句是否正確；有時為了出處必須查遍所有的典籍，看看是否有較合理的版本；有時也要檢視選項的用詞用語是否符合常情常理，有無扞隔不通之處；有時也要避免近十年的試題重出；若是好修、可修的試題，我們當下修題；若是複雜、語意不清、邏輯不符時，要「退題」給原命題委員時，我們要更謹慎，因為珍惜每位命題委員的用心，只是提醒他應讓試題可以和選項更密合，更無爭議性。

審題時，往往絞盡腦汁，整個人被掏空似的，不能再思考，只能輕啜咖啡，吃點小餅乾，讓自己更有精力、腦力，可以迅速補足能量繼續思考。伴隨著台北午後雷雨的轟轟作響，我們也努力在冷氣房中修改試題，琢磨字句。

每次審題完畢，如釋重負。走出審題的行政大樓，迎向風雨中的暗黑台北車陣中，夜才成形，而我們也將一天的審題重擔放下了。

三、閱卷

到考選部閱卷與大考中心的閱卷有所不同。

大考中心是集中營式的管理，集中三四天在闈場，大家分組群聚閱卷，從早到晚，每位委員必須將自己的當天閱量完成，而且也可從電腦看到自己及他人的閱卷份量與速度，集中管理，進出管制。

考選部的國考閱卷雖也是在闈場進行，但是，閱卷大約有二週時間，委員可以依據自己的時段、時間刷卡進出，不必從早到晚守著試卷進行閱卷，只要在預定的時間內完成所有的閱卷即可。時間有彈性，而且每天幫委員訂餐，下午還有水果，冰箱有飲料，休息室有報紙還有按摩椅，讓委員們可以稍適休息。而且試卷是紙本與大考中心改為電腦閱卷有很大不同。

考選部闈場分科分樓層進行閱卷，而在每層樓的闈場裡面設有領卷、還卷、檢視試卷的工作人員，先領，後還，再由檢查行政人員退卷，要修改或漏或誤或空白的試卷，務必滴水不漏，以保障考生的權益。因為有檢視人員的細心，才能避免錯誤。而我每次繳卷之前，也會先檢查一遍：大寫分數是否正確？加總分數是否正確？分項分數是否皆寫了？是否有漏閱？漏了圈點批閱的？

作文，大多長篇累牘，字體工整；公文，大多四平八穩，除了要檢查格式，分項內容是否缺漏？還有檢視主旨內容是否完整或精準、明確？

國考閱卷，相較於大考中心，比較有閱卷的時間彈性，以及人性化的設計。在固定的時間裡，主動由工作人員幫忙大家訂餐，備餐，發餐，還有水果飲料備用，座位也舒適，讓委員們在舒適的環境裡好好閱卷，與大考中心集中營管理，比起來，是霄壤之別。

二〇一七年七月八日

一語驚醒夢中人

到台北國教院召開十二年國民教育國語文課程手冊會議，一直到晚上六點多，會議才結束。步出院門，和瑞騰師、聖峰三人立在大門口稍微話家常。瑞騰師知道我今年休公假進行研究，他說，以前王邦雄老師曾說，休假前滿腦子想做什麼，到了休假時，還在計畫要做那做這，結果時間一下子就過了，什麼也沒有完成。所以呀，一定要有規劃的運用時間。這句話如醍醐灌頂。

是的，我接太多外務了，東奔西走，結果該做的事都沒有在進行。從暑假開始，出國數趟，七月底八月初到吳哥窟，八月中下旬到青海參加少數民族交流，九月初到四川參加唐代會議，十月下旬到廣西參加詩經會議，預計十一月初到馬來西亞參加古典詩詞會議，因重感冒才取消行程。除了跑會議之外，還有委員會，例如接下雲科大的漢學所的課程委員，雲科的校教評委員，台中教大的編審委員，參與會議，舟車往返，費時費力，只為了短短一小時的討論，必須花上一天的時間來去。可是答應別人了，不得反悔，只好出席。延續近三年的十二年國教領綱研修已完成了，接著是課程手冊的研修；研修之外，還答應了幾場演講，一是明道大學的專題，一是忠義關公的二場演講；再就是審查期刊或升等，或碩論初審，昨天才審完政大、中山、德霖的三篇文章，碩論的初審還在進行中，手中卻又要忙著忠義關公的演講稿，面對群眾，不能開天窗吧，總是好好準備課程，讓學生有所收穫，這是演講者必須要的基本要求。

另外，我又很爽快地答應了北醫的講評，勢必要花一天的時間舟車往返。審查、講評、演講都不是問題，問題是交通往返必須花費時間，這樣下去，永遠無法做自己的事情了，太多雜事讓自己分心分力分工，無法卯足全力在書寫這件事情上，我應該要低調，暫辭一些外務。貪吃好玩的我，又答應明年五月到上海的戲劇學院參加胡金銓的會議，及張錯的榮退會議。這是早已答應人家的事，仍然得前行。

再來，壓在心頭的事是唐代的年刊，出刊在即，還在候稿，大家一直拖，拖到現在，還在等稿，預計十二月中旬召開理監事會議，我必須先將年刊搞定，為這事，也花了不少心思呢？我必須主線放在寫自己的文章，剩餘的力氣再去進行雜務庶務，否則事情永遠沒完沒了。

好好運用時間，原本要完成一本書的壯志，是否可以加把勁繼續往前衝呢？因為重感冒，取消馬來西亞之行，多出來的六七天時間，好好運用吧。先寫自己的文章吧，期待一年假期滿了之後，可以有豐碩的成果提交。

眼前的事，一張開眼，便得鋪天蓋地的完成，十五日到雲科，十七到明道，十一月十九到北醫，二十日群流會講，然後還有科技部的申請案。再就是明年的一月份的淡江研討會，四月東亞漢學會議，五月上戲的胡金銓會議，六月的靜宜研討會，七月的歐洲漢學會議，八月的蒙古龍學會議，十一月的國際研討會，事情很多，期待自己早早一一完成。

老師一番話，讓我驚醒。必須要為自己書寫打算，不要一直忙著外務。或是有主從之分，才不會分散自己的時間、體力與精力。

二〇一六年十一月四日

重當學生的喜悅

每週二早上八點四十分固定上激能有氧，讓自己感覺更有活力，更能釋壓。記得顏師週二在輔大的課程「文化理論與文學社會學」本週開講。心裡還在猶豫要不要舟車往返往聽課，十一點半還是整裝出發，心裡還是老大不願意，因為自己的計畫案皆未能完成，一直在忙他人的事務，匆匆半年已過了，專書計畫案終究是否可以完成呢？心裡還是狐疑著。鐵了心，還是前往台北輔大聽課。

週三，是否還要北上呢？早上整理荒廢的書房，因為忙著寫元結篋中集、高中的教材領綱介紹、山中傳奇、詩經與禮制，再加上美玥的水思維序言、李炳南生命像一條河流序言，似乎，忙碌從來沒有停過，書房也就荒亂看不到地面和桌面了，早上清了一下子，可以看到地面和桌面了真好。也翻開帝國的書寫，四萬八千字，五十五頁，先列印，忘記寫到哪裡了，一停便是天荒地老了；再翻開唐宋書寫，讓自己重新體會當初的想法，看到可以開始書寫了，心裡就著實了，於是，便可以前往台北聽課了。往返台北，交通費很高，但是，可以讓自己獲得知識，是值得的。

一聽，終究是我熟悉的課程，也似乎將早年讀過的書重新翻過一遍，更像是將自己行政三年的空白補回來了，是的，我回來了，重新回到研究的殿堂中，要做一個既可以行政，又可以研究的人，更要八面玲瓏的開發自己的專長。重回課堂聽課，讓自己似乎充滿喜悅地往來於台北與竹北之間，二天的課程，今天是「中國詩用學」讓我重新溫故知新。這種感覺真好。

歸程，步行在光明八街的巷道中，思考著，是不是可以浴火重生？重新思索學術道路，一直以人為師，以書為師，似乎，也要學會思辨，顏師給我的啟發，顛覆一切，懷疑一切，重新思索一切的學問，讓自己有不一樣的視野看待知識，似乎，可以讓我站得更堅強了，是的，努力在學術殿堂重新活回來，剛好還有半年的休假，可以進行學習與改造，讓自己重新面對新的學術人生呢。

二〇一七年二月二十二日

重回軌道

出國，在上海，無論是參加研討會或旅遊，心情是輕鬆的，釋放的。可以一個下午無事，靜靜地坐在靜安公園裡和朋友感受浮生清閒的況味；可以一盆鮮芋圓愉悅清新地和友朋在蘇州夜裡的市街一隅天南地北聊天；可以一群朋友在評彈的悠揚歌聲中品茗論道談藝；可以閒散地步行在人潮洶湧的街頭觀看當地的特色土產；可以在畫舫上看水看柳看沿岸的人家風情；可以在小餐館裡隨意點喜歡的土家菜品嘗；更可以上上下下奔跑於虎丘山裡看景看遊人如織；一切都是悠閒的，沒有軌道的自由自在，閒散漫活，慢活。

五月三十一日，半夜飛抵台灣，知道忙碌即將上軌，要重新安置到日常生活的軌道了。翌日打開電子信箱，知道很多大小公務立即潮湧而來。

六月二日，一場台中的研討會，擔任主持與發表人，順著到台中的時間和學生約好一起見面，也簽了碩生口試的同意書。早上八點半出門，歸來已是夜裡九點多了。

一封誤寄到學校的期刊審查，被催稿，立即請助理幫我寄到家中，展開審查。

六月九日某校的國文演講，檢視是否PPT處理妥當。想將教學理念與熱情傳達出去，透過圖文照片來解說，希望達到預期的效果，可以點燃教師的教學熱情與活力。

十二日一場中興與佛光合辦的研究生研討會，因是二校牽線人，答應前往支援主持會議。

十五日淡江大學早上舉行一場博論口試，順著到台北，一場女性文學的研討會請安排在當日下午，這樣我可以一天跑二場，不必再舟車往返，原定安排翌日的主持會議就取消了。讓我有更多時間準備十七日的課審大會。

六月十七日，課審大會的資料是否整理完畢，可以開始準備了。面對三四十位審查委員，心裡確實有壓力，為了讓十二年國教順利完成領綱與課程手冊的研修，和團隊夥伴投入了多年的心力，希望在這次課審大會的報告中順利過案。

七月三日教科書的審查資料也用電子檔寄來了，這又是另一樁與教育有關的事情，擔任審查委員，必須先了解各種法規，才能順利討論議案。

聯絡碩博士論文口試的電話與電子信函也來了，本學期個人指導的一博二碩生口試，因為某生要開刀，想提前口試，一直和口試委員喬時間。他校的碩博口試時間也一直在喬時間，至少已喬定三場了。

……

順著時間的流轉，還有二場七八月份會議，論文尚未書寫，必須偷個時間撰寫論文。

因為忙碌，整個人的心緒皆不同於在上海的時候了，上了發條的滾輪必須要順著生活與工作的軌道前進，不得脫序、脫軌，繃緊的神經也開始步上了日常的軌道了。

珍惜，每一趟出遊，讓身心有了調劑，也讓自己在忙碌中，可以享受浮生悠閒。

二〇一七年六月五日

自然指數的孩子

賢賢家教的學生年級繁多，上至大學生，下至小學生皆有。有低他一屆的大學生，因微積分被當，想補強微積分；有小學生，數學永遠殿後，加強數學；有國中生，理科觀念不清，教數學及理化；當然了，也有面臨大考的高中生，要求臨時衝刺數學。這些學生，有男有女，個性各自不一，有木訥寡言的姐姐，有活潑亂跳的妹妹，也有桀敖不馴的小男生。這學期新接一個國中生，算是他的學弟，博愛國中國樂班的男生，教國中生，賢賢自忖應付有餘。

歸來以後，他說，這個學生很特別。整個房間，最搶眼的是某面牆壁用原子筆寫滿了質數。後來側面了解他是個亞斯伯格症的孩子，具有某方面的優異天分。非常喜歡數學，才國中生，已懂得微分，二進位，自然指數，虛數，複數，這些知識從哪裡得知？相信，他的父親應該也是讀理工的人，為了滿足孩子對數學知識的追求，買了很多相關的書籍讓他閱讀。有時和賢賢討論問題時，會翻開類數學概論的書籍和他對話。

賢賢覺得這個學生很特別，也很有獨立思考的能力，每次上課之前，常說，這回，不知道他要問什麼？

賢說，有一次他問「永動機」，什麼是永動機？這個概念也是賢到大學之後才知道。事實上，目前世界上沒有永動機這種東西，就是指發明一種物件可以源源不斷地運動不停止。雖然目前尚未發明，但是，自然界有類永動機的概念，太陽光，自然的風，海浪等就是類永動機的概念。

有一回，學生和他對談自然指數，這是函數的概念，他這麼小就已經懂得高中、大學複雜的數學了。

這麼聰明的孩子，為何還有請家教補習數學的需求呢？據賢賢說，他是有數學天分，然而台灣的教育只要求正確答案，他往往不太理會，造成數學成績低落。

賢對我說他的故事，我只覺得台灣填鴨式的教育真不適合特殊的孩子。

二〇一六年十月十五日

夢，築夢，逐夢

賢一直未清楚自己的未來該走向何方？順著學習階段從小學讀到研究所，從大學即不斷地問自己也問我，他的未來在哪裡？讀書可以翻身嗎？

是，讀書可以翻身，不讀書也可以翻身，只要朝著目標前進，努力勇往直前便可以翻身。

這是個多元的社會，行行出狀元，不再是萬般皆下品，唯有讀書高的時代了，只要有一技之長，美容，美髮，甚至調酒，調飲料，能料理一種獨門的醬料，獨門烹調就可以在社會立足了。

他問我，還有夢嗎？這是他的老師問他們的話語，他用來問自己也問我。

是呀，我還有夢嗎？我的夢是什麼？

而他呢，他的夢是什麼呢？

昨天搭乘公車經過台北仁愛路，燈火輝煌，高級住宅，縱橫而過，心想，這些高級豪宅，這個高級地段，從來不是我們可以想望的，這輩子再也無緣了，人的一生福緣自是命定的，不是份內的，何必強求呢？

想到老爸年輕時，每月拿到薪水袋時，皆會買一張愛國獎券，當年一張是五十元，很貴的價錢，可是老爸卻從來沒有斷過買它的念頭，總認為一券在手，希望無窮。買了無數張，一張張，一疊疊地收藏著，卻從來也沒有中過。想來，人各有命，非份內之福，如何強求也求不來的，倒不好知足常樂，讓自己快樂健康就好了。晚年，老爸從事慈濟環保志工的行列，從其中得到很多樂趣，這是過去沒有的經驗，在喜樂、喜捨之中，了解了生命意義，這是夢嗎？

賢賢還在夢中築夢，抑是在逐夢，未得而知。然而，年少總有許多夢想，若到了老年，放下功名利祿，還能夠堅持，那麼這個夢想，就是有意義的夢想了。

二〇一六年十月十五日

擔心

賢要去畢業旅行，選擇到泰國玩。泰國旅費便宜，天數多，這對於比較沒有經濟生產力的大學生而言，便成為他們畢旅的最佳選擇。

對於東南亞國家之旅，心中充滿了忐忑不安，主要是毒品泛濫，治安不佳，給人不好的印象。

他們電機系二班，畢旅分成三團，女生到韓國購物，宅男選擇到日本，玩咖到泰國。深知賢是個愛玩的人，卻無法說服他到安全的日本玩。他說，跟著宅男出去，沒有什麼可玩；跟著玩咖去玩，應該很HIGH吧。

我說，宅男沒什麼不好，反而可以向他們學習如何讀書，且日本治安較好。當然了，無法說服他，改變他，只好隨他了。可是，提心吊膽總是父母的心情。

事先，已先將行程表拍下來傳給我，我還是一逕的擔心害怕。

行程是四月二日出發，九日歸來，跨過一個四天連假的清明節春假。他們出去八天，也事先向任課老師請假。

四月二日的班機是早上六點多，四點多必須抵達桃機，他和同學們一同前往桃機。前一天，他先到學校，和同學會合，囑咐他，到泰國注意安全，不接受陌生人的物品及攀談，尤其愛滋病蔓延，一定注意自己的安全。

四月二日凌晨，三點多，接到他的LINE，已抵達桃機了，我再次叮寧他注意安全。

他展開快樂的泰國行程之旅，我則在家、在校隨時注意他的動態，擔心，一直懸掛著。

四月二日下午，他說泰國太悶熱了。我說是呀。東南亞之旅，皆是如此。

四月三日早上，擔心的我，又問：在哪玩？叮嚀他多吃水果，又大又多又好吃。他回應說：OK。他說早上要去跳蚤市場玩。我在台北，爺爺及二姨皆很關心他，再知會他，注意安全。

四月四日，整天還是擔心，晚上問他在哪兒玩？回我，剛看完泰拳。

四月五日，再問：今天玩什麼？逛夜市，到MALL逛街購物。重複一次：注意安全。

四月六日，回我，今晚去泡水。擔心海浪。

四月七日，說去釣魚。擔心水深。擔心小孩子貪玩，忘記安全。

四月八日，早上七點多，問在哪兒玩？回應：在曼谷，剛吃完早餐，等候去游泳。我叮寧：注意安全。擔心水浪。

後，又說今天行程安排到遊樂園玩。

四月九日，回來的班機是下午一點抵達台灣。一大早，我便擔心航班，時時注意動態。下午，他LINE我，剛到台灣，由於歸來緊接著要期中考，遂直接到學校，不回家，我叮嚀他：注意安全。

他在泰國玩，我在台灣守候，聽到電話聲都要特別的警醒，只要他平安。這就是為人父母的心情。

二〇一六年四月十一日

新竹高中的山怪與水怪

新竹高中，是一所非常有特色的學校，臨近十八尖山，整個校園依坡建築。早年，是桃竹苗地區第一志願，許多優秀的青年才俊皆出自該校。包括耳熟能詳的諾貝爾獎得主李遠哲、名聞國際的詩人鄭愁予，還有一些活躍在學界、商界、政界的名人，不知繁幾。近年，桃園有武陵高中，新竹新成立實驗高中，雖然搶了不少優秀學生，但是，它仍然是竹苗地區不可取代的名校，也是大家的第一志願。

為何新竹高中能夠獨領風騷呢？這與它辦學的精神攸關。

高中，本以升學為導向，偏偏它就是要求五育均衡的學校，每位學生必須在在學期間學會一種樂器，音樂課時演奏給大家聽；體育課更特別，上學期是陸上運動會，下學期是水上運動會，讓學生成為水陸兩棲的體能健將，更兼而有之的是，上學年十二月底舉辦跑山活動，五點六公里，誰也逃脫不了，三年，跑山三回，每回皆要努力練習。由於分年級賽跑，每一年級皆有將近七百人左右進行跑山活動，非常壯觀。

有一個新名詞，叫做山怪，是指槍聲一鳴，便不見身影的跑山健將。

賢賢天生好運動，小學打棒球，國中打乒乓、籃球，自小也練習游泳，自忖頗有運動天分，一進新竹高中，才知道人外有人，天外有天。

為了在跑山活動中奪冠，努力練習，因為五點六公里的跑山活動在上學期的舉行，面對冷冽的寒冬，他以毅力、恆心，每天苦練，希望跑出好成績，但是，山怪果然利害，讓他「望山莫及」，不見身影。只奪了第二名。

第二年捲土重來，決心要打敗山怪，更加強練習，然而技巧增進，肺活力增強，山怪仍然是山怪，望不見身影。還是第二名。

第三年，因為準備學測，無心練習，只要普普的成績就好，結果，隨便一跑，剛好落在第三十一名，這是什麼名次呢？前三十名有獎，第三十一名就是剛好名落孫山的第一名：無獎。所以賢賢在校三年，前二年以第二名的英雄之譽，飛傳人口，第三年的三十一名也成為大家騰口飛傳的人物：無緣得獎的第一人。

至於水怪，是什麼意思呢？端指一下水，便不見身影的游泳健將。

原來，游泳課，分作紅、黃、藍三種顏色的泳帽，學生們依據自己的能力選定顏色。

紅色，是初級，必須從練習浮水、打水、漂浮開始；黃帽是中級，能游泳，技巧不甚了了；藍帽，是高級游將，技巧一流。上課時，老師們依據不同等級進行訓練，雖然，有些投機取巧的學生為了規避魔鬼訓練，往往視情況而選擇不恰當的帽色，但，總還是在老師的監控下完成游泳訓練，至少，畢業時能夠獨立游完五十公尺。

賢初次參加水上運動會，很興奮代表班級參賽，得意洋洋，結果，一下水，槍聲初鳴，大家公認的水怪便像火箭一樣，往前衝，游得不見身影，使他「望水莫及」，此時，才知道，水怪非浪得虛名。

新竹的山怪、水怪，代有新人。各領風騷。

二〇一四年八月十八日

一路公車人生

甲生和乙生閒談。

乙生是台北第一流高中畢業，因學測失利，來到中壢某大學就讀，抑鬱寡歡，自覺像被貶謫的仙人，頗不得志。故而從一進大學就矢志考回台北T大的研究所，夙夜匪懈，所有的活動皆不參與，每天只做一件事，讀書、讀書、讀書，他的身影只在圖書館看得到。私下我戲稱他為王子，因為王子是要復仇的。而同儕則稱他為卷哥，每學期領銜演出。

甲生是新竹某一流高中畢業，也是因為學測失利，與王子同班。雖然對考進C大頗失意，但是，天性貪玩，個性活潑，第一年參與所有的活動，擔任執行長，籌畫各種活動，第二年才逐漸收心想讀書。

某天，二人對話。

甲說：新竹有一種很特別的說法，就是一號公車人生，這個公車路線是人生勝利組。

王子當然不懂地問：什麼意思呢？

甲生為他演繹，細說從頭。

從新竹火車站附近出發的一號公車，路線經過學府路，位在學府路上的前端有培英國中、建華國中，二所國中是新竹市屬一屬二的升學國中。學府路上的新竹高中當年也是最好的高中，再繞出去是光復路，有清大，鄰近交大，然後再銜接竹科。所謂的人生勝利組，就是脫離不了一號公車的範圍，讀最好的國中、高中、大學，再進入竹科工作。

王子問，那你為何要跳車離開一路公車範圍呢？

甲只好無奈地說，想看看不同的世界。

其實，二人同是天涯淪落人。

二人研究所的目標同樣是台北的T大

王子反擊：那你為何要到T大，反正最後是到竹科，乾脆再回歸到一號公車路線，就讀清大交大即可以了。

甲說，想要到T大，直接從松山機場飛出去。

王子說，何必再繞一圈，從桃機就可以出去了呀。（意指C大在桃園縣）

是呀，也沒錯。

有時，現實的人生是無路可迴的；有時，選擇卻是最重要的。

對於王子眼中只有讀書，甚不以為然。大學青春，如果，驀然回首只剩下考試，成績，其餘皆無時，會不會覺得空洞無姿采呢？

人生，是不是只能在成績裡打滾，卻看不到亮麗的晴天呢？

人生，應該是多彩多姿的，尤其大學生涯，是人生最美麗的學習階段，更是可以揮灑人生彩筆的當下，焉能環壁而坐，看不到青春綺彩？呼不到蓬勃的朝氣呢？

二〇一四年十一月一日

支票

去年十月份接下擔任新加坡某博士論文口試委員任務，經過初審及視訊答辯，於一月份終於完成所有的程序。

對方學校將匯款給我，於是洽詢郵局如何匯入帳戶，因為郵局並無外匯業務，必須透過永豐銀行擔任中介銀行解匯，故而問清楚swift code碼，以及所有該注意的書寫內容，發電子信函告知對方，對方也按照我填寫的內容匯款給我。

經過二個月，對方來函說，匯款不成功，希望我再確認，於是，商請有留學背景的同仁幫我看看問題出在何處？他也細心幫我檢查一遍，然後，我再重新發一遍電子信給對方。

又經過一段時日，對方又來函說未成功，因為已經二次未能匯款成功，他們損失二次的手續費了，問我該如何將這筆款項給我，說只好用支票快捷寄給我，讓我在台灣提兌，我願意承擔郵資及前二次手續損失。

五六月份接到支票，因為手頭事情很多，南北奔波，請賢賢幫我轉存到郵局，結果，賢跑了幾趟說，附近的郵局不收外國支票，到總行去兌領，也一樣吃閉門羹，到合庫辦理也不收。心想，只是一張支票為何如此麻煩呢？賢再幫我打電話問，這是星展銀行的支票，位於北大路，我想，因未在星展開戶，不能轉帳，得空再親自前往提領吧，迄本週一才有空前往處理。

進入星展銀行，原以為可以提領現金，結果，沒有帳戶不能轉帳，星展開戶必須二百萬元，心想，只是提領一次現金，何須開戶。

我問，為何台灣星展銀行不能代收新加坡星展銀行的支票，行員說，台灣星展銀行與新加坡無涉，系統完全各自獨立。基於外國支票風險大，各分行也不能代收，必須總行才能處理，故而必須由總行統一對外。

行員很有耐心的告訴我，是否有其他家銀行的戶頭，可以幫忙代寄到星展總行，轉入我的他行帳戶中。事情總是需要圓滿完成，於是，行員幫忙打電話問清楚要具備什麼資料，先問清楚我這筆款項是什麼收入，我說明原委，她們查了一本收入項目表，也不確定是薪資或是他項收入，並且將我的合庫帳戶連同身分證影印，但是支票是我的英文名字，還需要護照，才能證明這是我本人的支票，誰會料到要帶護照呢？只好再跑回竹北拿護照，最後在他們的協助之下，寄到總行去，當然了，還要扣支票面額的百分之零點零五費用及手續費五百三十元，為了順利提兌，一切順著銀行的規定行事了。

唉，只是一張支票而已，搞得那麼複雜。

二〇一五年八月五日

數字遊戲

週一偕賢到合作金庫辦理提款與轉帳事宜。

填好單據，站在櫃檯前提領現金，行員請我輸入密碼，心頭抖然一驚，什麼，要輸入密碼呀！已二年沒有使用這個帳戶了，早已忘記密碼了。怎麼辦？

問：密碼有幾個數字？

答：四個數字。

問：可以有幾次錯誤？

答：三次。

好吧！只好試他一試吧。

做事向來少一根筋的我，從來也分不清楚提款卡和臨櫃提領現金的密碼是幾個數字。

不知道幾次才可以成功呢！做了最壞打算，三次錯誤，反正帶了身分證及印章，可以重新設定密碼。

行員請我按密碼，突然福至心靈，按下了四個數字，賓果，完全正確，成功了，這個比中特獎還高興呢，居然賓果，高興的喜出望外。

想起在貴州，我的手機壞了，無法打開，所有的電話號碼皆在手機的通訊錄中，要打電話回家報平安，居然忘記所有的號碼，試遍了所有的號碼皆失敗，連賢賢的號碼也記不下來，在沒有任何的號碼可以撥打時，很頽喪地不知如何是好，突然想起妹妹的電話和我差一個數字，幸好，還記得自己的號碼，打妹妹的電話就對了。果真通了，告知妹妹，這是我唯一記得的電話了。從貴州歸來，在高鐵站打公共電話，想要賢賢過來接我，用十個數字組合而成的電話號碼，怎麼試就是打錯電話，無論如何排列組合就是無法正確，有一個婦人，曾經接到我三次電話，應覺得煩透了吧，或者以為是詐騙集團呢！

試了十多分鐘，最後只好放棄了。

這種經驗，也出現在學校的系統中。

以前，學校的登入號碼很多，教務系統、圖書館密碼、電子郵箱，常常搞不清楚，後來，學校也知道大家不勝其擾，統一登入號碼，才解決這個惱人的困境。

為了對付自己的健忘，每年的歲暮，換買新的行事曆時，必須逐一登錄各種密碼，包括提款卡、帳戶、國科會、電子信箱、護照號碼、戶籍住址等項，現在，有了智慧型手機，全部登入其中，不必再逐年記錄了，可是，換手機，這些記錄也會不見，必須再重新輸入。如果倒楣，手機壞了，就會像得了失憶症一樣，什麼也記不得了，這就是現代的人生，數字跟隨著我們，如影隨形，只要有一組密碼忘記了，就會造成生活上的不便，雖不至於慘兮兮的，但是，不便利仍然存在著。

二〇一五年八月五日

同理心

賢賢開車送父母到高鐵搭車。回程，我和他車上對話。聊起小姑的親戚小孩，因為忙於社團街舞活動，刻已被學校退學了。心裡覺得很捨不得。

雖然不是很親，但是從他小時候即聽著、看著他的故事。小時父母離異，他跟著媽媽。媽媽工作忙碌無法接送，常常包車讓他上下學。寒暑假也會安排一些營隊的活動，偶爾也和親戚的小孩互動玩耍。

媽媽希望他認真用功，偏偏他不是那麼愛念書。也常常買一些時尚的衣物給他穿，有時多到穿不完，即已成長，衣物未開封就送給比較小的耘耘穿。因為缺乏溫暖的家庭，媽媽常用物質滿足他的需求，同時也怕他疏於管教，常常叨念他要如何如何。似乎，二人相處模式是，表面平靜，言語聽從，底下暗濤洶湧。

高中考上竹東高中，在學校風頭很健，舞姿曼妙，人又長得帥氣，成為引領風騷的熱舞社社長，也是高中女生傾心愛慕的對象。

媽媽還是希望他收攝身心，多一點心思準備考大學。他熱衷熱舞，媽媽不反對，卻不是很鼓勵。在這樣的拉鋸戰中，考上了新竹的中華大學，離家近，卻又怕媽媽管教，遂提出外住的要求。媽媽想，孩子大了，該放他高飛了吧，遂答應孩子的要求。

他與賢賢同屆，所以成長過程其實是相同的。後來，聽小姑說，他的街舞非常有名，當上了社長，媽媽似乎也因此不反對他投入街舞的活動。甚至以此為榮。

今年暑假，又聽小姑說，他被二一了，退學了。

什麼？退學，很可惜吔。

我和賢賢對話。不知道是否轉學成功？是否找到學校就讀？否則將被捉去當兵呢！人生將會大大不同。

賢賢，居然不假辭色地說，不關心自己課業的人，被「當」是應該的。不然怎麼對得起用功努力的孩子呢？有什麼捨不得的，這個社會就是這樣，適者生存，不適者淘汰。去當兵有什麼不好，也許他重新出發，才知道自己人生的目標，才能找到自己的定位。

我很驚訝，賢賢如此篤定地說出這番話。沒有柔情，沒有同理心，更沒有捨不得的心情。那麼，我為何如此柔軟地希望他能夠延續學業，至少讀完大學吧。

賢賢斬釘截鐵的話語，讓我驚詫，為何他如此現實，他才大三呀！是什麼事情激發他的想法如此成熟？如此冷面無情？

是高三喪父之痛，讓他真實面對因公殉職殘酷無父的人生？爸爸對他疼愛有加，予取予求，一場無常，客死異鄉，無法返歸，我們母子皆無法面對這種事實，可是事實還是得面對，這就是人生吧，當你自己無法面對時，事實還是呈現在眼前，只是鴕鳥心態不能直視這種變化而已。那麼真實地面對事實、面對人生，也是一種認識自己、認識他人的方式，藉此也可以重新找到自己的定位吧。

喪父之痛，一定銘刻在他的心中，起了醱酵作用，只是，平時，我們不敢、也不會去碰觸這個話題，因為我們不敢直接將結痂的傷口再掀開，那種撕裂的痛楚，是當下的我們無法承擔的，只能在午夜夢迴時，靜靜流淌無人可知、無可言說的感傷淚水，去溫習每一次的椎心之痛與泣血之傷。

從對話之中，深深感受賢賢心裡的變化與曾經有過的衝擊與激蕩，表面平靜，心頭卻是暗潮洶湧，而且也內化成直視生命、直視現實的一種能力。

二〇一四年十月二日

追逐

與賢並肩走在台北市最繁華的市街，馬路上川流不息的高貴名車如潮波湧而過。行走在人行道上，觸目皆是豪宅名邸。抬眼望向高級住宅，高聳直矗雲霄，棟棟相連。名品服飾，時尚的紅男綠女，一一盡入眼簾。

賢問，到底是什麼樣的人，才能開百萬名車，住億萬豪宅呢？消費名牌呢？到底住在這裡的都是什樣的人呢？

我說，從商，從政的人吧。

但是，從商，暴起暴跌；從政，大起大落。所以我們選擇了沒有高社經地位，卻平穩的工作，安頓自己的生活與生命。

人各有命，不要羨慕別人，只要自己活得踏實，平安，健康，自在就好了。

雖然口裡要他不要追逐外在的物質享受，但是對於台灣的貧富差距日益拉大，也有些許的不安。

望著連天的高樓大廈，心裡也不知是何滋味。

我們是道地的台北人，移居新竹之後，相隔十餘年，想重返台北，但是房價高到我們下不了手，五年了，還在等待另一個房價下跌的景氣循環到來。何時呢？不得而知。朋友開玩笑說，等兩岸統一就有望了。

是嗎？浮躁的、騷擾不安的社會，到處令人不安的新聞事件，讓整個社會更浮動不安了。

改革年金撕裂族群，強將軍公教與勞工對立，讓老年人沒有未來；低薪的工作讓年輕人沒有未來；前瞻計畫，未能運籌帷幄，巨資投注又能看到什麼遠景嗎？

對於整個社會的結構，起了疑慮，原本性情平和的我，看到這種亂象，也開始焦慮，真不知道該如何是好？

二〇一七年五月六日

火車老嫗

晚上，和二位學生談完碩論的部分章節之後，匆匆趕路回家。

搭上八點四十三分的自強號預備到新竹轉車回家。

苗栗站上來一位老嫗，丹田清亮，一上車就用台語呼喊著：

燒的炒飯，炒麵，炒冬粉喔！

手上提著一個袋子，由於聲音清亮，讓假寐的我也不禁睜眼望望她。

七八十歲的佝僂老嫗，沿著走道賣起一盒盒的小便當。

看到年邁的老嫗，大家紛紛解囊購買，短時間內，整袋食物賣光了。

當時，已過了用餐時間，大家還是買了。

心裡忖度著，其實，大家不是真的想吃炒飯炒麵，而是想用愛心來幫她。

區區一盒二十元的小便當，可能是她維持家計的經濟來源吧，看她勤奮的張羅生計，也令人感慨。社會新聞中，有富商被綁票撕票，有人捐獻愛心，有人擔任送餐志工，各種人等，不一而足。金錢，是為何物？勞勞此生，有人汲汲營營，有人淡泊，有人重視。金錢，價值何在。

二〇一四年八月二十六日

惜物

老爸老媽遠從台北南港帶了一大行李箱的衣物到竹北來，這些衣物是家中舊衣，有小妹新買穿不下一放五年十年的衣物，有二三十年前老哥批貨剩下的，還有老爸從慈濟回收的舊衣，老媽覺得我瘦小，一定可以穿，遂全部拿過來，讓我挑選，這已不是第一回了，每隔一陣子，她總要和老爸帶一些衣物來給我，她總認為我是個惜物的人，而且身材在四個姐妹當中最瘦小的。殊不知，惜物和穿衣的觀念，是不同的概念。

二妹，不喜歡穿別人剩的衣物，老媽形容：拿過去的衣物，她會全部退回，看不不看一眼。有時，也會將很多衣物回收。

三妹，體型較壯，穿不下這些衣物。

小妹，喜歡買衣服，卻常常換穿時新的衣物，不喜歡的、穿不下的，立即託老爸老媽送過來我這兒。

我也習慣這種模式了，往往將可穿且合風格的衣物留下，不合者再央父母帶回去處理。

老媽生長在食指浩繁貧困的家中，非常惜物，覺得這些衣服還新，可堪穿著，捨不得拋棄，希望我能收留這些衣物，可是，她不知道穿衣服，也有個人的風尚。

試穿時，腰圍太寬大的裙、褲，她說，束個腰帶就好了。

太長的，她說，腰部摺一些起來就好了。

外套太大的，她說，這樣冬天就可以多穿幾件塞在裡面。

花色太花的，她說，這樣比較喜氣。

顏色太暗淡的，她說，搭個圍巾吧。

無論款式，樣式，花色，長短，大小，往往不合我的風格，但是，她總認為衣服穿在身上，還要什麼風格，她不懂風格的概念，可穿就好了，可保暖就好了，不要挨涼受凍就好了。還講究什麼？曾經拿了一件寬大的祺袍要給我穿，無論是大小、身形皆不合我的樣子，她認為衣服漂亮，拋了可惜，只要我可以穿就好了，管它什麼大小。我說不過她，也不想多解釋，穿上自己一件合身的旗袍給她看，讓她知道穿衣就是要這樣合身，不是有衣物搭在身上就好了。

而且，她也不知道，我任教職，必須站在講台上，穿適合身分且合身的衣服是一件很重要的事，她的概念裡，還停留在有衣可穿即可。

其實，老媽是顯性的，我是隱性的，遺傳老媽的基因，也是很惜物的人，大學時代穿的紫色大外套，還在衣櫥裡掛著；長版裙、短裙、無論多久的衣物，只要還可以穿的，皆捨不得拋了。所以衣櫥裡滿是衣物。裡面當然也包括姐妹、朋友們穿不下的衣物，皆送來我這兒。

秀珍說，只要五年沒有穿的衣服皆可以淘汰了，我當然不認為，所以衣櫥還有年少時候穿的衣服。有時將舊時衣物穿出去，朋友們說很合身，我說，這是二十年前的，或說這是大學時代的衣物了。她們往往發出很不可思議的眼神，怎麼可能呢？

就是這樣，凡是可穿、合穿的衣物，完全留在衣櫥裡捨不得放棄，但是，在別人眼中，似乎是怪物一樣。

這回，帶來十多件衣、裙、褲、外套，僅選了二件深色裙子，只要稍作修改即可，不必大動刀斧。老媽覺得很可惜，怎麼只挑二件。

唉，多了衣物，也不穿完，堆在衣櫥裡，一樣是浪費，還不如拿到回收站，讓更多需要的人穿呢。

二〇一六年十月十一日

想像車國，未竟之域……

開車送父母到高鐵站搭車北上，心裡著實有點忐忑不安。不過，還是硬著頭皮開車，走上外環路的興隆路，車少人少，紅綠燈少，應該比較安全吧。

很久，很久，沒有開這麼長的路程了，心裡有點懼怕，一來是駕駛技術不佳，二來是不會路邊停車，三來是只有假日回到竹北才會偶爾開車，而且開車的範圍只在家與市場、陽光海岸，二點一線，操作許久，比較熟悉路徑。

到陽光海岸，習慣走光明九路，再到縣政二路轉光明六路，可以避免會車、人車較少，且紅綠燈較少，這成為我的重要路徑，而且右轉光明六路時，因為有高速公路的會車，所以精算要轉到第二車道，因為第一車道是北上國道，第三車道是南下國道，居第二車道可以避免會車。轉上光明六路時，車過高速路陸橋之後，就可以切進第一車道，避免與直行車相會，且要在莊敬路左轉，因為技術差，必須精算每一個車道，讓自己可以很安全的進入安全駕駛之狀態。

到市場也要精算車道，先是沿著博愛街行駛，到了陸橋右轉中正路，開始找車位，以前七點以前陸橋下還可以找到車位，現在，居然無位可停，只好違規臨停，八點之前，警察尚未出動，可以臨停。以前為了陸橋的車位，會在七點之前出門，不是找車位，而是為了連二格車位，可以直行到前一車位，屆時離開時，不必後退迴轉。技術差，必須精算各種簡便方便的手法。

在開車往高鐵方向之前，開始盤算，未竟之域，該如何達成？該如何左轉、右轉，在那裡要轉彎，在那裡要目測距離進入高鐵站。以前是亞傑開車，現在是賢賢開車，對於機械盲點的媽媽，他也習慣了。

曾經，開車到元培，這對我也是挑戰，走高速路半個小時可達，未敢上高速路的我，只好從中華路，最熟悉最安全的道路走，慢速一小時可達，反正多留一點時間給自己也好，握住方向盤，慢慢前往，未竟之域，對我充滿了很多的想象，很多的憂懼，天生膽小，只好做最努力最細心的盤算。

曾經，開車到關公廟，這也是未竟之域，未知方向，靠著以前的印象，再加上一點點常識，順著路，上山下山。因是週間，人車罕有，開車較沒有壓力，也較能駕輕就熟。一個人居然到達關公廟，這對我是一個挑戰的完成。

想起自己是機械白痴，不禁啞然失笑。

記得十多年前，移居新竹時，不會開車，出入皆要家人接送，後來有了單車，可以擴展的勢力範圍突破徒步的區域了。再想要突破單車的範圍，興起買機車的買法。

到機車行購車，向老板說，我不會騎車，買車能否教我騎車。老板一口答應說：「好呀！讓我牽手仔教妳好了。」

於是，暑假，每天早上，由老板娘親自教我騎車，她在前座教我，我在後座學，幾天後，她要我換到前座，她在後座。聽到機車引擎發動的聲音，我的手腳發抖，真的要我在前座嗎？她真要我在前座，我戰戰兢兢地騎上前座，手腳不聽使喚，怕得直發抖，她說，不要怕，油門催下去吧！真的嗎？要催油門了，龍頭握好，不要扭來扭去的，不要怕啦！走啦，我們往前，到寶山，經過中華路，人車少，小心翼翼地順著她指示的方向及技術手法往前開，有她在後座，似乎吃了定心丸，慢慢地走到寶山，走到香山，走到市區，最後，她教我在天公壇練轉彎，練速度，練著練著，一週了，她放手讓我一個人單獨地練習，不再共騎了。看我可以駕馭自如之後，便大功告成。我也很高興自己可以快樂地騎車了。此後，繼續在天公壇前的廣場練車，家人常常陪在旁邊觀看，為我喝采，我也覺得得意洋洋，終於會騎機車了，家中有四個姐妹，我是老大，我第一個會騎機車了。真好。

練習完熟悉的轉彎，牽車回家，自覺得完成一件很偉大的事功。也向家人表功。

第二天清晨，要趁家人熟睡時，再去練車，結果，家前庭院的門檻太高了，我牽車、抬車花了吃奶的力氣，才推出門，騎上巷子，因為速度掌控不佳，撞到鄰牆，機車頭縮進了一寸，要下坡道時，才發現自己無法計算出巷子的速度，如果雙向有來車，一定反應不過來，於是，阿Q的我，想到繞到別的鄰巷，沒有下坡的難題了，可是，巷道太小，我的龍頭轉彎方向不順，還要慢慢地進行，周折許久，仍在原地，只好頹廢地牽車回家。幾次練習要出巷子，皆沒有想像的容易，安全帽撞歪了，新買的大紅機車也傷痕纍纍，不是與人對撞，而是自己撞牆，唉！天生膽小的我，最後，只好放棄機車代步的夢想。

後來，到了竹北學汽車，基於機車的經驗，一定要學會跨出家門，因為要從地下二樓上到平面，是一件很難的事，出口是會車的巷子，央求教練教我出入自家的停車場。從家中的停車格繞行進出停車場，相同的動作，演練近二個小時，如何下坡，如何轉彎，如何會車，如何倒車入庫，要教練精算所有的角度及速度，我就依樣畫葫蘆，真的，我會開車了，會轉彎了，會倒車入庫了，吔！勝利，勝利。練了二個小時，大家也累了，教練才回去。

第二天，又面臨相同的情境了，如何開出停車場，如何上坡？如何在出車口時與雙向來車會車？所有的問號在心中亮燈，要不要開車呢？千迴百轉，在心中吶喊了一千次，一萬次，試吧，試吧，一定要自己試一次，才知道可不可以，我不能做個膽小鬼，沒有車出入，等於沒有腳，走吧，走吧，告訴自己，一定要鼓起勇氣試一次吧。

凌晨五點，似要挑起千鈞重擔，鼓足勇氣，步上停車場，似乎要將千萬人我獨往的勇氣加在身，才能發動引擎，聽著引擎聲，克服自己對機械的恐懼感，上前，上前，往前進吧，右轉，直行，上坡，從地下二樓到地下一樓，轉彎，再直行，再上坡，準備開出停車庫了，打好方向燈，出了二層的停車場，向左轉，終於出了車口，沒有會車，讓我鬆了一口氣，汽車出到平面的道路，我呼喚著，勝利，勝利，終於開出停車場了。

自從勇敢開出家門之後，開始在近處的停車場練習路邊停車，或是開向一排有路邊停車的車格中。凌晨五點，人車皆少的時侯，努力練習路邊停車，前進，後退，後車門頂著路線時，打四十五度，再進車格，後視看到邊線時，將方向盤打到底，俟車進車格時，再迴轉到底，下車張看，是否停正，結果，差半格；再練，超出邊線了；再練，太前面了；再練，再修正，一次次停好之後，再下車看方位是否正確，練著練著，直到七點半，人車開始多了以後，開始緊張了，遂開回家，第二天凌晨再練，練了一週，還是沒有調整好方位，從此，路邊停車成為我的罩門，出門時，總要比別人早，這樣，可以找到連續前後的二個車格，我直線滑進去，不必練角度，就可以在路邊停車了。如果是一個車格，只能選擇放棄。不敢請親人或友朋教我，怕他們覺得我太笨了，也怕他們譏笑。會說，你還是做你會做的事吧。或說，這不是你的強項。或說，你還是努力寫書比較實際吧。或說，我接送你就好了，何苦自己開車，多危險啊！

還記得第一次在外停車，被開了一張停車繳費單，興奮地像中了大獎般地高興，吔，會停車了，而且是在外面吔。這種興奮真不足為外人道。

挑戰自己，總是讓自己格外興奮，雖然不會路邊停車，至少，敢開車出門了。

每次，想要到未曾開過去的地方，對我來說，皆是一種充滿挑戰的緊張和困難。雖然隨家人多次開過，也在心中默練了很多次，趁著人車皆少的週間時段，第一次開車到巨城，當然是很緊張，事先知道地下停車場坡道很陡，遂開上停車塔，小心翼翼登上塔，開窗取停車票卡，再一層層迴繞，找車位，順著車頭滑進停車格，吔，勝利，成功了。回程，才發現取票卡時忘記關窗戶。

到新竹城隍廟，不知道搭乘家人幾千次之後，我也趁著人車稀少的時段，慢慢開過去，由於城隍廟是個交通擁塞的地方，我遠遠停在中山路的邊緣，然後走上十多分鐘抵達。對於技術不好，不會停進路邊停車格的我而言，只要能安全抵達，停再遠，也是可以接受的事。

許久未開車，只要超出二點一線的家到市場、家到陽光海岸的路徑，對我皆是新的挑戰，未竟之域，讓我充滿無限的挑戰可能，事先在心中盤算許久之後，才敢啟動行程。而去的地方也不過是竹北的某個銀行、辦事處、餐廳、商店、景點，在竹北流轉是容易的，因為地方寬闊，停車不是問題，只要不是用餐時間出門。往新竹，要跨過頭前溪橋，就有一點點難度了，很少往新竹跑，通常，到台北開會的次數很多，所以搭乘高鐵的次數也頻增，而開車的次數也遞減，以致於開車技術無增有減。

這回，停頓太久未開遠程，到高鐵，也充滿了未竟之想像。開出停車場，左轉開到興隆路，慢慢掌握速度，看到某個便利店，再右轉，便利店是我們轉彎的標的物，到了文興路，興發買禮品讓父母帶回家，我居然能在路邊滑到一個臨停的車位，迅速買禮品，迅速開離，發現，開車沒有想像難，只要小心，謹慎即可。回程，風馳電掣，馭風而行，快意快哉，才知道失去的技術隨時可以練回來的。

二〇一六年三月二十二日

走過母校

一週之內，兩度經過母校台灣師範大學的門口，過門不入。

週六，到國教院召開會議。週日到二殯參加羅聯添教授公祭。

曾經，這是我求學的地方，也是一個宏偉的學術殿堂，其中，有名師出入講學，包括林尹、高明、李漁叔、魯實先、陳新雄等，也有我的師長輩們從這個門畢業，包括莊雅州、顏崑陽、張子良、張夢機、龔鵬程等。

走過母校，總有許多的眷戀與懷想。

師長們的學養，我們仰之彌高，鑽之彌堅。諄諄教誨的師恩，永遠迴盪在歷史的長廊中，供我們溫熱取暖；在書房的角落裡散發幽香，供我們汲取養分。

走過校門，期待自己能振翅高飛，悠遊在文史天地，自由翱翔。如同大鵬向天而飛，飛出逍遙自在；如同大鯤，向海而游，游出海闊天空。

二〇一五年四月十四日

遺失的節日

喜歡熱鬧，不喜歡孤寂；喜歡過節，不喜歡靜默渡日。

今年，第一次過年期間到國外旅遊，對於旅遊充滿玩興的我，當然載欣載奔地周遊在各種景點之中，既拍且照，既遊且食，既賞且樂，似乎享受異國風光，飽覽異文化風情。臨水，登城，爬山，乘舟，渡河，逛街，或品賞美食，或仰觀比薩斜塔，或登臨天空之城，或駐立台伯河畔，或流連龐貝古城，或遊觀艾瑪菲海岸，或環顧梵帝岡方城，或瀏覽大教堂壁畫雕塑，或隨興信步在古城市街之中，或欣賞流行時尚，或凝視威尼斯面具嘉年華彩妝下的仕紳淑女，甚至很投入地，與家人一同彩繪臉龐，迎走在廣場市街之中，以擄獲一雙雙觀看者的欣羨眼神。凡是每一個可看可觀之景皆不忍錯過，也覺得玩得很盡興。

歸來，已一個月餘了，心中常有悵悵然的感覺，似乎遺失什麼？什麼東西從生命中逸失似地，讓人有種悵惘不甘之情洒然而生。

是的，終於知道了，是春節逸失了。

初一當日，正遊羅馬城，中膳晚餐皆饗以中式餐食，貼心的導遊準備了紅酒佐餐，也送我們一個小紅包以宣示過節，大家歡樂地開香檳慶祝，氣泡、水柱象徵節慶歡樂，我們似乎在異國不覺得如何，也以LINE向台灣的親友拜年，似水流年，如是而已。

可是，遊歸，一直有憾。雖然出國前先將該送出的紅包寄託家人，先和家人到達觀享受象徵過年飲饌的蹄膀、牛、雞、魚大餐，先買好春節供品妥當安放，歸來，也和家人一同約在舒果聚餐，十餘人其樂融融地享受歡聚的感受，可是，內心深處一直伏流著一種悵然。為什麼呢？是沒有聽到大家互道恭喜之聲？是沒有聽到如流水般高唱迎春花開的歌聲？是少了走春的活動？是沒有購買春節應景的物品？是嗎？一直在問自己，少了什麼呢？

過年，該有的活動雖然都做過一遍了，但是，不在當下，似乎少了那種節慶的氛圍，著著實實地，少了年節的氣氛，也讓人似乎憾失了節慶的歡樂。

為了重拾那種過節的歡樂，無論如何，一定要補償這種逸失的感覺，到歡樂的台灣燈會走一遭，看看燈海煌燦如晝，看看人潮如龍流動，吃吃台灣小吃，流轉在各種燈區，體會過年過節的歡樂，讓自己有感地遊走在歡樂的燈會之中。

從歡樂的燈會中遊歸，似乎應景地渡過元宵節應有的歡樂，可是，無論如何，還是無法填補春節過年的感受，硬生生地，逸失在流光之中。

原來，習慣、習俗讓人順從，讓人俯首稱臣，讓人順著軌道流走在各種節日之中，一旦逆行、逸出，不順軌道遊走，便有脫序的感覺，以前不覺得過年當如何如何，待至遠離鄉國未能臨現節慶當下，才興發這種悵然的感受，這種感受，是一種虛歉的，無法填滿的悵然，盈盈鼓鼓地潛伏在心底深處飄移浮動著。

二〇一五年四月十日

臉盲

早上，在闃無人聲的閱卷闈場長廊一端，坐著一位女老師，短髮，戴著黑框眼鏡，靜默地啃著餅乾，我向她打招呼，她也笑臉回應我。

下午，看到她，怎麼又在啃餅乾呢！我說，喔，又被我看到了，餅乾女王。

第二天早上，看到她，又在啃餅乾，因為沒有吃早餐，把餅乾當成早餐。

三番二次，看到她常常一個人獨自在吃餅乾，有時是午後，有時是早晨。大概是情有獨鍾，喜歡吃餅乾吧。

後來她告訴我，懶得出去吃午餐，肚子餓了，就著走廊長桌上的餅乾吃將起來了。我們閱卷的地方，在校園的某個偏僻角落，出入不便，很多人只好訂便當。訂便當是限時登記，錯過了時間，就訂不到了。我猜，她可能不喜歡吃便當，或是錯過了時間，更可能是偏愛吃各式口味的餅乾吧。

未知因何，每次看到她，我總是主動打招呼。我的直覺是，我們應該認識吧。結果，才知道曾是我最熟悉的朋友。唉！我真的是臉盲啊，我們曾經二度同事呢。難怪我看到她一定要打招呼、問候一下。然而，我真真認不出來是她吔。以前鮮少看她戴眼鏡，所以，一直沒有認出她來，還好，她也沒有發現我居然是臉盲啊。

去年在大陸參加唐代國際會議，有一位學者，他告訴我，我前後總共問了他六次姓名了。啊！真的很失禮呢！還好，他沒有生氣，也不以為忤。

唉！碰到我這種臉盲的人，算他倒楣吧。
親愛的朋友，如果有朝一日，我連您的姓名都喊不出來時，請原諒我，我是個天生臉盲的人。

二〇一七年五月一日

無邊落葉蕭蕭下

下午，從人文大樓前往綜合大樓上課，經過兩旁森羅密布樹蔭車道時，被眼前之景震懾，落葉遍地，盈盈揮灑，一如蕭瑟的行書，逶邐在尺尺寸寸的字裡行間。是春雨，是春風，是春寒料峭，讓整個地面布滿春天的語言。踩在積厚的落葉上，舞踊欲歌，我對著同行的外文系老師說，好美呀，我想拍照，她說，好啊，妳去拍照，我先去上課了。我真真回過頭來拍照，似要捕捉春天的倩影，似要踩住青春的顧盼。美，就是一種耽溺，讓人久久未能平息那種激悸的感動，在目遇之間宛轉成形。

二〇一五年三月二十五日

向左走，向右走

出了宿舍，向左走，是紅塵滾滾的南門路，有郵局、水果攤，兩排橫列的小吃店，再加上小七，吃喝玩樂俱在其中，真是便利啊。
出了宿舍，向右走，是寂靜的行道樹，過了馬路，更有蓊蓊鬱鬱的高樹羅列。清晨，閒步樹下，幽謐寂靜，真有脫離紅塵的感覺。

遷移到人文大樓上課已數週了，還在適應新環境，思考如何走到人文大樓的路徑是最近的。以前，習慣向左走，可以吃早餐，買用品，進了國光路的側門，若是清晨七點半時分，可看到大排長龍的民眾，等待實習商店準八點開門，搶購羊奶、牛奶。以前，大家只排一排，現在排成二排，將羊奶與牛奶的購買民眾分流排隊。若是午後，可以看到川流不息的學生湧進南門路用餐。向左，是一條通往熱鬧的市街。

現在，似乎選擇向右走，可以節省路徑，通向人文大樓。有時，走校外的人行道，有高聳的行道樹遮蔽馬路；有時轉進校園，可經過圓廳，看看校園景觀。

向左是紅塵，向右是潛隱的幽徑。以前習慣向左，此後似乎要改變行走的習慣。然而，無論是紅塵或是幽徑，皆是生活的場域，皆可通往人文大樓，順隨著心情與季節的變化而有新的選擇。

二〇一五年三月十二日

小王子的玫瑰花

小王子周遊各個星球，最令他牽掛的是：自己星球中那一株怕風怕雨、又怕沒人澆水、曾養在玻璃罩中的玫瑰花。有刺，愛嬌嗔，讓他既愛且苦惱。不知因何讓他縈心掛懷？經過了與狐狸的對話，才知道其中的祕密。

愛情就是這樣，有刺，是保護自己，也傷害別人。讓人喜歡又讓人苦惱。想遠離又時時牽掛，想親近又時時被刺傷，讓人不知道如何面對與表訴，不知如何迎向它。縱使世界上有許許多多的玫瑰花，讓你鍾情的，讓你牽掛的，仍是那一株被你養在玻璃罩中唯一的一株玫瑰花。無論你身在何時何地，處在何種情境，你心中仍然念茲在茲，仍然眷戀難以忘懷，這就是愛情。

喜歡花香，清氛可以滌人煩惱，可以盈室生香。買了幾盆盆栽，應和季節花開的梔子花及含笑花。喜歡梔子花的清香，也喜歡含笑花似香蕉油味道。似在豢養愛情，離開她，想像她的芬芳，想像她怕風怕雨怕陽光，卻又不能沒有風，沒有水，沒有陽光行光合作用。親近她時，想像一淵盈盈的花海，一簇簇清白纖塵不染的潔淨，這就是鍾心的眷愛。

放在前陽台，怕沒有陽光臨照，失去了光合作用；放在後陽台又怕陽光太烈，灼傷嬌貴的她，臨出門前還細細地照料，看看水份夠不夠，土壤是不是浸潤濡濕，看看枝葉是否被遮蔽。因為她不能言語，不能表訴自己的感受，完全要由主人細心體察她的需求，才能讓她枝繁葉茂、綠意盎然。養在陽台的香花，似不似養在心中的愛情呢？

曾經養過一盆玉蘭，每年可以開花二三次，小小的盆栽清香盈滿整個露台，常要趁著清晨摘下仍然含苞的花朵。因為一經陽光，便要綻開，清香也隨之飄散，只有含苞最耐放，就著一小缽水，浮漾在水面上，浮浮蕩蕩地散放著，整天，就能品賞清氛，讓歡樂盈室生香。離開永和之後，移根到達觀的山裡園區，就著山風山雨，羸弱不似當初，仍要以堅挺的生命，搖曳生姿。想念她，在偏僻的山區，迎風迎雨迎陽，嬌貴不似當年養在露台上。生命境遇也是如此吧，抽根離土之後，仍要昂然地活下去，開展新的人生。

也曾經養過一盆桂花，綠意盎然，逢時開綻小小金黃花蕊，陪伴了幾個寒暑之後，便枯瘦如柴，為了讓她更有生命力，將她從盆栽中抽離，置放在社區的園土中，希望風雨陽光可以讓她更茁壯成長，偶然瞥見她在晴陽中萌芽吐蕊，便覺喜悅盈盈。

嬌貴的盆栽，如同愛情被豢養在深閨中，如何對治，是一種智慧與知能；而感受與感覺卻是一隻敏銳的怪獸，時時侵襲著你的耳目心眼與知覺。

二〇一五年四月十日

掃地．斯文

今天中午藝術中心舉辦陳欽忠主任的書法展茶會。賓客雲集，冠蓋中興，尤其是名書家、畫家、藝術家、學者們齊聚一堂，共同參與開幕盛事，欣逢其盛，與有榮焉。

陳欽忠主任是全台第一位以論述書法取得博士，也在本系開設相關課程，指導學生、提攜後輩，不遺餘力，為人彬彬有禮，溫文儒雅。

在中國的語詞中，「斯文掃地」是負面詞，可是，用在陳主任卻另有一番味道，大家流傳著一件事，聲稱陳主任連掃地都很斯文，「掃地斯文」，遂成為對他一種稱美的語詞。

二〇一五年五月二十八日

歌劇魅影

堪稱歌劇經典之作的《歌劇魅影》在台北小巨蛋演出十餘天，今天，夾帶著鳳凰颱風的餘威，還是北上前往觀賞。

華麗的舞台佈景、流暢的分景設計，再加上明快的音樂，婉轉的男女高音對唱，流轉在歌聲的海域之中，迴轉在肢體語言的流動之中，是一種美麗的視、聽饗宴。

這是一齣耳熟能詳的故事，生活在不見天日陰暗角落的魅影，一心想要捧紅克麗斯汀，只有要人作對，必定要排除障礙。原先是想讓自己的歌劇藝術創作能有展現的機會，到後來，質變成一種獨霸的情懷，想擁有克麗斯汀。

最後在愛情的呼喚之下，成就他人，就是最圓滿的愛情了。也是最偉大的愛情，唯有放下，才能釋放一切，也才能成就一切。愛情不是一種獨霸，而是一種成全。

二〇一四年九月二十一日

別讓身體不快樂

同事很早即告訴我，每週一晚上在學校的黑森林有團隊在打太極拳，後來改為每週二晚上在人文大樓前面的廣場。見我不為所動。又說，學校的游泳館辦會員很便宜，他和太太幾乎每天去游泳。庶務忙碌的我，總是無法成行。後來遇到圖資所的同仁說，週一二三晚上五點半到六點半在體育館有韻律舞及瑜伽，似乎為說動了，很想去，但是，一踏進辦公室，即被繁瑣的庶務纏身，況且助教們皆還在忙，焉能走開呢？還要談唐代會議，談雪公研討會會議，談開會的時間，一點一滴的業務皆須在場，才知道五點半要抽身太難了，有時忙到七點八點才吃晚餐。

某個週五晚上，何寄澎晚宴，同事的妻子來接我，她神清氣爽的迎向我，與我印象中四月前的她不一樣了，日前患了梅尼爾症，整個人暈眩非常嚴重，一吐就是二個小時，現在，站在我面前的她非但氣色清爽，且面光紅潤，和她對聊，找到很好的醫生，醫治梅尼爾症，同時也推拿，原來是第八對神經突出，壓迫神經造成的，如今，已痊癒，而且每天照常去游泳。

這回似乎被說動了，雖然不善游泳，至少去泡湯吧，冬天手腳冰冷，以前家人常說，我的冬天有半年，意謂我怕冷，至少有半年是冬衣在身。棉被過了端午才收，十月也早早將冬被釋出。為了改善這種情形，四年前開始在假日時到陽光海岸運動，有氧，瑜伽，但是，時間有限，短暫的不怕冷，之後，還是厚衣在身。

週一，忙完系務，八點多，帶著泳裝到泳池去，想買票進場。小姐說，買十張，六百元，可來十次，後來一問，知道我是教職員工，便建議我辦半年會員一千四百四十元，可來半年。心想，只要來，不管幾次對我皆是好的。第一次來泳池便辦了半年會員證。真好。

不會游泳，只能泡湯，做SPA。冷池，熱池，蒸氣，烤箱，一應俱全，我穿梭在幾個設備之中，很快樂。不耐熱的我，常常要起身往返各種設施之中，一個小時的泡湯，整個人哄得臉通紅，想必晚上可以好眠。告訴自己明天還要來。

晚上睡覺，沒有想像中的好眠，依舊是躺下很久很久才入眠，早上六點多又醒來了。整個白天，手腳依舊冰冷，坐在辦公室，冷到將長版大衣穿在身上脫不下來。

第二天晚上繼續到泳池泡湯，一定要將身體的血液循環弄順暢。泡湯，左泡，右泡，蒸氣，來來回回，就是不敢下池游泳。自覺血脈被打通了，整個人紅通通地回宿舍，祈求一夜好眠，當然了，睡眠仍是像往日一樣很淺眠，早早睡，晚晚入眠，又早早醒來。辦公時，學生來找我，說，老師，妳看起來很累！是呀，每天覺得自己很累。

連休春假，到自然美放鬆自己，她說，好久沒來了，幫我臉部基礎保養，太舒服了，時間還有，順便做背部按摩，她又說，出痧了，而且是肝的部位很嚴重，可能是太累了。是嗎？自忖有泡湯，有運動，怎會如此呢？

原來，身體在告訴我，不舒服了，二年多的行政職，讓身體出現警訊了。膽固醇過高，原來是吃太多開會便當。肝不好，是每次中午連開數個會議，邊吃午餐邊開會，這樣的生活二年有餘，人怎能健康快樂呢？

連休假期，繼續到縣立泳館泡湯，就是要將自己的血液循環弄順暢。有瑜伽課程就做瑜伽，有有氧課程就跳有氧，來者不懼，有戰鬥有氧也做了，有肚皮舞也玩一玩。就是讓自己健康。原來，光是運動還是不夠的，還有，保持心情愉快更重要。

二〇一六年四月一日

朋友

晚上，忙完系務，拖著疲累的身體準備回宿舍。下電梯，走到一樓大廳，迎面而來的是，曾是我最親近的朋友。她破口大罵，像潑婦罵街一樣地數落我，我驚惶未知所以，她大聲指責，我整個人怔住了，心像氣球被戳破一樣，從雲端一直跌到萬丈深淵。從來也沒有被人如此在大庭中責罵，心像被雷劈一樣，惶恐地道歉，向她祈求不要再罵了，我聽了仔細，終於知道她罵什麼了，原來她是歷史系，我是中文系，不該擔任她們系的教評委員，因為週三新聘，投票結果令她非常不悅。我莫名所以，不想讓她罵我，向她道歉，也說，我仰不愧天，俯不怍人，公平公義處理事情，她大聲罵我說，看到我就想吐，連說了數聲，然後看著她進電梯，我整個人呆若木雞，行走在校園中，細細回想，到底是怎麼回事？

週三中午，歷史系教評會，我是委員，大家針對應聘的人選，一一核對資料，也尊重歷史的投票結果，討論專長及適合的人選，我完全沒有預設立場，何況應徵者，無一相識者，最後，大家達成共識投出符合資格者。

原想，這是一件平常的事情，我系也是如此，經由委員會大家公議公決，投票決議。想不到這樣稀鬆平常的事，被她視為毒蛇猛獸，何苦來哉。原本以為自己熱心服務，當歷史系主任徵詢我是否願意擔任教評委員時，抱著互相幫忙的態度答應了。

因為本校欲擔任教評委員，必須具備學術資格，歷史系除了現任主任及剛卸任的系主任二人符合學術資格外，餘皆無人，只好找系外的委員，我因為擔任中文系主任，每天到班，本著服務的心情答應對方，因為同理心使然，因為我系也必須有七位委員，本系不足員額，亦需要系外委員支援，故而抱著同為文院同仁互相支援的心情，也不多作他想了。

想不到因為擔任系教評委員，讓我誤踏叢林，幾年來一直莫名所以。

有一次，風塵僕僕從校外歸來，走在歐帕斯外的走道上，她迎面走過來，冷冷地瞪我，罵我，且不理我，我真的受驚嚇了，我們不是好朋友嗎？為何如此呢？我是個反應遲鈍的人，一直在思索是不是我講錯話了？還是怎樣了？我真的以為講錯話了。

那件事之後，偶然在電梯相遇，向她打招呼，她不搭理，也冷眼瞪我，說我的不是。又一次，在一樓電梯口等電梯，又相遇，她又說，我們不是朋友，只是同事，以後只要當作平常的陌路人就好了。我真的不知道為什麼她會如此說？找不到原因，一直擱在心中。痛，在心裡腐蝕。

想著，喪夫之痛，她曾經安慰我。想著，孤獨的人生有她相伴。曾經一同到高雄玩，到她的家小住，她將最體己的話跟我說，我也跟她訴說自己的心境流轉，我們像飄落的葉子一樣，彼此找到心靈的慰藉。然而，什麼原因讓她視我如仇敵呢？我真的很白目，一直找不到原因。

今天，終於知道了，她在大庭廣眾之下罵我，這次的嚴重性，讓我意識到原來我們的裂痕是因為我擔任歷史系教評委員。

這個職務對我，什麼也不是，我不希罕，本著熱心幫忙歷史的態度，居然換來了絕情相對。我不必要這個虛名，也無須擔負這個罵名，我是不是一個誤闖叢林的小白兔呢？

隔天，說個人因素寫信立辭教評。歷史系主任慰留，堅不為動。

他又寫信說已知某位老師騷擾了我，他已處理歷史系內的糾紛了。

為了保護親愛的朋友，當然沒有說任何原因要辭去教評委，只說是個人因素。如今，歷史系主任來函，說已平復糾紛了，那麼他一定知道是她了，這樣，她對我的誤會將更深了，因為他人介入，她一定會以為我告狀，事實上，被罵，被誤會，皆可以忍受，只是，感傷曾經如此的好朋友，為了公務弄得如此決裂，這絕非我所能想像的，原來，有人視名利如此之重，而我偏偏又是一個凡事無所謂的人，如此觸怒了她，哎，縱算跳到黃河，她也不會相信，我隻言片語未說，只是堅辭教評委，為何會弄得眾人皆知是她罵我呢！

想保護她，還是保持緘默，只是堅辭系評委員。知道，縱使辭去，也換不回友情了，但是，念著我們曾經像好姐妹一樣，怎麼能不珍惜曾經有過的美好歲月，曾經相濡以沫的歲月呢？

哎，傷害我最深的是親近的朋友，教我如何再相信朋友呢？

曾經，和某位學妹親如姐妹。但是，因為擔任興大人文學報主編，她投稿，雖然二審皆修改後刊登，然而召開編審委員會時，有位資深委員，很質疑她的文章像讀書心得一樣，故而決定取消刊登，想幫她說話，卻沒有幫成。

從此，她以為我從中作梗，我如何解釋，她就是不聽，還寫信罵工作人員，罵這份刊物不公平，說她瞧不起這份刊物。那時，我正遭逢喪夫之痛，她的辱罵，如落井下石般，讓我痛心。在我眼中，一篇文章那裡抵得過友情呢？何況我們是同門呢？曾經我們那麼要好，那麼體己，經過這個事件之後，雖然，也重新和好，但是，在我心深處，那道裂痕永遠也無法結痂癒合，永遠，永遠。雖然，我不會對她說什麼，但是，我確信，我們走不回過去那麼美好的歲月了。

曾經，二個最親近的朋友，竟然，是傷我最深的人。

二〇一六年三月一日

漂泊

行經人文大樓側門，看到白雲，陽光，樹木，小徑，心中突然浮現一種漂泊的感覺。暑假將至，漫長的長期，通常會安排一場國外之旅，再參加幾場域外的學術會議。結果，此時此刻的心情竟然是一種漂泊。就像浮雲一樣漂流，陽光仍然是陽光，心情竟是如此怕見陽光；樹木依舊是樹木，我還是我嗎？小徑依舊是行走的路，此時還會有平常心走過嗎？要將每一個日子過得很好，一定要讓自己快樂。可是，那種深沉的漂泊的感覺，以及深不到底的孤寂，一直侵襲著，沉淪在寂寞的無底深淵不得爬出。也讓心情一直流走在輕飄飄不著邊際的人世間，走過的路，忙過的事情，做過的工作，到頭來一場如夢似幻的漂浮在天宇地宙之中，不理會別人如何看待，只要自己問心無愧即可，但是，漂泊的心情依舊留在心底。

今年，迄今，仍然無所依歸，仍未規劃，閒閒的，懶懶的，不想太多，不想規劃，不想出國，看到別人規劃到敦煌，到俄國聖彼得堡，安排非常多的行程，此時此刻的我，只想歇歇腳，讓自己好好休息，三年的行政，忙得無所依歸，到頭來，還是一場空忙，還是無法讓自己安頓生命。生活如此，生命如此，書寫如此，只能讓自己更跌入深沉的淵底裡，漂泊的心一直存在著，而能若何呢？

寫過的書，走過的路，依舊是沒有可以依戀的。只是漂泊，仍然是漂泊，這種漂泊不僅是生命的，也是書寫的，看到別人專攻某一個領域，有深刻的成就，令人佩服，而我呢？只能讓興趣流轉在自己偏執的興趣之中，遊走在各種研究範疇之中。

漂泊的感覺，仍然從深沉的心底飄浮上來。

二〇一六年四月二十九日

彳亍的烏龜

晚上，十點三十分，從闃靜的人文大樓步出，行經中興湖畔，夜裡，春風駘蕩，感受好風如水的春天臨現。就著微芒的上弦月，信步走在回宿舍的校園中，湖畔波光粼粼，花木靜謐無聲，偶有夜鷺，戛然一聲，畫破靜空。突然看到馬路的分隔島上有物移動，定睛一看，是一隻烏龜，天啊，是一隻烏龜呢！

牠正努力的爬上分隔島，緩步邁向草叢之中，可是，牠的方向是朝向行政大樓草原前進，這與中興湖是相反的方向。

為何爬上岸？是沉在水中太無趣出來遛躂？還是出來看看外面的花花世界透透氣呢？抑是彳亍於花叢步道之中，卻迷路了？看著牠蹣跚步履，一步步努力前進，似乎有目標，又似乎轉錯方向了。

偶然瞥見烏龜，讓我興奮，也讓我憂傷。

一成不變的生活，感覺枯燥乏味，可是，日子還是日子，必須輪動著歲月的腳步，讓它成週，成旬，成月，成年，成旬年，我們就在歲月的漩渦中流轉著忙碌的節奏，應和著節氣的變化，逐漸成長，世故，也逐漸老去。青春不永，芳華難駐，最可傷的是，壯氣蒿萊，一無所有，驀然回首，留下的是什麼？是銘刻在心底的夕彩紫曛？是無可奈何的傷逝情懷？抑是難以抹去的哀感頑艷？畸笏索漠的春夜裡，就著月光、微星，聽聞著內心潛然流動的心聲，在與烏龜邂逅的一剎那間，闇然成形。

二〇一五年四月二日

甜食

嗜吃甜食，是生命中不可承受之重。

煮飯時，必定備妥兩鍋湯，一是鹹湯，一是甜湯，尤其是嗜喝紅豆或花豆湯。飯後來一碗甜湯，或是來一塊蛋糕，一個酥餅，才有飽足感；因為嗜吃甜食，有一陣子吃到胃食道逆流，猶不知道節制，餐餐如此，讓胃飽受荼毒而不知停止。

節慶中，從年初到年終有各種口味的甜食，讓我品嚐。元宵節的湯圓，雖有甜鹹二款，偏好甜食的我，總是不能錯過芝蔴、花生、芋頭、紅豆等口味，除了餡料選擇品類之外，佐以湯餔的，更是以紅豆或花生湯拌底，讓甜上加甜的湯圓，似乎要將我沉淪在膩得不可救奪的境域中，而有一種快哉美哉的欣悅感。

元宵過後，五月的端午節則推出各種粽子，甜粽偏愛湖州豆沙粽，品嘗口感綿密的紅豆，有一種銷魂的感受，讓人捨不得盡食，在南門市場裡，一年四季皆有推出湖州的豆沙粽，每經過一回，總要被那種膩得不可化解的味道鉤魂攝魄，難以抗拒。而且商人也應節推出冰晶粽子，內有紅豆、綠豆、芋頭、花生、芝蔴等口味，晶瑩剔透的Q皮內包著各種紅黃綠黑紫等顏色的內餡，常逗引我口腹之欲，流連而不能自已，迷戀在口齒芬芳之間。

在各種節慶中，最喜歡中秋節了，因為這個節日裡，商人們無所不用其極的推出各種口味、各種款式的月餅、酥餅、綠豆糕等，逼迫消費者掏出腰包來大快朵頤。我也往往在各種行銷手法中，故意中計，品嘗各種新鮮好吃的甜食，包括酥餅類的甜食：紫玉酥、鳳梨酥、鳳凰酥、綠豆椪、紅豆栟、白豆椪等，月餅類的：廣式月餅、台式月餅，再加上商人巧奪天工的冰晶月餅，讓人食指大動。除了這些之外，各種餅乾禮盒也應勢推出，莫不要消費者買單。我也會盤桓在各種甜食與酥餅、月餅之間徘徊不去。

最近住家附近新開一家義美門市部，一踏進去，便知道永不得脫身了，不僅有各種口味的麵包、蛋糕，再加上各種酥餅，布置得富麗堂皇，窗明几淨的裝潢，實在讓人無法抗拒美食當前，只能掏盡腰包，盡情採購了。義美專賣店，不僅有自製的餅乾，還有桃酥、綠豆糕、蛋糕、冰品，擺設得琳瑯滿目，讓人目不轉睛地盯著這些美食，貪婪而不自知陷入了甜食風暴之中。

適逢中秋的推銷季節，義美也順勢推出各種月餅禮盒、酥餅，讓我有消魂的感覺。另外，還有義美獨製的，而我最愛的芝麻核桃餅，年少時，不管如何飽食，只要碰到芝麻核桃餅，便能獨啖一個大餅，如此嗜吃甜食的我，似乎是為了甜食而可以再增一個胃容量，去含納這些可口的甜食。

七月到日本，由於深居簡出，遠離甜食，一到機場候機，才發現身上的細胞馬上引誘我必須彌補十餘天少吃甜食的空缺，先是背包裡的餅乾、酥餅一啖而光，不足，再到免稅店買紅豆口味的銅鑼燒佐咖啡飽啖一番，下飛機以後，立即在便利店買餅乾解消甜食對我的呼喚，當天晚上，更偕家人到巨城買膩得酥骨的冰淇淋大吃特吃，似乎，十餘天的甜食，必須在一天之內補足，讓身體的甜鹹度達到了平衡。

其實，在日本，也不是沒有吃甜食，紅豆冰，紅豆和果，膩得讓人張不開口，我還是照吃不誤，只是比起每餐有甜食來說，量是少了一些，故而，非要在短期內補足不可。

在台灣，甜食，也是經濟金磚。

號稱台灣的經濟金磚是鳳梨酥，陸客到台灣，往往不能錯過鳳梨酥，年產值是數十億元，實在可觀。為了搶奪這塊大餅，於是各種有品牌的麵包店、烘焙店、食品業者也適時推出自製的鳳梨酥，而且各自標榜不同的餡料或口感，最有名的是微熱山丘，往往訂貨要數月才能取貨，另外，有台北大安區的佳德，有吳寶春的品牌，更甚而有之的，連以小籠湯包起家的鼎泰豐也加入戰局，硬是推出鼎泰豐的鳳梨酥，為了改變口味，除了各種品牌出品自製的餡料之外，也為了吸引消費者，有製造者改變各種餡料增添口味，原是冬瓜製成的鳳梨酥，為了鳳梨的口感，推出了土鳳梨，土鳳梨的餡料因為增加了鳳梨，呈現微酸、纖維較多的口感。

除了鳳梨酥之外，大甲先麥的芋頭酥，號稱紫玉酥，還有裕珍齋，最有名的還有奶油酥餅。彰化的玉珍齋以製作鳳眼糕、綠豆糕等聞名，後來也多製作了客製化的食品，以應付不同客層的需求。玉珍齋後來也往台中發展，開了數家分店，生意不錯。

台中夙以太陽餅聞名，最有名的是自由路的太陽堂，而整個中清路、台灣大道沿著高速公路整排的太陽餅店，讓人眼花撩亂。除了太陽餅之外，日出的乳酪蛋糕，天水雅集的餅乾及酥餅製品，俊美的松子酥，皆是膾炙人口的甜食。

新竹呢？最老字號的是新復珍的竹塹餅，以半肥肉為餡，吃多會膩，小嘗則滋味無窮。而RT的麵包餅乾、艾莉的戚風蛋糕、鈞鎂的腰果酥、春上的海綿蛋糕等，也是小開發戰局，往往要大排長龍掃貨。

台北呢？不用說了，天龍國的甜食市場往往是全國最大的戰場，品牌眾多，在台大公館起家「得記」的各種麵包、蛋糕及餅乾，平價而好吃，後來也在各區開發分店，生意不錯；師大附近的生計，也以糕點聞名，我最愛綠豆糕及鳳梨酥了。

大品牌的食品公司，也適時推出各種不同的甜食，最有名的是新東陽、義美等大公司，甜食品項不一而足，是國內最有口碑的食品公司。

小品的餅乾類，我嗜吃義美花生口味的狀元酥，小林的花生煎餅。這些美食當前，是我最無法抗拒的甜食，含入口內，滋味無窮，甚有幸福的感覺。

近年，知道甜食有害健康，已減少食量了，但是，不能忘情的是，午後咖啡，配上一個最愛的起司蛋糕，真令人感覺幸福加分呢。至於甜湯，還是忘不了大小紅豆熬煮出來那種綿密細膩的口感，咬在口中，滋味無窮，一口下肚，真令人消魂。

甜食，是我生命中不可抗拒之魅惑，也是不可承受之重。

二〇一四年八月十九日

美食

早上六點半起床，有個念頭閃過心底。

幾天前補冬時即想吃蔴油雞，週間到市場採買食物對我是困難的，因為停車技術超爛，且上班族車流量很大，深怕陷入車陣很難脫開。遂一直遲緩未能行動。為何只能到傳統市場買雞而不到超市或四季樂活呢？這是難處，因為超市的雞不夠新鮮，而四季樂活的雞又是整片，不會剁雞的我，只好放棄到超市等地購物。

六點半，興起到市場的念頭，然而今天是週五，仍是週間，可以嗎？速速整裝，希望在車潮未湧現之際速速完成採買。穿好外出衣物之後，還是遲疑了一會，心想，要不要週間出發採買呢？仍然出發吧，六點五十分，將車開到博愛街時，看到紅燈及車潮，有點想打退堂鼓，不過，仍鼓起勇氣前進，轉進到中正路時，一路尋找車位，假日很難找到，何況是週間上班日呢？然而幸運之神降臨，已近數年沒有停在橋下車格的我，此時，居然像中樂透一樣，找到一個車格，我緩緩將車駛入，以很爛的技術停不正，卻也差強人意了，速速前往採買購物，深怕晚了一點，要退出車格時，車潮讓我動彈不得。

快步行走，心念著買紅豆，這是最愛的小點心、甜品，買了二斤四包，再加上花豆一包，共二斤半，速速再轉下一攤，看到蔬菜，興發了一個念頭，，買自己想吃，健康的食物吧，於是買了番茄，買了馬鈴薯，洋蔥，胡蘿蔔，薑片，這樣可以做咖哩了，主要是因為以前，為了賢賢假日回來，才在週六上市場購物，買他想吃愛吃的食物，張羅一桌，二人對食，往往食物量過多，要花一週的時間慢慢吃，慢漫消化食材。

現在，不要再如此了，自己想吃什麼，自己想吃什麼就買什麼吧。賢在台北吃香喝辣的，對於家中小品食物實在沒有多大興趣，只是我一頭熱，總認為他在外面吃不健康食物，回來，往往多買蔬菜水果，希望補足他一週的水果及蔬菜量，可是，他偏偏不愛吃健康食品，在外面又油又香的食物吃慣了，瞧不住家中的食物，讓我百般為難，做或不做呢？還是堅持著買健康食物來供養他的胃，也吩咐他外食注意飲食，各種症狀年齡層下降，心血管等疾病很多，要他多注意，他是馬耳東風，有聽無進，陽奉陰違，也看不到，能奈何呢？

再轉到最熟悉的雞攤，居然未到場賣雞，突然想起紅豆攤對面有一攤雞販，未知是否新鮮，然而今天的目的就是買雞，想吃麻油雞呢。

買了二片大雞腿肉，讓自己享受美食吧。四百三十元，不便宜，但是總比外食更好吧。

再轉到水果攤欲步出市場，經過甬道，途經蔬菜攤，看到梨山尖屁股的高麗菜及美麗的大白菜，忍不住各買了半個，知道很貴，加上綠花椰菜，三樣居然要價二百四十元，但是有蔬菜的日子是甜蜜的，下手買吧。

每回到市場一定買蘋果，酷食蜜蘋果的我，每天至少一顆，這時，冰箱雖還有存貨，但是，多買一點，還是可以食畢的。買了五顆沉沉的蘋果，知道自己體力有限，不能買太多，提不動了。酷吃蘋果可以消解午睡醒來睡眼惺忪的體力與眼力。習慣用水果喚醒自己，這是很好的方式。

再往下走，是市街的大道了，二旁擺滿了攤販，看著看著，左顧右盼的，只能看不能再買了，似乎，菜很沉重了，無法再買了，興起買茭白筍的念頭，一路走著走著，到了路盡頭了，知道有一攤常買的蔬菜攤有貨，但是，他的筍是未剝好的，算了，這樣重量很重，不買了，回程了吧。

幸運自己在週間可以採買自己想吃的食物，而且是有車位的，不必臨停怕被拖吊，也不必擔心臨街的攤販擺臉色給我看，必須下手買不需要的三明治呢。

回程，更好的是，旁車剛好離開，我可以倒退一點點，從旁直接貫到迴轉道上，真是太幸運了。這回，買了喜歡的紅豆，幾天不吃紅豆，便有思念的感覺，昨天差點到豆花店吃紅豆湯呢！想到只有甜湯，紅豆很少，便沒有興頭。在家中，愛吃多少紅豆，便吃多少真隨興。再則，今天可以烹煮麻油雞了，想念很久了，冬天，偏愛吃麻油雞，酒釀，想來，家中還要再備個酒釀，隨時想吃便可溫溫身子了。

週間，買菜，停在車格裡，回程，又順利倒到迴轉道上，一路幸運百分百，真好，讓我有好的心情張羅一天，開啟美好的一天。

二〇一六年十一月十一日

吃素救地球

幾週前，在市場買了五條香魚，嗜吃魚品的我，無論是鮭、鯖、秋刀魚皆是我的最愛，只要一吃魚，便有精力貫注身上，可以思，可以讀，可以寫，可以吟，可以歌，但是，這回不一樣了，我放在冰庫裡不敢烹煮，因為是全魚，是有頭有臉的全魚。

去年指導學生涼兒說，讀唐傳奇看到一則故事，夢中看見魚，醒來不敢吃，因為面目如此像人。從此她改吃素。她講這個唐傳奇的故事，我也知道，只是，沒有那麼深的體會吧了。

這回，未知因何，全魚不敢吃了，一直放在冰箱裡，也不知道該如何處理，送人嗎？己所不欲，勿施於人。那麼，該怎麼辦呢？

此刻，想到全魚，有頭有臉，讓我不敢烹煮，也許應該奉行吃素救地球吧。不殺生，是佛教的教義，我非奉行者，但是，想到殺生，還真有不忍人之心呢！於今，只敢吃切剖開來的部分魚，至於全魚，仍然未敢處理，真不知道該如何是好呢！

二〇一六年十一月十一日

不可逆的失智

不是詩經專長的我，在莊老師的邀請之下，陪著他參加二次國際詩經會議。第一次是二〇一四年在石家莊河北師範大學，第二次是二〇一六的廣西大學舉行的會議。

二〇一四年，團隊出發，組員包括我的老師伉儷二人，我的學生伉儷二人，以及一見如故的貞祥老師，老中青三代共六人。

參加會議，不會只有傻傻地出席會議，必定會規劃旅遊行程。數度遊過北京諸多景點，這回吸引我的是圓明園終於開放參觀了，為了這個景地，願意再到北京一遊。而其他年輕的老師第一次踏上北京，必玩的景點自然是長城、十三陵等地。於是六個人分作二組，一組遊長城、十三陵，一組遊圓明園。翌日再合遊頤和園、紫禁城等景區。

在圓明園裡，溽暑雖熱，我們卻徐徐然，安步當居地遊蕩在荷柳之中，感受詩意盎然。只見師母一個人快步往前走，完全不理會我們還在後頭追趕，我們喊也喊不住她。

一次進廁所，出來時，老師問她，妳的皮包呢？她嚇一下跳，我們也嚇到了，裡面有護照、台胞證及現金。對呀，皮包呢？我們急急衝進廁所尋找，幸好還掛在門上。有這次經驗之後，老師將重要證件放在自己的提包裡，不再放進師母的皮包內。

我和貞祥隱約感覺到，師母可能失智了。我們要特別關照她。

今年，二〇一六年，再度參加詩經會議，這回吸引我的是桂林，從小朗朗上口的「桂林山水甲天下，陽朔山水甲桂林」可以親身遊歷一番。貞祥因擔任國中行政職務，無法出席，所以今年只有五人成團，但是，我們還是請旅行社替我們規劃行程，包括遊灕江、銀子岩溶洞、日月山、龍勝景區的梯田及長髮秀，夜裡還觀看印象劉三姐等，多餘的時間我們則自行安排了靖王府、二江四湖、逛夜市等行程，將別人一週的行程用三天走完。

這回，更明顯感受到師母的行徑越來越乖張了。不知道廁所門把該如何開關；上完廁所不知道如何回到原地；上下樓梯我們要牽著她，告訴她上或下；走著走著，竟然不知方向，與我們乖違而去，所以行進時，一定要牽著她走；食物一律由老師幫她拿好，因為老師比較知道她要吃什麼；常常我們要她坐在座位上，避免走失方向；食物端到面前，不知道要食用；深深體會師母的情況每況愈下，於是，每要進行一個動作時，我要下指令說，停，我們站在這兒；或是說，妳站在這兒，不要動，我們要拍照；或說，我們坐下來等他們；或說，臉轉過來，我們要拍照；穿瑤族衣裳時，她逗弄半天也無法穿好，大家七手八腳地幫她穿戴好，穿好了，她又不知道如何是好，我們告訴她面對鏡頭，要微笑，她才不自然的抿嘴一笑。

知道她狀況比起兩年前更嚴重了，我們很刻意地想暗示老師帶她就醫。在某天的早餐用餐時，故意用佩翎的老奶奶做為引子，說明失智的情況，延緩就醫的嚴重性，這是一種不可逆的疾病，只會日益嚴重，不能改善，及早就醫可以延緩症狀惡化。我們故意輕描淡寫地說著說著，刻意觀察師母，發現她很努力在聽我們說話，似乎她也知道自己的情況為家人帶來了很多困擾。

我也曾經替老師想過，為何要帶她出門？至少，帶她出來是正確的，否則一個人在家更危險，沒有生活能力，沒有自理能力，如何放心她一人呢，女兒就讀博班住校，老師不可能只留她一人在家，帶出來，至少有一群人可以照應她。我們只要多花點心思牽著她走路，安排她食宿即可。

師母是位很溫柔的人，講話輕聲細語的，人也很隨和，隨便我們安排她，從來也不會拒絕。她也受過很好的教育，是大學音樂教授，只是未知從何時開始有了失智症狀，而且每況愈下，令人擔憂。想她，也曾風光一時地參加各種國際音樂會議，也曾在講台上傳道授業解惑，如今，如今，皆是不可逆的過去了，所以，《我想念我自己》這部電影深刻地描繪失智過程的心理掙扎，面對認知能力日益銷減，如何不心憂，如何不心驚呢？師母也曾有意識地對我說，害怕在國外迷路，回不了家；害怕看不到熟悉的人，害怕找不到熟悉的路。

有一次，趁師母去上廁所，老師親自對我說，師母的情況越來越嚴重，我們帶她就醫，吃藥，只能延緩，不可能改善，我們也讀了很多這方面的知識，知道這是一種不可逆回的病狀。

原來，老師曾帶她就醫，也知道失智的情況。

人，皆會老病，如何讓自己健康，不要造成家人的困擾；如何讓自己安度晚年，而沒有失智之虞；如何有良善的醫療體系可以讓這群沒有生活能力的人，安心自在的活著？這些課題，是全球日益老年化的過程必定要去面對的真實問題。科技如此發達，相信有朝一日，必能對抗這種不可逆回的病狀。

二〇一六年十一月一日

想念陽光海岸

竹北的某健身房於十一月十一日隆重開幕啟用，超強冷氣及炫彩奪目的霓燈，讓人誤認為走進夜店或舞廳。喧囂的音樂，高分貝震入耳膜，環行三個層樓，處處是冰冷的健身機器及年輕的教練侍候在旁。雖然也有泡湯的熱水池，但是，僅有一池，更沒有SPA可以上下左右按摩的沖水柱，似乎少了什麼，而且還是裸湯呢。真得很不習慣，讓我想念起陽光海岸的時代。

十多年前，我們還住在空軍十一眷村時，先是帶賢到雙華及長城游泳池戲水，後來，發現竹北的陽光海岸之後，像發現新大陸一樣的令人興奮，從此，成為我們走進竹北的新地標，後來，也移居到竹北，更接近陽光海岸了。

整棟建物挑高，二層，隔著玻璃，可以看到陽光煌燦，是一棟親人的綠建物，設計也很有人性化，處處綠化，處處有幽景。一樓是游泳池、高空滑水道、戲水池、SPA池，冷熱泉。二樓有瑜伽兼有氧教室、飛輪教室、健身房。早期的時候還連接一些泡湯的熱水池，更有可以俯看市街車水馬龍的休憩區。

全家人對於陽光海岸各有喜好，賢喜歡滑水道，戲水池；傑則喜歡游泳，往往來來回回游個十趟八趟的。最令我喜歡的是SPA池，各種沖式按摩，肩、背、頸、腳，或立或臥或坐或蹲，款式類型不一的沖淋式按摩，可以紓緩壓力。老媽最喜歡泡湯，各式的湯品，有中藥池，溫泉池，冷泉池等，湯池旁邊標示各種溫度、療效及注意事項，我和老媽往往一湯泡過一湯，一池泡過一池，很舒服享受各種湯池的滋潤，鼎盛時期大約有六池吧，樓下、樓上皆有，還有休憩區供人聊天休息之用。陽光海岸成為全家最愛的休閒區，只要假日一到，皆雀躍地前往。若有親友的孩子暑假寄居在我們家中，也會帶他們到游池去戲水。假日時，高空滑水道還會適時開放，讓孩子們盡情享受速度的快感。

可能經營不善吧，不知從何時開始，偌大的館區，先是切割一半的二樓供人做餐飲、足浴，印象中有避風塘餐飲，有火鍋店，最後是養生的足沐。然而大抵規模仍然存在，尤其是水池，仍然有游泳道、戲水池、SPA池及泡湯各池，只是規模略微縮小。再來，就是將正門的店改成旁門，讓臨馬路最好的店面租給摩斯漢堡了。後來，還兼營時尚服飾，一折起跳，可惜生意並未起色。

館內的規模體制仍有，卻不復當年高空滑水道的盛況了。雖則如此，還是吸引很多退休的老人家每天到陽光海岸泡湯，男男女女，對聊各種生活趣事，或是交換人生經驗。也常常在池畔吹奏樂器，唱歌，或是帶食物來共餐，一群人很悠閒的聊天，享受快樂的人生。這時的我，轉往二樓上有氧及瑜伽課程了。

不知因何，今年再傳出二月將頂讓給某健身房了。心裡有點感傷。

因為新接手的某健身房給人的感覺是財團式經營，少了溫馨的人情味，不能在池畔野餐，唱歌，也必須以會員二年簽約方式進入，不再可以隨興買票入館，或是依個人意願購買長短期全館暢遊的會員制票券了。

想念臨街跳有氧舞蹈時，可以看到車水馬龍的陽光海岸。

想念在寒冬時可以張望到外面晴朗的陽光，讓人感覺暖暖的陽光海岸。

想念在假日的早上，可以隨著音樂起舞，和一群朋友一同歡樂沉浸在律動的音樂聲中。

想念在星光閃爍的夜裡，因為有瑜伽的調和，而能更自然自在的面對各種繁亂的行政業務。

想念有幾年的聖誕節前夕，館方曾舉辦歡樂晚會，採自助餐會方式，教練和會員們共同玩各式團體遊戲，不分男女老少咸能盡歡。遊戲時，館方還大方提供各式禮券摸彩，我曾幸運抽到三個月會員的禮券，從此愛上成為全館暢遊的會員，不再是買票的零星散客了。

到陽光海岸，倒不是真為了強健體魄，而是喜歡一群人友善地合樂共舞，喜歡群體共同律動的感覺，喜歡音樂一播放便有欣悅感油然而生，真真喜歡那種氛圍而已。而我，從來也沒有因為如此而能歌舞自若。近視五百度，不喜歡戴眼鏡的我，把到陽光海岸當作休息，常常躲在教室的角落裡，隨著前人的舞蹈動作依樣畫葫蘆，有一回，朋友說，為何你的節拍總是慢人家好幾拍呢？是的，就是這樣嘛，有運動就好了，何必求全呢！而且連教練的長相分不清楚是丹丹，阿爆，還是阿凱呢！完全是聽聲辨位。

沒有恆心、毅力的我，不耐面對冷冰冰的機器運動；不喜歡面對機器作單調的動作；更不喜歡全館封閉，似乎被封鎖在密閉空間裡看不到外面陽光的感覺。

再多的不喜歡，也無力改變財團運作下的管理方式與操作模式，只能直前面對。而且年輕的教練，總是說你的核心肌群不夠，你的肌耐力不足，你的動作不正確，遊說你，購買一對一的教練課，這種有技巧的強迫推銷術也是我不喜歡的。

新健身房啟用，踏進冷氣超強的館內，炫彩霓紅的燈光，以及震耳的音樂聲，想到瑜伽課是身心靈的調和，需要寧靜，喧囂的樂音再加炫彩的燈光如何讓人盤坐冥思呢？雖然也安排了各種課程，可是，群體共舞的FU演繹得出來嗎？

我想，短時間內要適應它，還真不容易呢！讓我份外想念當年的陽光海岸，一個不可逆迴的歡樂園地。從此，只能嵌入夢境，夢迴依依。

靜謐與狂野

陽光海岸的時代裡，喜歡一堂有氧，一堂瑜伽。一動一靜，收攝身心，動靜自如自在。竹縣體育館的時代裡，是陽光海轉過來經營的課程，基本也依舊沿襲一動一靜的課程。

這兩段歲月裡的我，比較喜歡瑜伽，讓自己拉提筋骨，年近知命才來學瑜伽略嫌晚了，但是，仍然很有興趣地跟著老師的口令，進行各種動作的拉提。旋轉，側身，剛開始時連基本的提臀皆不會，現在，只要老師一個動作，便能連到下一個動作。

可是自從世界俱樂部開幕以後，我的性情似乎反轉了，因為課堂從早上七點半排到晚上十一點，有動有靜，基本上動態的課程較多，我也愛上了動態的課程，隨著音樂，跟著教練狂野地舞動，不管對錯，不管左右相反，反正努力跟著節拍進行身體的扭動，不管舞姿是否正確，不管動作是否好看，只要狂野舞動就對了。

就是這種感覺，狂野，讓汗水淋漓，讓心跳加快，讓動作猛烈舞動，讓身體隨著音樂律動，不管天荒地老，不管海枯石爛，不管，什麼皆可以不管，只要活在當下，當一個不知生不知死，不知是不知非，不知過去不想未來的人，心思空蕩，腦筋空白，只有音樂像炸藥一樣轟轟作響，跟著旋律轉動，扭動，擺動，手腳並用，無法並用時，何妨作錯動作，只要有動就好了。

愛上了狂野，與我喜好文靜的個性逆反。似乎在叛逆自己的性情。於是，喜歡COCO的課程，不教課，只有狂熱的十首歌，跟著一直跳就對了，中間絕不休息，一首首狂野地跳，舞動，生命主宰之神彷彿在手中，彷彿在飄浮。

愛上了小美的課，也是不停地舞動，偶爾也教幾個動作，大部分還是跟著舞動。連二節課，另一節是瑜伽球，屬於動態瑜伽，也是隨著十首歌不斷地跟上動作舞動瑜伽球，第一次接觸甚覺有趣，竟然愛上了那種快節奏的感覺。

真的，忘記自己曾是一個文靜的人，喜歡狂野的舞動，只要時間一到，便喜悅地跳進、飛進有氧教室，跟著年輕人舞動身體，狂野，火熱，真好。

再則愛上了週二早上的激能有氧，一節課便愛上了，課程包括各重體能訓練，讓心跳加快，讓動作更俐落，一小時，絕無冷場，繞圈，跑步，跳躍，五十歲的教練，看起來像二十歲的妹妹，她說，有氧讓新陳代謝更好更快。體能會更好，體型更雕塑美好。讓人欽羨。

真的，愛上狂野的有氧運動，讓我有活力，讓我似乎重新啟動生命之源，每天很有活力的活著，從憂傷與幽寂之中走出來，是音樂療癒我，是舞動救治我，是狂野走出不同以往的我。只要一聽到音樂，動作自然就出來了，不是很美的動作，卻是很有感覺的律動。

愛上狂野的律動，走出生命的幽谷。

二〇一六年十二月二十一日

自在活力

為了追趕計畫案的書寫進度，深怕美好時光不再，故而整日深居簡出，只有閱讀與書寫，整個人似乎消沉了許多，沒有活力，而且也常頭昏昏然的，書寫速度逐漸變緩了，雖然有進入書寫的情境之中，速度卻無法加快。

昨天四五點到世界運動場去換會員卡，經過小試器材，包括跑步機，跪膝拉腰，感覺運動的FU出來了。今天早上變得比較有氣力做事了。

今天是WG健身房開啟日，我還有十張縣立體育館的有氧票，心想，上週四因為感冒錯過了和肚皮舞的朋友賣票時機點了，昨天又和龍騰二位業務接觸，也錯過了週四的肚皮舞，於是，心裡在盤算著，該如何是好？興發今天到游泳館去賣票的念頭了。十點一到，出門去運動，戰鬥有氧尚有一點時間，我做了十分鐘，感覺，運動的FU真的出來了，從鏡中看到肌肉的自己，果真，要運動才有活力，才有信心。打了十分鐘的拳擊有氧，緩和動作一作完，結束課程，看到會員，隨意問問旁邊的女生，問有無人要買票的，她說丹丹老師上週在問有無人要賣票的，我迎向前去，問是否需要票，他問可以賣多少張，我說五張好了，他又問，為何要賣？我說要轉到世界健身房去了，結果，丹丹買了五張，黃老師二張，未知名者二張。九張全部一下子賣光了，時間是十二月二十三日到期，一百二十元的票，我只賣一百元，因為當初我也是買一百元的。賣光之後，心裡有點捨不得，畢竟在此停車方便，課程時間固定，從二月走到十一月也近十個月了，有感情了，一下子要抽離，真有點捨不得呢？

接著再上美君的拉丁有氧，一個小時，盡情的擺、扭，也讓自己隨著音樂節奏起起落落的踏著，這是十月以來，許久未上課的感覺又重回身上了，只要一聽到音樂，我的身體節奏就會自然韻律起舞。這也是五年來，唯一對自己最好的事，也是重新認識身體的方式。

捨不得離開還是得離開，賣光所有的票之後，象徵要走離了，不過，想想，日後若真想重回，再花錢買票即可重回。

早上，因為想到世界俱樂部是六點開門，早起的我可以去運動，而且晚上直到十二點，也是很好的時間呢！隨時想去就去，只是停車較麻煩而已。全館暢遊，可以讓自己體驗不一樣的群體課程及教練的指導。

歡樂是自己建築出來的，不要再頹廢了，走出去，讓自己迎向陽光，迎向運動，讓自己更有活力吧，自由自在，可以享受流汗的暢快感。

二〇一六年十一月十一日

樂在其中

小姑，工作二十餘年，申請退休，一來曾罹癌，多次動手術，目前定期追蹤，二來工作不是很愉快，遂提出申請，好好休養，調整心境與步伐。

工作，有時是為了養家活口，有了經濟基礎，才能安頓生活。有時是為了讓生命有寄託，樂在其中。

很感謝文學讓我找到人生的方向，教學讓我找到人生的舞台，而研究則讓我盡情地書寫與發揮。

不知道他人如何面對自己的工作，態度如何，但是，我很珍惜現在的工作，這個曾經歷經多種轉折才找到這個定位點。

曾經，高商畢業之後，在代書事務所工作。

曾經，就讀大學夜間部時，在私人機構擔任會計；也曾擔任會計事務所的會計，專司記帳業務。

曾經，大學畢業之後，在出版社擔任編輯工作，每天編寫文字，校稿寫稿。

曾經，在桃園偏鄉地區代課，因為站上了講台，才深刻地明白，這就是我的人生舞台，喜歡和學生的心靈交接，喜歡和學生們交心，喜歡傳道授業解惑的感覺，太多喜歡了，讓我確定這是人生的方向。

於是，未曾修過教育學分的我，為了朝向教學工作而努力，報考政大教育學分班；也為了喜歡研究工作報考中文研究所；當年，同時考上學分班與研究所，平日，在研究所上課，假日教作文；暑假則到政大修教育學分，同時進行幾個事情，對我並非難事。在研究所裡，龔鵬程老師的啟迪，讓我更確認研究是一條不悔的職志；而修習教育學分班則讓我可以朝向教學工作而奮鬥。

後來，果真，經由修課，甄試，順利成為國、高中老師，以教學養讀書，是一個過程，一邊任教，一邊攻讀博班，讓我可以更朝自己喜歡的目標前進。

博班畢業之後，到大學任教，走向喜歡的教學研究與服務的工作。

喜歡目前的工作，因為它不僅是安頓經濟的工作，更是可以成就個人志業的工作，把它當作一種人生志業，那是因為不純然是為工作，不是為了經濟而工作，而是有一種理想與目標在其中。

教學，可以交接可喜可貴的心靈；研究可以盡情書寫與療癒；服務，可以往來於考選部，各大學之間，參加各類的學術活動。性喜旅遊，也趁機參加各地研討會，到處遊玩，以工作帶著遊賞，讓自己可非常享受跨界旅遊的快樂，真的樂在其中。

不是一種應付，而是樂在其中，面對各種事務，各種研討會，各種審查機制，各種口試，各類論文發表，享受在其中，優哉游哉。

二〇一五年九月二十七日

存在的意義

下午和書豪對聊，他很愉悅地面對自己喜歡的工作，不斷地運用電子數位概念創發新的點子，開發新的器具，解決父親在越南工廠的自動化灑水問題。

他侃侃而談。心中充滿了對生命與工作的熱誠與興趣。我雖然搭不上一句有關電子ＩＣ的概念，但是，很喜歡他充滿自信的的言談內容。

當別人在歡樂的時候，我在做什麼呢？常常在想，因為喜歡創作，所以喜歡目前的工作，不僅可以教育英才，可以研究，可以進行學術服務，貢獻所學，這其中充滿了對生命的感恩，一路顛顛踉蹌走到了這個崗位，沒有後悔，也沒有痛苦，只知道過程是辛苦的，但是甘之如飴，因為這是我要追求的工作模式。

父母不知道我的辛苦是為何而忙，但是，我清楚地知道，我是有目標的，而且一直朝著目標前進，與別人工作之後，休息，逛街，購物，旅遊有點不同，一樣生在俗世，也在紅塵中打滾，但是，我是「行有餘力則以學文」，不僅讀書，寫作，也思考人生的意義，不要過著無所謂、無意義的日子，書寫，創發了每一個快樂的日子，點燃了生命的火花，讓一切如此的自由自在。

過程，雖然有艱辛，卻是心甘情願的。

別人或許無法讀懂我，也許覺得太幽寂了，但是，沒有寂天寞地，如何創發驚天動作的曠世鉅作呢？甘作幽獨之人，甘願在假日，在深夜，在每一個可以思考的片刻裡，面對一桌寂靜，書寫，再書寫，只聽到自己打字的聲音，聽到內心的呼喚，不需要別人讀懂，不需要別人了解，因為知音，將是千載難逢的，千秋萬世之後，有一位二位讀者，也足以讓此生此世有所聊慰幽寂了。不必在乎被讀懂，不必在乎讀者，只為了欣欣然的表述自我，讓一切有了寄託而有歡欣的生命火花被激揚，如斯，而已矣。

二〇一七年七月十六日

痛

週一，生理期報到，疼痛指數痛到爆表，但是，我還是很忍耐，不能請假，因為今天是開學日，很多事情等著我去做，包括上課。

忍著身體內部的疼痛，每一滴經血緩緩流下，似乎是用撕裂的方式經過子宮、陰道，可以很深刻感受到每一滴流過的痛楚與割裂，但我不能哭，不能喊，也不能叫，只能用很痛苦的表情，在四下無人之時，用扭曲變形的臉，讓自己可以釋放痛楚，釋放無人可知的疼痛。

早上，挨著痛，忍著疼，坐在五〇三的教室內上課，碩班課程的文獻研讀，二十五位學生，整個研討室坐滿了學生，座位不夠，連講桌旁也坐了二位學生。必須用平和的語氣上課，教學生如何撰寫論文，如何面對寫論文的壓力，以及了解學生們將來研究的領域，二堂課，必須好好經營，這是第一週上課，讓學生對課程有所理解，也規定作業的口頭報告方式，時間像在凌遲一樣，一滴一點地緩緩地流動著，我也感受體內一滴一滴一點的經血在經過疼痛的變化。只有躲在廁所裡，才能以解脫的方式釋放體內的血塊，可是，釋放體內血塊，卻是更大的痛楚在滲露，每一回解放，是痛不欲生的感覺，讓我欲死不能的存在著，真的，知天命之年還在折騰著經痛，很奇怪的人生，年少時，痛到倒在床上打滾，年老了，還要痛在廁所裡變臉釋放疼痛的折磨。

不知道自己是不是可以撐二堂課，課程還是像流水一樣地滴漏而過了，下課，迅速逃回研究室，捉著衛生用品，往廁所衝，解放，是另一種疼痛，感受每一滴血流下來的割裂與滲透，痛呀！痛呀！但我不能哭喊，經痛，加上伴隨著解便的不易而疼痛，雙重痛楚，一是前方的經痛，一是後方的肛痛與腹痛，不知是經痛較痛，還是腹痛較烈，同體感受二種痛楚在體內似火焰燃燒，努力地去感受與解放，痛不欲生，指數爆破，但我還是帶著一張可人的容顏出現在下午的定錨課程之中。

定錨課程，五師三生，站在講台前，痛到不行，屢屢腰彎，似乎要捧腹了，怕被六十五雙台下的眼睛擄獲，勇敢地打直了腰，還是忍不住疼痛，立即閃到門外，躲在教室外的門口，接受劇痛的折磨，我抱腹向壁扭曲身形，希望減緩痛楚，但是還是未能減緩，既然痛楚是不可減緩的，我還是勇敢地迎向前去吧。忍著痛楚，再踏進教室，輪到我解說上課的要求，平緩的語氣，慢慢地言說，上課的模式、要求，以及想翻轉課堂，以學生為授課主體的規定，緩慢言說，絕對不能讓學生讓師長們知道我正在面臨痛楚的折磨，正在痛不欲生的交關。講畢，下台，我向諸師示意，先行離去，直衝廁所，繼續讓劇痛折磨吧，躲在廁所裡讓痛楚交磨我的形體與精神吧。這時，最好是躺著，讓劇痛可以因躺著而平緩痛感。但是，綜合大樓是上課的場域，不是宿舍，我回到研究室，半癱著身體，繼續讓劇痛折磨。

時間流度，還是要向前，簽公文，簡單吃了便利泡麵，不知道如何痛到回到宿舍，以為躺著可以平緩劇痛，結果，沒有，宿舍熱到爆，沒有風，電風扇輒著響，沐浴之後，還是一身汗，蜷曲著身體，在床上打滾，搓磨著腳，想減緩劇痛，還是不行，悶熱加上劇痛，不知道是不是可以挨過今天的晚上，很痛苦的悶熱、經痛，加上腹肛之痛，幾重痛楚，不知今天是否可以熬過，只要讓我睡著了，便可以麻木了，可以沒有知覺了，可是偏偏痛到睡不著，感受每一寸的疼痛，每一寸的激烈之痛。哎，最後，也不知道如何睡著了，電風扇響了一夜，怕冷的我，很少開整夜的電風扇，太累，太痛，太熱了，居然沒有關扇而眠。

週二，頂著劇痛，到辦公室，一整天，似乎不能做什麼，簽發公文，處理雜事，列印課程內容，幸好沒有課，不必面對群眾，但是，劇痛仍然伴隨著，不能如何，只有行動，只有做事，才能暫忘痛楚。搭乘火車到台北參加會議，劇痛下的移動，是很難忍受的，但是，與其感受一寸寸的劇痛，不如用行動、做事來忘記痛感的存在，這是我最常使用的方式，不要直視劇痛，而要用工作用行動來忘記體內交織的痛感。

會中，痛感仍然存在，不過，似乎隨著時間流度，而有趨緩了，還是因為耐受痛楚的能力又提昇了呢？不得而知，但是，人前人後，行禮如儀，不要讓人覺得怪異。

十一點半回到家，沐浴，吹冷氣睡覺，半夜冷到醒來，關閉，再睡，換到隔壁不冷的房間睡，俟流汗了，再回到已關閉的冷氣房中繼續睡，讓睡眠的無知無感忘記痛楚吧。

週三，繼續痛，從竹北到台中上課，早上二堂寓言研究，下午三點到五點二堂影視文學，中午卡著三個會議，一個中文學報的複審會議，一個是導師會議，一個是文院的員額會議。

難得學報委員七位來了六位，這是最多的一次，將辦公室的會議桌擠滿，溫馨，感受大家支持，一篇篇進行實質審查，剛好RUN過一遍，助教通知我，員額會議要我列席說明了，先到隔壁的導師會場致意，再上樓，爭取一個戲劇員額。

週四，痛，仍然存在，不能如何，只想讓自己休息，不工作，不寫文章了，蹲坐在廁所數回，將近四日的報紙一一讀畢，還是痛，不能飲食，不能工作，痛得在床上休息，越痛，越不能思維，只好讓劇痛凌遲肉體，以及精神。痛得不能思維，不能工作，只好再躺在床上，翻轉身體，扭曲身體，蜷曲身體，用各種動作減緩疼痛，讓自己可以舒服一點，最好是進入睡眠之中，可以藉由沒有知覺的睡眠來感受美好。

果真，躺下來，七點八點，十點，十一點，讓時間流速流過，十二點醒來一次，二點多再醒來一次，比較不痛了，起床吃午餐吧，蒸條魚，慢慢享用吧。疼痛的感覺還在，只是減緩了，經歷了四天的折磨，似乎漸漸舒緩了。

二〇一四年九月十八日

天崩地裂

當蓮蓬頭水注嘩啦啦地流動，欣悅地享受快意的沖澡樂趣，欲將一天的塵囂滌淨，突然，不小心打滑，一陣天旋地轉，整個人重心不穩，跌坐地上，尾椎像蓋章一樣結結實實地印烙在地板，右腳旋空地往上舉起，未知因何，頭部也撞擊牆壁。

痛，痛，痛，痛到無言，看著血水從右腳滲出來，才反應過來，當下該如何？還是先將身上的沐浴乳沖乾淨吧，還有，血水沖掉。頭髮呢？洗到一半呢？繼續完成吧！忍著痛，忍著傷，將沐浴的動作過程完成，穿上衣服，看著腳上的傷口，找出優碘，準備要擦拭傷口，結果，似乎想著，這傷口有點大如何處理呢？家人都不在，當如何是好呢？看看時間，才晚上九點半，當下做成決定，拎著一條毛巾，包著濕淋淋的頭髮，叫了計程車前往東元醫院掛急診。

尾椎痛到無以復加，每挪動一步皆痛到要掉眼淚，無言，真的痛到無言。

車程十分鐘抵達急診室，掛號，候診，問診，打破傷風，對痛非常敏感的我，酸痛到流眼淚，急診室冷氣超強，髮濕難耐冷寒，再送進X光室，更冷，直打哆嗦，檢查有無骨折，翻轉身體是一件更痛楚的事，像煎魚一樣，左翻，右翻，就是要照X光，確定是否骨折。再進手術室，縫合傷口，麻醉針打下去，以為不會有知覺，但是，針在肉上的移動，寸寸有感覺痛的凌遲，麻醉難道無效嗎？我痛到差點呼天搶地，抱著拳頭抵住胸口，悶嘴不敢出聲，但，痛到不能不喊出來咿。叫吧，反正也沒有人認識你，是啊，叫吧，哇，好痛啊。

麻醉起效用是在縫合傷口之後，但是，痛也痛過了，也感受針在骨肉上下左右移動的煎熬。那麼白打麻醉了嗎？

再回診療室，看X光片，暫時無大礙，只有右腳有點小骨折，還好啦，大約七到十天可以拆線。護士教我如何上藥，換藥。

繳費，領藥，問，葯要怎麼吃？護士說，止痛藥一天三次。因為麻醉起效用了，無痛的我，斬釘截鐵地說，如果不痛，可以不吃嗎？她不置可否。

完成看診，請護士幫忙叫計程車回家。回到家十一點半。

此時，還要思考一件事情，答應某校明天早上的研習演講，到底要不要取消？明天，可以移動到台北嗎？半夜，無人可聯絡，那麼，該如何是好呢？這個時間是喬了數次之後，從四月，五月到六月，辭掉了另一場會議才終於敲定的日期，貿然改期，有點不好意思，再加上臨時取消，聽眾權益受損，於是，勇敢的作成決定，明天赴約吧，只要行動小心就好了。

由於行動緩慢，所以必須早一點出門，將鬧鐘定好，想想，明天可以穿什麼鞋出門呢？包裹的右腳試了所有的涼鞋，步鞋，休閒鞋，將家中所有的女鞋、男鞋都試過了，就是沒有適合的，最後，還是決定穿拖鞋出門吧，只有拖鞋比較舒適，不會壓迫傷口，又怕拖鞋半路掉了，先找了一條金線鬆緊帶備用。

衣服，要穿什麼呢？可以蓋住包紮的右腳。原想穿長裙遮醜，又考慮長裙行動不便，如果被誤踩，又將有一番折騰，最後還是決定穿短洋裝，行動較俐落。將第二天要準備的物品備妥，才安然就寢。時已近午夜一點鐘了。

入睡前，還好，不痛。沒有吃止痛藥。

入寢。怎麼移動？怎麼坐上床邊？怎麼躺上床？痛的感覺出現了，每移一步皆是折骨撕肉的痛，股盆，尾椎的痛，讓我臥也不是，坐也不是，在床上翻轉各種角度，就是無法安穩入眠，痛到不行，看著時間一滴滴地流轉，三點半了，算了，不要硬撐，起來吃止痛藥吧。吃畢，以為好睡了，痛，如影隨形，時時盯著你。而將入眠時，鬧鐘響了，該起床了。

唉，赴約吧。

移動前往台北，又是一陣的折騰，忍痛，就是要忍痛。

尾椎的痛，是說不出口的痛。傾斜，移動，上車，下車，站，坐，行，抬腿，移腿，皆痛，前進也痛，後退也痛，就是痛，除了忍，還是忍，誰能知道這種痛的感覺呢？只有自己私下領受這種煎熬罷了。

當我勇敢抵達會場時，主持人看到我的腳，皆驚呼連連。為何不打電話接送呢？為何不……？

習慣蹦蹦跳跳的我，只能安靜地坐著演講，而痛的感覺隨時會浮上來，有點擔心因為分心要照顧到痛楚而忘記思考，或是因痛而思慮未能集中。但是，很奇怪的，一拿到麥克風，盡情的講述時，所有的痛已非痛了，轉移注意力，讓一個早上對痛的感覺釋放到最低。一講畢，與教師們對話時，痛的感覺馬上浮上來，奇哉怪哉。原來，分散注意力，可以讓痛的感受淺層一點，也可以讓時間過得快一點，喔，這就是相對論嗎？

因為前進台北，舟車往返，讓時間流逝更快，解銷了對痛楚的椎刺。

一場意外，讓我陷入天崩地裂的驚恐中，也因此取消了三四場的活動，在休養生息的過程中，體悟既濟、未濟的況味，人生，沒有圓滿，要更懂得珍惜當下。平安、健康就是福。

二〇一七年六月十五日

輯三：人世遇合

與龔鵬程老師小敘

七月三十日與龔師、彥光小敘。

老師妙談文字語言系統、唐墓誌銘、中國文化概念……，淵博如江河滔滔直下，讓我們享受知識的浸潤。

老師博學，讓人仰之彌高，鑽之彌堅。尤具啟發性。

師曰：我比你們多讀幾年書而已。

我說：早年李猷老師盛讚老師是夙慧，就是前輩子讀來的書。

師曰：不然，這是我自己努力來的。

聊到歷史上的天才，老師自謙不是天才，說天才必須具有創發性，自己僅是讀讀他人的東西，重新理解架構而已。

是的，李賀，就是有創發性的天才，其次論到天才可否遺傳，幾乎是不可能的，李白的兒子，杜甫的兒子，蘇軾的兒子，那一個可以超越父親的成就呢？暢談三班，三蘇，三袁，是的，就算是有遺傳，也不過三代。

再談張夢機老師的研討會，說論文水平一般，主要是張師的詩歌皆從悶坐而來，臏足未能遠遊，只能空想、悶坐，無法增新，無驚奇之識見，不過，相同的題材，可以反覆寫出一百多首詩歌，可見錘鍊之功。

再談周老師近態，他寫了許多散文，頗有暢銷之勢。老師說，追憶之作，瑣碎零散。一字針砭，令人肅然一驚，我不也在寫一些無足輕重，記錄生活的作品嗎？

與師對談，又啟新思。老師博學不僅是從坐中讀來的，與他遍遊中外、大江南北有關，因此識見才能淵博，想起司馬遷何以壯年遠遊，也就是如此。

這對於喜歡旅遊，觀察異文化的我，甚有正面加持作用。

早年曾客座日本三個月，書寫了一本散文，一本新詩集，就是對照異文化的聞見思慮的記錄。

近日在考試院閱卷，考生們喜歡寫一句：離開熟悉的環境，才能刺激腦細胞的增生，也加強對環境的反應。

是的，我們必要遠離熟悉的環境，才能刺激與創發。

想起某位研究院的研究員，在台期間，一直書寫題畫詩，了無新意，但是，轉換到異國擔任教職，識見增廣，所寫的文章也頗有新見，去年盛夏，曾在日本某份大陸跨文化刊物讀到她的新作，談韓國與中國外交文化，內容精采，議論博洽，這就是遷移環境所激化出來的。

讀萬卷書，行萬里路。果真不差。

二〇一六年八月六日

夏老

久違了，夏老。

我們喜歡尊稱夏傳才教授為夏老，這是一種孺慕之情，也是一種尊敬，更是對一代詩經推手，真誠的敬重。

十三年前，與林慶彰老師等人赴張家界參加詩經會議，夏老熱情款待。今年再和莊雅州老師前往石家莊參加會議，夏老在會場中，講述詩經會議種種，抑揚頓挫，仍然鏗鏘有力，對詩經的熱情不減當年豪情，且推廣不遺餘力，令人感佩。

二〇一四年八月十六日

珍惜

週四下午，特地從台中北上參加麗卿的升等慶宴。在溽暑中，暫時放下糾結成團的庶務，包括待校稿的書、待寫的論文、數本待考的碩博論文及待處理的期末考卷、成績結算、研討會論文集出版事宜、課程規劃、明年國際研討會的新議程安排……等事項，忙碌中，仍要揮汗南來北往，不是為了貪圖美食，也不是為了彰顯自己有多麼的忙碌。而是珍惜，珍惜能有師生相聚的時光。近年來，大家忙碌，不能像以前一樣，找老師一通電話就搞定了，往往要「喬」很久才能成行，故而，特別珍惜每一次師生聚會。

晚宴中有顏崑陽老師伉儷、王邦雄老師伉儷、袁保新老師、高柏園老師、張雙英老師師等人，當然，還有我最親愛的朋友麗卿、阿美，每次與她們在一起，那種甜美溫馨的友情常常讓我分外的珍惜。

麗卿撰寫升等論文的過程，自是艱辛，多少晨昏苦思，多少日夕顛倒，多少閉門不出，只為了在期限內早日完成書寫，這樣的奮鬥過程，也是我們每一個人必定經歷的過程。當年，趕寫副教授升等論文時，無暇顧及三餐，吃了不少便利店的便當，對家人實在抱歉，也幸好家人可以體諒；寫教授升等論文時，閉門在家足不出戶，對於喜歡遊山玩水、吃喝玩樂的我，彷彿得了自閉症一樣，家人也能包容，所以，特別能感知這樣的艱辛過程，猶如毛毛蟲要蛻變成蝴蝶，終必經過結蛹才能化蝶奮飛，又如蚌必經過含淚孕育才有珍珠，這就是過程，這就是一種必經的過程，我們皆收攝眼底，如今，順利出版、提交審查，經過一學期漫長的等待與回應，終於開花結果，順利通過升等，我們比當事人更高興，當然值得慶祝。

邦雄師特地向我致意，先是答應我，參加張夢機研討會，因當日有課未能與會，為了向我致歉，特別出席中央大學的活動會議。結果，我居然未出席，我也致歉說，當日系務忙碌，第二天又要召開研討會，無法分身，遂未能與會，二人互相道歉，我也說，張夢機老師的活動與會議圓滿就好了，後續的論文集我會再處理。

在座的顏師談笑風生，大家稱為現代蘇東坡，雖無虬髯，卻對答幽默機智，妙語橫溢，逗得我們笑得東倒西歪。座中久候袁保新老師，俟袁保新師一出現，顏師立即說，元寶滾那麼久，終於滾到了。袁也不甘勢弱，馬上展開唇槍對打，高師也加入戰場，二位大學校長加入戰場，熱鬧可想。王老師也偶爾加入幾句，增添笑料，由於王師家中養貓，聽話只揀與貓有關的，讓我們特別覺得有趣。

宴中，大家針對目前的大學現況、教育制度及限期升等，砲聲隆隆，又有一些私校則不准教師升等，大家也紛紛表述意見，王師提議顏師再寫幾篇文章反應，顏師說寫過「I」鴻遍野的期刊論文數篇，也不見有人採議，台灣的教育，只能靠大家努力了。座中有二位校長，也頻頻致意。依據現狀要扭轉或翻轉，似乎不易，陣痛期似乎仍長。而一個小台灣居然有一百多所大學，真是奇蹟，再議當前的流浪博士出路、系所招生不利、教育現況等，一一提出建言，憂心國家教育，畢竟仍是我們在場者最關切的。

座中笑語晏晏，讓我特別珍惜，顏師因為要回花蓮，七點四十五分即離席，我則要回台中，八點離席。雖然歡聚時光短少，但是看到老師們每一個皆神彩昳麗，話語對攻凌厲，心中更是開心，希望歲歲年年可以如此享受與老師們的聚會。

二〇一五年六月二十七日

小聚

忙碌的工作步調，讓都會人生活在相同的城市而不相往來，不僅呼吸著相同的空氣與過著相同流動的時間，卻只能相聞而不能相見。如是可悲的現代人，流逝在忙碌的漩渦裡而不自知。從五六月份即與朋友調了數次餐敘時間，終於確定在十九日的晚上見面。聖華宮的蔬食美餚，清爽可口，吃起來沒有負擔，是最佳的選擇，我們臨窗向道而坐，有一種遺世獨立的清幽自在的感受。

她們暢談著端午節舉辦的詩人節活動，以及上週與岩上等詩人文友參觀霧峰林家花園，聆聽演講，會後再餐敘的種種，再談規劃文學館的內容，詩刊的編輯，以及不同詩派之間的立場異同，我一一靜默聆聽，不發一語。各種詩社的活動，鮮少參加，各種演講也鮮少聆聽，只是順著自己的性情，思我所思，感我所感，寫我想寫，如是而已。所以文友的聚會，對我，是陌生的，遺世獨立，似乎是一種生命特質使然吧。不加入任何的詩派，不進入任何的詩刊，一慣保持自我的優哉游哉。

但是，認識櫻姐，讓我的積極面似乎被激發、活化了。一年前開始參與她主辦的文學獎活動，也了解文學館的運作以及她處處在張羅文學活動的內容等。

櫻姐是位活動力很強的文友，寫詩也寫散文；斐娜則是位小有名氣的詩人，和她們在一起，可以了解區域文學界的概況，也略知一些活動。只是，我是不是還要保持一慣的閒散，既不開拓，也不涉入，一逕地自在自由呢？

二〇一四年八月十九日

諸事如意

揹著黃色的背包行走時，清脆的如意叮叮噹噹地叩響，似在歌吟，以琤琤琮琮的音聲佈示和悅美好的想望。

這一串「諸事如意」，原是石德華老師的，掛懸在她的背包上。上面有四隻可愛的小豬，綴以絲線，「諸事如意」乃以諧音命名。

第一次與德華老師相見是在錦郁師母的新書發表會，我擔任主持人吧！（或引言人？有點忘記了）

德華老師風華萬千地出現在會場中，未知因何，第一次見面，即有似曾相識的感覺，套一句賈寶玉第一次見到林妹妹時說的：好像在那裡見過。

我也是有這種熟稔的感覺。原來，曾經讀過她的文章，難怪如此熟稔，有似曾相識之感。當天，她很豪氣地與我拍照合影，也惠贈《約今生》剛出版的大作。感受她的熱情與快樂，像熱氣球似地飄飛在會場上，有她的地方就有溫暖，就有笑聲。

事隔多月，因為櫻姐的邀約，共赴雲林樂樂園，同車並坐，相聊甚歡，也注意到她的如意很特別。

到了櫻姐的樂樂園，綠地，玉蘭，莓果吸引所有的人目光，大家努力尋訪櫻姐園林之美時，獨獨我和她，並肩坐在鞦韆上話舊，有一段共同的心事，一段不堪回首的歲月，在話語中流轉，同是天涯淪落人，相逢何必曾相識。

從吳晟的純園歸程時，我和德華老師又同車並肩坐在一起，聊著聊著，她很豪邁地將自己心愛的「諸事如意」拆解下來，說要送給我，希望我能夠快樂平安，諸事如意。我當下感動、震懾，也解下自己的綴飾，回贈給她，「以物易物」相惜惺惺然。

希望我們皆能走出生命的困境，也希望在未來的歲月裡，能夠互相扶持以溫暖之心。

每當行走時，聆聽琤琤琮琮之聲，是我美麗的想望；溫潤如玉的呼喚，是此生無憾的護持。

二〇一四年十月二十三日

菊園文友小聚

週四晚上，櫻姐約了一群文友在菊園小聚，路寒袖因任文化局長新職，公務繁忙，未能前來，請詩人李長青代打。宴會中有李長青、詹義龍、江昀、斐娜、康原夫婦、中時公關黃玉珍、劉昱誠、我及櫻姐。

原本埋在公務、庶務中很不快樂的我，一聽到有聚會，能從繁忙的公務中抽身，當然很高興地應邀前往赴會。由斐娜載我前往。

在這群文友當中，康原是囝仔歌的創作者，曾任賴和文學館館長，能拍微電影，寫報導文學，每次見面，隨手就要送我一本書，今天送的是《噴霧器出的春天‧信用元祥金屬公司的品牌》內容是報導企業家張慶祥的故事，為了寫這本書，前後訪談傳主十餘次，每次錄音，其間的艱辛可想而知。康原是個年近七十有著孩子性情的文友，任何聚會只要有他在，就有歌聲，他喜歡講述自己創作囝仔歌的故事，不擇時地皆可開口唱出。宴會中，稍微冷場時，就會唱歌逗我們笑。這回，帶了他的新書之外，也將日前到希臘的照片及新詩掛在平版電腦上，讓我們一一品賞，圖文並茂，真有意思，不僅拍照取角甚好，詩歌也符合圖像演繹內容，簡潔有味，要我上YouTube看《希臘旅油》講述橄欖油的故事。另外，他也特別向我介紹彰化的文學步道，很值得前往一觀，還有新完成的十八分鐘微電影：《在八卦山下遇見賴和》囑我一定要上YouTube去觀看。

斐娜是我指導的碩士班學生，去年八月剛從小學退休，寫詩，也寫散文，這回幫黃玉珍及南投文化局完成一本故事情節的社工服務圖書，印製三千本，下放各小學成為課外教材。扉頁的題詩是她的作品，氣勢滂薄，文化局長以為是男性作者呢！

詹義龍晚到，去年甫從明德高中退休轉任葳格擔任圖書館長，聽斐娜講，他的創作以詩為主，也寫散文，我是初識，故而未知其擅長。他在氣氛的炒熱下，到車上拿二套出版的新書《醉拍春山》、《與玉山杜鵑約會》送我和斐娜，並且當席朗誦自己的作品，用國、台語雙聲演繹，情感深蘊，文字力透紙背，讓我欣欣然陶醉在聲詩之中。

黃玉珍和劉先生晚到，因為塞車。玉珍剛標下一個活動：孔廟祭典的活動，訂在一個二十四日，也就是學測考試之前，為考生們量身訂作一個祈福的活動，她講述活動的內容包括贈送智慧卡，闖關等遊戲，櫻姐說，祭孔只是表層的活動，希望結合中文系將孔孟思想的義蘊置入其中，這個想法很好，只是，也考驗著我，如何將學術枯燥的義理內容約化為輕鬆活潑的活動呢！而玉珍所以要標下一個不賺錢的活動，只是一種信念：為大家服務。沒錯，我們就是一群默默耕耘的人，常常在人後做一些鮮為人知義務事情。例如台灣唯一的兒童詩刊滿天星是不是要絕版了，櫻姐正在號召我們做起死回生的努力呢。而我能力與時間未逮，只能在精神上、行為上支援。

李長青，是位年輕的台語詩人，刻在彰師大攻讀博班，去年出版台語詩集《風聲》，又，聽斐娜說，甫榮獲台灣文學獎，為人謙遜低調，是位有為的詩人，與他初識於惠中寺，是錦郁師母《呂碧城》新書發表會中。

櫻姐說，她雲林古坑的仙桃結果纍纍，來不及摘，都落果入土了，後車箱剛好帶了一袋，便前往取拿，我順手發給大家，二十餘顆，全部發完。看著渾圓的仙桃，未知可是當年豬八戒生吞活剝的品種，當然了，我們也不可能因啖此桃而長壽。

大家閒話台中的文學活動，文學動向，以及目前正在籌備的台中文學館的事項，已告一段落了，櫻姐慫恿康原說，只要能說出與台中的淵源，即可被題寫進文學館中，康原的詩，多個縣市皆有鐫刻，唯獨台中沒有，因為沒有淵源。又舉例說，吳晟雖是彰化人，被寫進台中文學，是因為他曾陪伴孩子在中興大學讀了四年書，這段淵源就足夠了。

宴會中，笑談歡暢，臨近九點半，音樂響起，原來是餐廳在催促我們結束宴樂，臨行依依，大家相約有機會一同到彰化文學步道或是嘉義梅山賞梅。

我因為明天早上新竹教大有一場口試，必須回竹北，康原夫婦送我到高鐵搭車，臨行，又從後車箱拿一本新書送我：《二林的美國媽祖：瑪喜樂阿嬤與二林喜樂保育院的故事》，由彰化縣文化局出版。

回程，我的書包非常的沉重，除了二個小仙桃之外，還有四本書，收穫滿滿，也洋溢著文友們的祝福。

二〇一五年一月十日

文學因緣

事先約好市政府秘書處王專員到本系與我會談市府文學獎評審的內容。

十點多，王專員汗流浹背依約到來，原來，她找不到文學院的大樓，在盛夏溽暑的校園中盤旋了近二十分鐘才找到。

由於市政府第一次承辦文學獎，稿量不多，要我提供建議。就個人評審各項文學獎的經驗，提供相關經驗：

其一，加強宣傳與行銷，讓市民們知道這個訊息，才能吸收優秀寫手投稿，否則搭建華麗舞台，卻沒有演員，殊為可惜。

其二，必須與其他文學獎作區隔，先了解本項文學獎的精神或目的何在，才能讓寫作者聚焦書寫，暢所欲言。

其三，評審過程採公開公平公正方式進行，才能信服於眾。

其四，得獎作品製作專輯，讓優秀作品，彙編成冊，形成書寫風氣，若經費許可，亦可將優秀的遺珠編入文輯之後，磁吸更多作者投入。

其五，字量的限制與掌控，抒情性與評論性的文章字量應有不同，抒情性散文約八百字至二千字，若限縮太少的字量，可能深度與廣度無法開展，若太長，則又蕪蔓無法精賅；而評論性文章，則有議題可發揮，字量可開放到四五千字，讓作者暢言其是，如此一來，才能讓抒情與評論各有開展的字量場域。

其六，若為常態性文學獎，可以訂製流程，以後按表操課，全在掌握之中。

我拿出幾張海報供她參酌，宣傳可以有各種形式，書面紙本、電子媒體，並且可以行文各大專院校及相關機構，以提高能見度。

二人相談甚歡，她也感受我的熱情與不藏私，努力地與我交換意見。她生得慈眉善目，從佛教來說，即是相貌莊嚴，原來，她也皈依佛門，難怪如此投緣。

於是，她又以私人的要求，想與我談談創作章回小說的經驗，要我提供寶貴意見，我誠實以對，並無創作長篇小說的經驗，何況是章回小說？但是，可以提供初淺的想法。她幽幽地開啟文字因緣的往事。

她說，三十歲時罹患敗血症，在臨危的病床上，向觀世音菩薩許願，要善用自己的文筆，以文字書寫來回饋社會，從鬼門關前走過一遭的她，信守然諾，從此不斷地書寫，希望以良善之言，啟迪社會，改善風俗，我聽了很感動。

她再說，如今只剩下一個三世因果的醒世長篇章回小說尚未啟動，問我，能否導引她該讀什麼書，或是如何書寫？

問她，為何要寫章回小說？而非一般的現代小說？

她說，擅長寫古詩。

我說，章回小說的回目即是對仗的七言句，正好可以發揮長才。

於是，熱心的我，馬上拿出白紙，替她鉤勒寫小說的幾個要點：

一、視角，先問自己要採用什麼的視角來書寫這個三世因緣的故事，第一第二人稱皆是限制觀點，無法含納移動的視點，第三人稱視角可以全覽並移動。她首肯，說，會採用全能的第三人稱視角。

二、結構，可採用鐘漏式，綴緞式，起伏起，雙軌對照並行式……等，我在白紙上畫出各種結構的圖例，要她思考三世因果要採用何種方式進行書寫，她說，再深度思考。

三、時間，也就是編寫的序列，我演示：預敘、順敘、倒敘、插敘、補敘等敘寫手法，並且舉例以鏡花緣的百花仙子貶謫人間的故事，說明預敘手法，她立即翻開手機說，她正好寫了一詩，是武則天催花開令，果真，這就是因緣吧，我的舉例，剛好與她書寫的詩句相合，再問她，可能採用何法？可以交錯並用。

四、空間，即場景，三世因緣是同地、異地，或交互應用？也是必須思考的向度。

五、人物，即是故事角色，有主有次，有正有反，究竟如何編寫？須細細琢磨。

六、情節或事件，如何鋪陳故事，必須透過情節或事件來推展，必須好好架構一些細節。

七、主題或旨趣，這是最重要的，也就是說，敘寫這個小說要開展什麼樣的主題意蘊？她說以佛法為主，開展「執念」與「轉念」反差之三世人生對照。

如此為她鉤勒一遍小說技巧，她感激地說，我這番演繹，讓她的想法從潛藏的水底慢慢浮現可以書寫的大綱，她已有大綱的圖例了，下次見面可以再與我談談細節。

她再問，她的專業是人力管理，可以報考中文所嗎？可以拜我為師嗎？我自覺能力未足，不敢答應，也深知好為人師是常人弊病，引以為鑑，只能說，我們可以互相討論，歡迎她隨時來找我談創作的內容。

又問到報考中文所的研究計畫該如何開展？我說創作與研究有很大的不同，尊重她的選擇。且，因為她喜歡章回小說之創作，倒不如扣就章回小說來研究。

再問，章回小說，喜歡那一本或那一朝代？甚至是那一類型？

再問，擅長歸納或分析演繹？

如此層層扣問，也就稍微了解她的能力與限制，才能為她規劃研究計畫可能的開展方向。二人對談了近二小時，才驚覺時近中午，市府的司機尚在樓下等著要接她回部門，匆匆話別，送她下樓。

望著她留下的詩句：

鴻君捎來洛陽紅，飛唐越宋甲天下；
冰清不從催開令，俗火牡丹更九色。
人生一如百花首，千煉始得足金輝；
今約三朝普陀日，是訪二喬佳人期。

內容書寫牡丹，約好三朝普陀山再品賞牡丹，雖然無平仄對仗，但是，對於一位非中文系的人而言，書寫所思所感，即是一種最真實的感受吧，不能以平仄來規範它。

這是一段殊勝因緣，起自對文字的喜愛，也終將向文字之海前航。

二〇一四年八月十九日

生命的對流

和博士生約在麥當勞談論文，明亮的玻璃窗外是一片朗朗的晴陽，呼喚著春天的氣息，讓人整個心情都雀躍起來。

今年因為公假進行研修，不返校任教，學生們要談論文，往往到新竹或竹北來找我。上學期是芳羽，約在新竹的星巴克四、五次，終於提交論文，二年六個月畢業。現在，有二位同學預計本學期畢業，筱潔約在竹北的高鐵站摩斯，方便她來去台中與新竹之間。凱特約在麥當勞，因為他遠從雲林驅車北上，有自己的車，行動比較自如，不必遠到新竹或高鐵站去和他們會合，只要到離家十分鐘路程的麥當勞即可。看到學生們奮力寫論文，心中充滿了正向能量，也期待他們能夠順利畢業。而且教導他們，所有的論文都有盲點與缺點，不要害怕口試，不要擔心修改論文，因為學位論文是全世界皆看得到的研究成果，一定要修改到最好，對於口試老師的提問與質疑，應心存感激，不藏私的提出問題，讓自己有進步與成長空間，這是最難得的。

論題是處理明代的公案小說，以重建人間秩序為軸線，企圖整理出公案小說編寫的意圖。目前學生已寫了近二十萬字，預計三月十五日提交學位論文口試申請。在繳交論文之前，再整體重新整合一遍。摘要如何書寫才能朗現全文精華；大綱如何架構才能將論題收攝在軸線之中；參考書目應如何編排，才能有條不紊；……。從全面的公案書寫的對象著手，釐析天上、人間、陰間三界的神、人、物妖、鬼魅如何在流動的場域裡遭遇不平、不白、不義之事件，清官如何審判，而受冤之人、物妖、鬼魅如何面對。

不知道為何，總是發現，在對談論文時，或是在處理論文時，往往神情激動，言談慷慨激昂，而且一條條解析，隨手即能畫出結構圖，告訴學生，在那裡可以加上什麼圖表，什麼地方可以放進什麼論述。學生一條條重點記錄下來，唯恐忘記，拚命的記錄與鉤勒。

看到這樣的情景，讓我想起龔鵬程老師，他的學問是我們望塵莫及的，每次對談時，我也是拚命的抄寫重點，就算是稀鬆平常的言談，也總是不放過啟發想法的可能性。

現在面對學生，看到他努力的抄寫，甚或有些女生會用錄音的方式將我說話的內容存錄下來，生怕一閃即過，自己無法領悟，有了錄音檔，可以細細思考與斟酌。

生命，也就是這樣的交流與對轉，師長們對我們傳道、授業、解惑，而今，我們也將這份能力薪傳下去，希望這份能量可以不斷地流衍下去，生生不息。

二〇一七年三月五日

尋訪精神家園

和芳羽約在新竹星巴克談論她的碩士論文。初稿完成，進入最後的修改階段了。日前她將整本論文初稿寄來，快馬加鞭花了二天時間閱讀完畢，也將擬修改的部分一一鉤勒出來。

論題是：《主體性的自覺與再生：張翎「郵購新娘」系列研究》，討論由中國到加拿大買辦婚姻過程中的女性書寫與關懷。時間跨度很大，從十八世紀末的淘金華人買辦中國新娘，迄二十世紀八〇年代女性為脫困而形成的郵購新娘；空間跨度則由中國溫州到異國的加拿大。整個論述過程以張翎的關懷為主，她曾接受訪談時自言，每個人皆在「尋訪精神家園」，由西方到東方，或由東方到西方，莫不皆然，是的，我們活在當下，也在尋訪精神家園。

和芳羽對談論文，從「摘要」的研究動機、目的、範疇、方法、進路一一糾正書寫方式，再從關鍵詞說明那些是論述的軸線，必須置入。接著進行各章節論述不夠周延、文句不夠通順、語句轉接不連貫、敘述太跳躍、結構層次不明朗、論述不夠條理化、表格的呈現太突兀、圖文的說明不夠清楚、參考書仍待加強，凡此等等，一一糾舉錯誤，告訴她，一定要讓讀者清晰論述推衍的過程。最後，結論缺乏有力的論點，也就是必須為張翎的書寫找到定位點，到底這一系列書寫有何重要？作者的意圖或關懷是什麼？為何被改編成影視媒體播出獲得廣大的迴響？並且可以和嚴歌苓的移民書寫做對照，更可以擴大點出台灣外籍新娘與加拿大郵購新娘的處境立場的異同等等。

事實上，芳羽在每一章節完成之後，都和我細細研討過，也進行細部的修改，現在只是作最後的潤飾修改。因為通觀全書，才能更確定前後文的照應與矛盾，也才能更明確行文的前後邏輯性與論述的條理化。

談了約一小時，未進滴水，口乾舌燥，最後，到春水堂喝飲料閒聊，等他哥哥到來，一同返回台中。

青春貌美的她，面對未來充滿了不確定與猶豫。

她問，結婚、生子是不是很好？是女人必須經歷的過程？我說，結婚當然很好，當妳找到對的人，那是一條通往幸福的大道，讓妳的未來充滿幸福與快樂。對我而言，結婚生子是一個美麗的歷程，唯有結婚才能使女人快速成長、蛻變，也才懂得如何珍惜與護持家庭。

她說，怕自己沒有愛人的能力，我說這是本能。看到對的人，自然會興發愛人與被愛的能力。

她說，有時感情是雙向加乘，二個人在一起，幸福固然可加倍，可是痛苦也有可能加倍。我說，找到對的人，他會幫妳解決生命中的痛苦，幫妳釋壓，共同解決難題，共同度過難關。而妳也會同理心的去解決他的困難、痛苦，共同走過風雨。

她說，很難面對比自己年紀小的男生。目前周遭男生大都比自己小。我說，不要畫地自限，也許雖然年紀小，可是思想成熟、行事穩重的男生也不是沒有。目前影視歌星不是有很多的例子嗎？社會結構的轉變，女大男小，已不是問題了，是現代人可以接受的。

她說，無法接受中文專業或教師行業的男生，因為他們的行事風格及生活格局有限。我說，不要將自己的心門關起來，努力打開，才有機會看到更多人，接受更多不同的異性。有時不了解對方，沒有進入對方的生活，怎能知道她適不適合呢？

她說，很難面對日漸衰老的自己。我說，這點正好說中我的心事。我就是正在面對紅顏已老的困境，如何讓自己活得更精采，不要在乎形貌的衰老、歲月的刻痕，讓自己活得更自在更有活力，才能抵抗外在的衰老，這是一個必須面對的事實。以前高中的老師曾經對著花樣年華的我們說：青春，真好。如今，我也能體會這句話的意涵了，看到妳們，真的是：青春，真好。衰老，是不可抗拒的過程，如何讓自己更亮麗更美好，是可以學習的，努力調整心態，用平常心去面對，才能超越、抗距歲月走過的痕跡。器文老師就是個最好的典範。

她說，也許是父母的婚姻太幸福了，怕自己無法找到一個對的人，創造這麼幸福的家庭，所以一直有所疑慮。我說，沒有跨出去，怎麼知道幸福不幸福呢？而且幸福不是用說的，是雙方要努力去建構的。一定要用心經營，不是說找到對的人，就可以幸福，和對的人共同生活，也要努力經營婚姻。

她說，自己和父母生活在一起，這麼親密的家人都難免有磨擦了，如何去面對一個異性呢？尤其在封閉的家裡呢？我說，找到對的人，也要學會「磨合」，生活在一起就是要面對生活中的種種問題，必須學會互相調整、包容、退讓，才能久久長長。現代人主體性太強，一點不順心，便不能容納；一點挫折便要鬧分手，這樣，就算是對的人，也會變成不對的人了。

她說，女人一定要經濟獨立，她無法面對沒有工作的生活，只能生活在家庭之中。我說，這是一定的，現代女性接受教育，有能力，能工作一定要工作，這樣才有生命價值，而非依附在某人的生命中，這樣，對方也會覺得很沉重，壓力很大。

她說，……

師生對談，不談論文，談人生方向，居然也談了一個小時。是的，我們也在尋訪精神家園，無論男女老少，無論愚賢拙慧，在人生的路上，是一條未竟之路的尋訪過程，但願，我們皆有能力跨越自己的限制去走一條未知的路，去尋訪未可預期的未來。

也祝福青春貌美、秀外慧中的她，有個美麗的人生等待她去尋訪、去完成。

二〇一六年十月七日

風箏

有點兒感傷。

上學期指導一位碩生，畢業後，我向她要PDF檔，準備給本學期要畢業的幾位學妹們參考，這樣，我就不必一直重複教學生如何畫結構圖，如何撰寫摘要、緒論、結論等形構問題。用電子郵件，用LINE和她聯絡，她說還沒有修改好，……。半年了，仍然沒有回覆我，讓我覺得有點兒感傷。像斷線的風箏。

記得，為了她交通方便，上學期和她約在新竹火車站前的星巴克談論文，前前後後大約五次吧，從初審到口試過程，我們努力對談論文。每次，我必須搭公車往返新竹與竹北，班車不確定，常常駐立風中苦候公車，有一回在朔風野大的站牌大約等了二十分鐘才上車。……

在一次次的修改中，她的論文撰寫手法進步了，也懂得如何敘寫自己的論點了，也真得聽懂我教她如何畫結構圖了，真替她高興，終於修成正果，畢業了。

我以為師生情誼是很深厚的，原來，只是我的假想，我的想像。向她要個PDF檔真的這麼困難嗎？還是仍然在修改中呢？不得而知了，斷線的風箏，終是一去不回的……

昨天晚上，又和二位學生在新竹高鐵摩斯談論文。近日，必須在她們的限期內討論如何修改要繳交的論文。我視力更差了，拚著看論文，和她們談如何撰寫和修改論文。對於學生，每一位都是璞玉，都須琢磨、雕刻，沒有分別心，只要努力教她們如何想問題，如何思考解決問題？如何進行撰寫，如何形成有機論述。一遍遍不厭其煩的講，只希望她們領略，怕的是，講過後，仍然犯錯，仍不修改，這是最不樂見的。

常常遇到這樣的情形，學生們總是臨到畢業前才出現，告訴我，想畢業了。上週一位女學生，在申請日截止期限的前二天用LINE告訴我，她要提博班資格考，要我看看十本參考書妥不妥當？可不可用？然後寄計畫書到我的電子信箱。當天我到台北開會，直到近十點半回到家，心想，不要錯過她的大事，一進家門立即打開電子信箱，和她通電話，告訴她，計畫書太粗疏了，要重修。我因為週六早上又約了二位博生談論文，問她能否一起來？她說她週六要出國，無法赴約。我再說，另一個梯次是週五晚上在高鐵摩斯談論文，有二位碩生，一起談吧。她說下午有課，晚上趕過來很晚了，第二天一大早又要趕早班車赴機場，……。是的，還是要顧慮她的安全，只能說，祝你旅途愉快，回國再修改了。一去十天，……

能奈何呢？皇帝不急，急死太監。

去年六月份，花了二個小時和她談論文研究方向，告訴她，計畫書早點完成，讓我修改，而且也告訴她，寫博論要早點規劃進程，並且指點她，要從那些方向蒐集資料，從什麼角度切入論述，並且一定要有論述的軸線，一再叮嚀她，一定要早早規劃撰寫論文的進度，她滿口應承，一派輕鬆。接著，失蹤大半年，到申請日前一天才突然出現。像綠豆芽突然冒出來一樣。

要考資格考的是她，不是我，可是，著急的不是她，而是我，她真的一派輕鬆。而我卻擔心這麼粗疏的計畫書如何呈給資格考的委員參酌命題呢？她又如何通過資格考呢？

這讓我異常想念之前一位學生，她雖然資質有限，但是非常認真用功，白天教書，晚上上課，還要加修教育學程、補修大學部中文系課程，仍然每週二固定和我談論文，受限於她非本科系畢業，加上學養限制，指導她真的有點辛苦，但是漫長的龜兔賽跑，認真的烏龜終於三年畢業了，真的，很替她高興，而自恃聰明的兔子還在優哉游哉呢。

當然，不是每個學生都是臨到期限才出現的，也有戰戰兢兢的，從一入學到現在，一直和我談論文，談架構，也一直努力撰寫中，只要見面就會提問題，這樣的學生，也讓我非常珍惜。

雖然每一個指導的學生資質不同，脾性迥異，但是，只要是畢業的學生，都希望他們工作順利，男婚女嫁，家庭幸福美滿，至於，對她們的想念：工作順利嗎？教甄考得如何呢？結婚了沒有？生孩子了沒有？生活還好嗎？……，這些掛念只能潛藏在心底深處了。

因為，她們就像斷線的風箏，高飛之後，不會再回來了。

二〇一七年三月二十三日

生命的出口

浮生苦夢，為歡幾何。

物質享受，不必羨慕別人，不要貶低自己；不要看自己所缺者，要看自己所擁有的。知足常樂，樂天知命。

精神享受，胸有詩書氣自華。讓自己活在書城之中，用書寫來成就自己。

社會幾多亂象，我們不跟進，不必淪落在別人的鼻息之中，而要讓自己快樂的活在自給自足的場域之中。

給自己信心，給自己能量，一定可以走出困境，一定可以海闊天空。

週五到台師大圖書館找近現代的書籍及可參考的史料；在詩學論述書架上，看到了古典文學研究一排立在架上，仿佛記得自己的文章是收到十四輯中，而我偏要翻開十五輯來看，一翻就看到自己的文章，談明代徐禎卿的《談藝錄》，已經忘記寫什麼內容了，輕輕翻看標題，當年還頗用心的標了本質、創作、批評、風格、鑑賞等共有六論，事隔多年，重覽舊文，還是有一點點的感覺，自己仍然在學術界努力創作與耕耘。

週六下午，和芳蘭及僖文在摩斯談論文，她們問我，為何要寫論文？為何一直寫？是不是人在江湖不得不寫？這事很難向她們說清楚的，她們不知道學問無止境，書寫也是一種喜悅與療癒。而且無聊之人生，因為書寫讓生命有動力。

飛越在時空的轉接當際，台北，竹北，中興，高樓大廈，好事多，巨城，百貨，化妝品，食品，堅果，水果，周折在物欲與精神中，穿越在時空的變化中，李杜，蘇黃，唐傳奇，張翎，李公佐，古今穿梭，所為何來？人生何為而為？奔跑於十二年國教，往來於淡江、輔大之間，似乎，似乎，千里萬里之遙，仍在途中行走中，一種向死而生的行走，不知道，他年他日，他人將用什麼談論我，紀念我，甚或忘記我。我想，唯一的舟楫是，書寫。榮樂止乎其身，年壽有時而盡，唯有經國之大業，不朽之文章，是大家可以記憶的方式吧。千年萬年，也許，靠著文字被人記憶。

每一個人的命運是被給定的，唯有努力可以改變一切。為了改變，一定要找到生命的出口，補足生命的缺陷與缺憾。

人生，何所求？何所追？翻轉悲情，讓自己在書寫的愉悅中找到生命的出口吧。

二〇一七年三月十二日

娥與萍

小時候住在三重市三和路的祖宅，與堂兄弟姐妹們一起生活玩耍。那是有記憶的年紀，但是又不是很清楚的幼小年紀。堂姐名喚「阿娥仔」，人長得比我高大，她霸氣，霸道，喜歡欺侮我，捏我的臉，恰我的手，推我一把，臉上常有一個個小小坑疤。

弱小的我，不知道反擊，更不知道可以理直氣壯的向父母或大伯、大伯母告狀，只知道受了委曲默默地承受，既不哭也不鬧，放在心中，也不和他人訴說。這就是我，從小學會默默承受的個性，不知道是遺傳誰？或是學誰？想，生命的基因裡總有學習或遺傳的對象吧，不得而知了。

成長後，心裡總有一種陰影，不喜歡名喚「娥」字的人，也從不主動和有「娥」字的人交接往來。這大概是創傷記憶吧，也是一種防衛機制的啟動。

曾經有一段歲月裡，和有「娥」字的女子同事，我們保持君子之交，有共同的朋友，感受她的溫煦，不是成長記憶中霸道的「娥」，釋放了對「娥」的排斥。

後來，因為評審文學獎，認識另一位也是有「娥」字的大學資深教授，她的親切與和藹，二人一見如故，研究領域相近，從此，一起組辦讀書會，一起論學，有學術活動，也互相請對方幫忙。從此「娥」字在心中解除警報。

※※※

從來，喜歡「萍」字。一段很深的情感。

某日，正在研究室和女學生對談論文，一位男生敲門進來，自稱××萍，我很驚訝，喔，你不是女生？你就是最近加入讀書會群組的××萍？

他點點頭並開門見山就說，老師我要請您擔任指導老師。

你的研究領域是什麼？

明代詞論。

三點我們在八〇九有讀書會，你先到那兒等我。

讀書會時間已到，和女學生會談欲罷不能，只好就此打住。因為一趟到校，時間排得很緊湊，早上十點到十二點口試，下午一點和主任談深耕計畫案，二點和女學生會談事情，三點排好古今論學讀書會。因為時間很緊，女學生也知道我忙碌，相約開學以後，用更多的時間談心。

步入讀書會會場，見到××萍，馬上簽了博士指導，一點遲疑皆無。一反過去，我要他們交大綱，交簡歷自傳等資料的繁瑣。

何以如此？何以如此？

原來，心中對「萍」字充滿了歡喜。

而他的萍不是真名，是筆名或化名，因為這個美麗的「萍」字，讓我當下簽了名。

何以對萍字如此歡喜與眷愛？

在有記憶的小學年紀裡，移居松山，住過李厝，住過永吉路。親見水稻田上有浮萍，青青綠綠的，一小方一小方，很美麗的映入眼簾。喜歡它們自在的浮在水面上，那種清閒幽然，讓我非常的愛戀與欣悅。這個影像，從來未曾從沉淪的歲月中流失與消逝。

更深的生命底層裡，親愛的弟弟也是「萍」，我們無話不聊，因故早逝，思念卻永遠未曾繼絕，似繫在生命的底層，幽幽恍恍地，隨時可以浮出心臆。看到「萍」字似乎在重續那份深層的姐弟之情，也似乎在追憶浮萍悠然自在的清幽。

娥，因人，釋放了創傷，勇敢交接往來。

萍，因人，重回年少青春，有了新的追憶起點。

二〇一七年六月三十日

聒噪

生命中，常要和一些你不是很想接觸的人相處。不是討厭，不是仇恨，也無恩怨，只是工作的關係，必須不斷地和她有所接觸。她的言行舉止，常常讓你覺得不悅，不快樂。有時是因為她覺得自己很重要，有時是她覺得自己很熱心，有時她覺得是為你好，更多的時候是她覺得她永遠比你好，比妳強，比妳更會打算，比妳更精明能幹，然後，叨叨絮絮地，講個不停，讓你無從招架，也無須招架了。這樣的性格，從頭到尾，只能讓人感受聒噪不停，讓你不耐煩，卻基於彼此的關係，又不能有所表述，有時還要被刺傷，這個傷很深，卻又不能切斷關係，讓你要療傷很久。

一起吃飯，劈里啪啦的講述一番她對飲食飯菜的見解，觀點平平，卻要大家同意她的看法，或是否定別人的說法，一幅天大地大她最大的模樣，叨叨絮絮地，大鳴大放地，似在演講一樣，要強迫接受這種聒噪的轟炸。

吃完飯，又大剌剌地說買房子，她的房子買在精華地段，然後說市價漲到近一千六，也鼓吹我買，又大肆批評學校宿舍，然後，批評我的想法，批評我何不買個房子在台中，何不在台中定居？何不……何不……？何不……何不……連珠砲似地轟炸，一點餘地也不留給別人，被她講得很難堪，似乎很不悅，很想脫離場景，有外人在，不便發作，只能隱忍，似乎這種模式，只要和她在一起就不斷地重複上映，而我似乎無法避免這種轟炸，這種批評，這種負向的情緒，其實我覺得自己修養很好了，可是每次和她在一起時，總還是要被刺傷，刺得很深很深，而她仍然以為自己很了不起，自己的生活，自己的選擇，自己的人生最美好，最好，一定要別人和她一樣。

想起，多年前，我們買了房子，是電梯大樓。那時我在她的座車上，她重頭數落到底，說房子小，說平面不好，說大廈管理費貴，說………，又說自己的獨棟房子最好，上下樓，如何如何，新居被批評的一文不值，還涉及人身攻擊，當時很想跳車，可惜在高速公路上，沒有膽量跳車，只好隱忍，再隱忍，回到家，將所有的情緒爆出來。

家人撫平我的情緒說，怎麼認識她這麼久了還不懂她呢？她的東西永遠是最好的，公公好，婆婆好，女兒好，丈夫好，什麼都好，難道你還不知道嗎？以前的同事很懂得這一些，只當作是鴨子聒噪一番就好了，從來也沒有人放在心上，你怎麼還要讓自己不快樂呢？我聽了，馬下放下情緒，喔，原來如此，讓她聒聒噪噪一番就好了，何以讓自己如此不快樂呢？

以前的同事，也曾被她批評的一文不值，學歷不高，因為她在讀博士，或是只有私立博士，因為她是國立的，或是研究能力不佳，或是工作速度太慢，或是……哎，大家也曾深深受傷過，後來，大家習以為常了，只要她在的時候，就讓她表述吧。她不知道，她常要將自己的模式套在別人身上，不是每個人要像她一樣。而且，看到以前的舊同事，活得很自在，找到自己生命的方向就好了，何必要學她呢？而她卻一慣地用自己的模式套在別人身上，只有自己的最好，最對。而我，為何還要受傷？放下不呢？

從心理學來看，自卑的人，必須透過言說來肯定自己，要透過勝過別人、壓過別人來肯定自己，知道這是一種心理的缺陷就好，何苦一直放在心上呢？一群朋友，大家心照不宣，也習慣了她這種模式了，大家敬而遠之，或是她在的場合，就聽她說吧，她的匱乏是必須有窗口補足的，向來如此。

日前，她在台中買了大廈的房子，然後，從頭說房子的好，地段好，升值快，在台中很快樂，有自己居住的地方……唉，同樣是大廈房子，她的，永遠是好的，這是什麼邏輯呢？而且，只要有遠道的師長朋友到來，她總要順道或繞道，去她台中房子周遭繞一番，似乎是一種巡禮的儀式，昭告天下人，這是她偉大的成就之一。常常在她的車上覺得很不耐煩，卻又要耐住性子，不能不面對她這種宣告的意氣。

後來，教孩子，教學生，把她當作教材，告訴大家，每一個人有自己生活的方式，方向，不要硬套自己的模式給別人，不要強將自己的想法加在別人的身上，活自己最自在，做自己最自由，不要聽一些負面語詞讓自己不快樂。

昨天，又被刺傷，回來，雖有不悅，但是，這些年來的相處，還能不放下嗎？還要放在心上嗎？

活自己吧，把她當成一段聒聒噪噪的鴨子，讓自己快樂吧。

二〇一六年三月十九日

從林黛玉到薛寶釵

曾經，是位敏感的林黛玉，被喚作林妹妹，像顰卿一樣，瘦弱易病。

曾經，像黛玉一樣，孤高自恃，不喜喧鬧。見人靦腆生澀害羞。

去年九月，高中同學會，和近三十年未見面的同學見面，她們驚訝曾是不言不語的我，如何變成了爽朗愛笑的女子；曾是冰山似的女子，如何變成了主動邀友舉杯對飲的豪邁之人呢？

從林黛玉到薛寶釵的性格轉變，到底需要什麼樣的能耐？

其實，性格的日益變化，是無人可言說的，也無足與外人道也。

歷經死生變故之後，從閉鎖到重新出發，需要很大的勇氣，需要很大的毅力，如斯，看淡死生，看淡悲歡，看淡名利，才能如此雲淡風清，才能如此清閒自適。

人生，不是電影，不會定格。人生，不是戲劇，不會高潮迭起。有的是，平鋪直敘，一成不變的歲月。如何面向自己的內心，走向世界，如何讓自己從閉鎖的水井走向寬闊的大海？如何讓自己的變故轉向更大的能量往前行進？如何？如何讓自己從一個敏銳多感的女子成為豁達笑口常開的人？如何？如何？如果不經過這場人世劇變，也許，還是位小女子，靦腆少言少語，不敢昂首闊步往前進，不敢面向陌生的群眾。而今，看淡風雲，看淡人生，只有自己才能打開自己的心鎖，只有自己才能讓自己重新面對不一樣的世界，因為，真實的人生需要自己真實去走過一遍，才知道什麼是死生契闊，什麼是滄海桑田，什麼是天荒地老，什麼是海枯石爛。

二〇一七年六月五日

生命中的光影記憶

生命中，可能遇合很多的人事物。有些往事，是你永難忘懷的，歷經十年二十年三十年，仍然隨時會浮出記憶表層，讓你一一細數那些美麗的印記。有些事情，沉澱在記憶深處，卻再也塵土不揚，再也沒有一絲絲的印象了。

生命中，也有些人事物，你和他們的的交接往來，可能是短暫的，卻永遠留存在生命記憶中，隨時會讓你記得那些美麗的遇合。也有一些人事物的遇合，長期相處，卻永遠也不會激起你的記憶，如水如流，悠悠地流過歲月的邊境，悄悄流逝，不再記取，也無所記取。

曾經，草漯，是我生命中一個難以忘懷的印記，短短一年，卻在日後的歲月裡不斷地潮湧，再潮湧，永遠記得那一群可愛的孩子及同事之間的情誼。

大學畢業之後，一個偶然的機會，到草漯國中代課，天性靦腆的我，從此開展教學生涯。

校長分派大一新生的導師，我是一忠導師，當朝會結束，學生魚貫進入教室之後，我必須隨著進入教室和他們見面。第一次踏上講台的我，心存害怕與想像，學生是怎樣的學生，會不會像真善美電影一樣，有一群頑皮的學生捉弄老師？會不會一踏進教室就被迎面而來的水桶潑濕？會不會被石灰粉筆擊中？

我逡巡在走廊，不敢踏進教室，當所有的人潮消失在走廊之後，只剩下我一人還在走廊了，空空蕩蕩的廊道上，真的，只有我一人了，必須鼓起勇氣進教室了，不能讓學生枯等。真的，真的。

鼓起生平最大的勇氣踏進教室的講台，沒有桶水潑我，沒有粉筆夾飛，只有一群可愛的學生，個個炯炯有神的眼目注視著我踏上講台，開始自己介紹，看到台下神采奕奕的學生燦然的眼神，突然覺得，這就是人生的舞台了。是的，我喜歡這種感覺。

在草漯的那一年，是生命記憶最深的美麗印記，歷經數十年之後，仍然記得和學生們朝夕相處的每一個片段，它會時常像電影一樣倒帶，回到那一段最清純可愛的歲月裡。

記得，頑皮的小男生，打籃球時，會搶我的球，會蓋我火鍋。

記得，家庭訪問時，和學生們一群腳踏車隊前進每個家庭時，個兒嬌小的我，混在學生群中，家長總要問，老師是哪一位？

記得，調皮的小女生會在手心暗藏毛毛蟲，伸手一張嚇得我飛竄數尺之遠。或是藏在火柴盒，當著我的面推開盒子，嚇得我臉色慘白。

記得，鼓勵某位殘障學生要學鄭豐喜奮鬥精神，送她一本《汪洋中的船》，之後，夏天的清晨裡，總會在辦公桌上收到剛摘下的清氛玉蘭花，讓香氣久久縈迴在辦公室裡。

記得，可愛的，調皮的，聰慧的，桀驁的，每一個孩子像印記一樣，嵌刻在記憶深處。

也記得，一個機靈慧黠的小女生，她和哥哥的成績皆非常優秀，問她，將來的志願時，她說，希望當個美髮師。我心疼地望著她，久久說不出話來。因為偏鄉，因為文化不利，她不知道走出草漯市街，會有海闊天空的世界，在她們的世界裡，只有草漯街頭，只有做個洗洗頭的美髮師就是人生的全部了。我沒有職業歧視，只是心疼這一群偏鄉孩子沒有接觸外面的世界，無法開展宏闊的生活想像。當然，也許單純，也是一種福氣吧，東坡不是說人生識字憂患始嗎？不識字，不讀書，也許可以單單純純地過活，未妨也是一種難得的福氣吧。

記得，初夏，無聊的年輕老師們，在既無電腦，亦不流行電玩的年代裡，只能在宿舍前玩老鷹捉小雞，打球，或是玩吃西瓜吐子比賽，喧囂吵鬧地引起正在進修部上課的教務主任前來巡視，我們立即躲進宿舍，佯裝無事。

記得，大拜拜的節日裡，資深的老師告訴我們，進修部的學生們一定會找我們去吃大拜拜，事先知道，大家躲進宿舍，熄燈，佯裝不在。結果，聰明的老學生們也知道，整個草漯沒有地方躲起來，拚命的宿舍前喊我們，我們只好全部投降出列，隨著熱情熱心的他們，張著手電筒挨家挨戶地用餐。學生對老師們非常尊重，而且你必得吃完一家再一家，因為他們覺得老師到家中宴客是他們的榮幸，我們只得吃完一家再一家，而且大家似乎要手牽手在暗夜中摸黑前進，深怕誤踩水溝。

但西風，屈指一算，流年暗換，如今物換星移，未知草漯是否如昔淳樸？那群可愛的學生是否還記得一個初任教學工作的導師和他們合演一齣人生的戲碼？

生命中，走過許許多多暫時佇立停留的驛站；生命裡，匆匆走訪的過客未知凡幾，但是，深刻地烙印在心底的草漯點點滴滴，永遠是美麗的印記，召喚我時時記憶，時時回味。心版上的歲月風沙蒙塵，卻永遠也法忘懷那種美好的記憶，時時在心湖裡盪漾，在追憶中昇華。

二〇一六年三月六日

西門街的夢與想

西門街是新竹市的一條普通的小街道，比起四大路：東大、西大、南大、北大路來，似乎沉靜而沒沒無聞，然而它的交通卻非常的便捷，鄰近新竹四條大路。一端往北延伸，通往熱鬧的中央市場，若再向左轉便可到達人聲鼎沸的城隍廟；一端通往接近郊區的天公壇，是桃竹苗地區最大的天公廟，而它的街道尾巴就是一個眷村，人稱空軍十一村。初來賃居眷村時，巷口猶是竹林蓁莽一片，這是一個奇特的景致，從四維路車水馬龍、絡繹不絕的人潮路口，轉向眷村就是冷清寂靜的巷弄，初來時，二百八十六巷口前面是一片迎風搖曳的竹林，與四維路、中山路之繁華盛景恰成反差對比。

二百八十六巷是一條寂靜的巷弄，面對巷口，右邊是李家，種有一棵高大的龍眼樹，似天神般倨高臨下，俯視每個進入巷子的子民們，在它枝葉覆蓋下的摩挲，渡過每一個進進出出巷口的歲月。每當夏天午後，鳴蟬高踞樹梢，是一種獨特的合奏，在慘澹寧靜的午後，形成一隊交響樂，是你路過而無法遁逃的音聲，直欲穿破耳膜的協奏曲伴你渡過寂寞的盛夏時光。

所謂大隱隱於市朝，西門街的空軍十一村就是位居市朝尾端，既能迅速進入鬧市，又能迅速抽離鬧市進入寂靜的住宅區，是一個古意盎然卻又樸實無華的城與鄉的臨界點。而我們在這裡渡過風華歲月，一個交接著青壯的奮鬥與童年的夢幻的悠悠國度，是神與夢臨現的神祕境域。

住在巷子裡，每一個人家皆有一段精采的故事。對門而居的人家，是一個寡婦帶著二男二女住在這兒，聽說她先生殉職，為了養家，她推著攤子到處叫賣，剛開始時，大家很不喜歡她的攤子擋住出入口，因為巷子很小，一個攤子既無法推進家中，又不能擋在巷子影響大家出入，這段村民的糾紛到底持續多久，我不知道，待我搬來住時，她的孩子們皆已長大成人了，剩小女兒還在讀高中，相信，一個婦人要養一家五口的艱辛，是大家有目共睹的。

另外，王家老太太有四個兒子，據說早年她們家的經濟是全村最好的，因為丈夫的官階最高，所以她每天穿金戴銀穿梭在各家打麻將，據說，疏於管教孩子，四個孩子皆不成材，後來丈夫因公殉職，家道迅速中落，全靠撫恤金過活，由於孩子長大成人，不務正業，一個四十多歲的兒子還遊手好閒，在家吃閒飯，一個孩子因為離婚，將女兒留給老媽照養。後來，我看到的情形就是一個老太太與一個孫女相依而命，一個游手好閒的男子同往在一起，而王老太太因為罹患糖尿病，常常要洗腎，每週至少三天，而且一洗便要一個早上，靠著些微的撫恤金過活，看著瘦弱的她，傷口老是不癒合，真令人感慨。

與王老太太對面而居的李家，情形剛好相反，養了四個女兒，個個努力讀書，事業有成，常常看著李老太太穿戴光鮮亮麗，一臉粉妝打扮，由女兒們接出去外食用餐，李家和王家對門而居，反差非常的大。當我搬進眷村時，李老先生猶能行走，三五年之間，身體迅速老化，常看菲庸推著輪椅出去散步，然後李老先生往生，而李家的孫子也逐漸成長，由襁褓中的嬰兒成為上幼稚園的小娃娃了。歲月流竄，是大家無法驚覺的魅影。

巷口路衝的方位有一片雜貨店，是一對老夫婦經營的，在這個世代裡，大家皆喜歡到窗明几淨的小七便利超商購物，誰還會到一門幽黯的雜貨店購買什貨呢？至少我就很少去買個醬油、日用品。住久了，逐漸同情他們一對老夫婦的生活起居，也逐漸向他們購買一些零星的日用品，老先生年紀雖大，手腳俐落，由於位居巷口，當垃圾車到來時，他常常熱心的幫大家倒垃圾，也因為這樣，他的人緣很好，老鄰居們，平日無事時喜歡麕集在他店門口閒聊，話長說短的，以遣無聊的人生。有一種鄉居的淡樸。

育英里的里長，是我們共同推選出來的，他熱心公務讓大家非常感動。在尚未選里長之前，每天皆義務地在中山路與四維路口為西門國小的學童指揮交通，風雨無阻，大家被他這種急公好義的熱心感動，全里票選他出來為大家服務，當選後，他更謙和，當垃圾車經過時，他會主動遞上飲料，請師父喝，也請多幫忙育英里的清潔工作，在他任內，我們享受了許多的便民服務，這種無償的服務是我們很感動的。

初來時，賢賢才六歲，在這個眷村他渡過了最可愛的童年。平日上幼稚園，震旦有最好的庭園，最大的禮堂供小朋友玩耍，不怕寂寞。下課以後，回到眷村，就是一片安靜，後來認識了李家的孫子，同年紀，每天每天，他都過來找賢賢玩，會吵架，會爭玩具，更會爭寵，一點也不讓人。同時，同事小孩彬彬長賢賢三歲，也常過來找賢賢玩，主要是眷村的房子大，有庭院，家裡很大，大到可以打羽毛球，所以二人常膩在一起玩，童年在無憂的嬉戲中渡過。

後來陸續搬來了一些外來人口，與我們一樣，皆因為工作而賃居在此，隔壁來了一對兄弟，弟弟小賢賢一歲，是在賢賢四年級時搬來的，由於身形胖嘟嘟的，大家皆叫他小胖，他父母常因為工作忙碌，無暇照顧他三餐，我常在他放學以後，邀他到家裡和賢賢玩，留吃晚餐。

賢賢最難忘的一對玩伴是左承學和左承瑤兄妹，哥哥長賢賢一歲，妹妹和賢賢同年，他們平時在台北居住上學，寒暑假到新竹奶奶家中度假，由於巷子裡的小孩很少，所以幾個人很快的玩熟了，整個夏天，白天在我們家中開冷氣打羽毛球，晚上騎著腳踏車在眷村巷弄繞來繞去，不亦樂乎。

左承學的奶奶是村長，平日晚上，常有一群村民圍聚在她們家門口聊天，他奶奶的拿手絕活是炸醬，下麵吃起來很爽口好吃，據左承瑤說，某巷的老奶的蔥油餅是世上最好吃的餅，只要吃過一次就很難忘懷，這一輩子一定要吃一次，我相信她的話，雖然她只有小學五年級，因為她奶奶的炸醬便是這麼吸引我。我很好奇，她帶著我騎車繞過她家門前，當時，許多人圍集在她家門口閒聊，她指著叫老奶奶，我卻還未能意會，錯過了認識葱油餅能手的機會，隨著眷村拆建，大家星散分居各地，這個遺憾，便無法了結。

住慣台北，習慣大眾交通工具的便捷，初來新竹，沒有交通工具，對我而言，寸步難行，成為沒有行動力的人，後來買了一輛腳踏車，才能開啟周邊市街的冶遊。記得初買車時，興奮的想逛遍每寸新竹市街的土地，利用清晨人車寂靜之際，穿梭在東門城，護城河，看看我腳程所無法到達的地方，然而膽小的我，也只能在市街穿梭，不敢走遠。

初來，真的不習慣新竹的市街，狹小，少有騎樓，散步無處可去，我們幾乎悶得發慌，只能把中正路幾家麵包店當成逛街的場域，看著色香味俱全的新竹牧場的食品，感覺是一種老饕似的滿足，那時，大遠百尚未遷移西門街與西大路，我們便從中正路進入東門城，再進入護城河周邊遊賞。後來天公壇河畔整建，夜景榮登新竹八大夜景之一，臨夜時，燈火輝煌，與天公壇相互輝映。此後，我們散步不愁沒有地方，閒步在小路弔橋上，看著河畔散步的人們，打球的青少年，使得居住品質頓時提升。住家附近多了一處帶狀公園，實在是一種奢侈的享受，每天晚上攜手散步其中，夜風清涼，不必留守電視機前，靜聽風聲，水聲，蟲鳴，以及小孩子們的嘻笑聲，真是快樂人間。

中山路，元宵節有一個奇景，是我在台北從沒有的經驗，大約是從四維路頭起，到城隍廟這一段小小的市街，元宵節時，商家們競放煙火，家家如此，使得小小一段路，便塞得水洩不通，大家駐足觀看，嘆為奇觀，有一年，晶時堂鐘錶店，連放了近一個小時的煙火，大家看得目瞪口呆，我忍不住好奇，前往詢問，才知道是老闆花了近三十萬元買煙火來放，他們相信，煙火越旺，來年的生意越好，於是，我們享有了一片煙火可觀看。

元宵節在護城河畔放天燈也是一種奇景，在天燈上面寫滿了祈福話語，天燈上飄，燈影搖曳，直入高空，令人興奮不已。這就是竹塹古城的節慶，歷經悠悠歲月之後，部分祈福的習俗還保留著，讓滿載希望的燈火升向夜空，煌煌照亮人間，每一朵飄浮的燈影，皆是最虔誠的祝願。

住在新竹，還有一項奇景，常常不分季節，只要高空升起火樹銀花似的煙火，我們一家三口便騎機車追逐煙火的來源，常常走到最美的綠帶似的河畔，坐在護城河畔欣賞夜景亮燦煌麗的煙花，這種臨現煙火夜景的美感，隨著朵朵在黑夜散開的姹紫嫣紅的火花而爆開，這是現世的存有享受，讓我們常常在驚喜中追逐歡樂。

而且幾乎每年的跨年晚會人潮洶湧，彷彿三十萬的新竹人口全部麕集在市府廣場，擠得水洩不通。一種血氣奔騰的歡笑，似乎high到最高點，彷彿這是一個幸福的、快樂的城市。

吃在新竹，也是一種享受，不是豪華大餐，而是台灣最傳統的小吃，一種貼近庶民生活的小吃，可以感受人氣喧騰的體溫熱度的飲饌，在城隍廟內一應俱全。城隍廟小吃是外來客最愛，而我也嗜吃老郭潤餅，只要一靠近城隍廟，便少不了吃它一份，口感爽口而不膩，是我住新竹最美的宴饗。竹塹餅、水蒸蛋糕、貢丸、米粉皆是最佳伴手禮，也是我向親友推銷的禮品。北門街的鴨肉許，店面不大，饕客聚集，快意享受，是人生最樂。

剛住進西門街二八六巷時，不習慣這兒的寧靜，由於年輕族群為了工作，為了學業，紛紛走離這片土地，只剩下老人家們步履蹣跚地行走在這個眷村中，我們巷裡過了晚上七點，便是一片死寂，聽不到一點人聲，只有蟲鳴，風聲，加上巷外呼嘯而過的機車聲，除此而外，每一戶人家，各自形成一個小小的單位，各自生活，安靜地生活。住了好一陣子，因為空屋有人租住，人聲才逐漸恢復，有小孩的嘻笑聲，有人交談聲，這個眷村開始有人聲氣息。熱鬧，對住宅區而言，也是一種必要的需求。聲響，對我而言，有一種獨特的領略，每天，幾乎是淩晨五點，可以聽到送報的聲音，六點有鍋鏟聲，七點有人往巷口外移動，這是一天忙碌的開始了，上班、上學的人，逐漸往外移。

從我們進住西門街小巷，就傳聞要拆遷改建，我們一直抱著且戰且走的心態，因為工作在新竹，這兒的房租便宜，地方大，居住很寧靜，與鄰居的互動也很好，所以一直不想搬走。每年每年，住戶們召開大會時，我們總是冷眼旁觀，直到確定拆遷改建成定局，我們才急急惶惶地到處找房子，從新竹看到竹北，再從竹北到新竹，一離開這兒，一個我們曾經居住了七年的家，眷戀不捨，讓我們更珍惜與鄰里居民的互動，這兒彷彿是我們在新竹的地標，也是我們介入新竹的起點，不僅是生活上的地理方位，更是一種安置心靈的方位，在這兒，我們平實的生活，與鄰居往來互動，共同享受居住竹塹古城的悠雅，同時，也感受新竹的人文與風俗。

搬到竹北之後，我們偶爾會驅車前往天公壇觀看舊家，那時，我們算是比較早搬離的住戶，可是一旦重回巷子時，覺得房子無人居住敗壞得非常的快，而且連門板、木條，或是金屬欄杆都被「偷」或「鋸」走，心想，物盡其用，任憑是誰來拿，皆無所謂了，只是草莽長得太快了，軟枝黃蟬也藤蔓糾葛，遍地雜生，再經幾個月，全部人幾乎搬走了，只剩下王老太太無錢雇人搬家，其實她們的家當也不多，窮到幾乎是家徒四壁，在里長村長的糾合下，出錢幫她搬離眷村，重新到武陵新家居住。

人口散去後，到處垃圾團集，屋毀牆塌，成為犯罪的場所，偶爾看到地面上的針筒，心裡有數。再過一陣子，政府花錢整頓，全面釐成平地，然後開闢馬路，直通中華路，使得空軍十一村成為一個歷史名稱，一個我們曾經居住過的巷弄，從此走進想像的歷史了。爾後，重回故居，片瓦不存，片草不生，只餘一條筆直的大路臨現眼前，鏡花水月般的前塵往事，悠悠漫漫，一點殘跡皆不留存的影像，惘然惝恍一如夢境，疑真似假，如夢似幻。

曾經燦亮滿眼的軟枝黃蟬，似乎總是不分季節地，黃澄澄地怒放，站在巷口，往巷裡望，就是嫣紅的九重葛與黃燦的軟枝黃蟬佔據了視線，不是因為它們體積龐大，而是在寂靜的巷弄之中，這黃、紅兩種顏色搶盡了風光，照眼明亮，任誰也無法忽視它們的存在，隨著眷村改建，一片黃澄澄的花海，早已隱淪在夢中，成為無法忘懷的一種美麗印記，在如浪風湧的午後，落花繽紛一如初夏盛開的夢影，在悠悠的記憶裡散落著。

美麗的錯誤

FB充滿了祝福我生日快樂的訊息。

這是一個美麗的錯誤。

當年，未知如何申請FB，胡亂弄一通，隨意貼上生年及小孩的生日，而且怕學生肉搜，連名字都減了一個字。

後來，忘記了密碼，自己連FB都進不去。一停，未知凡幾。

去年暑假，靜宜第一屆導生班的學生來家中探訪，我說，能不能幫我處理FB？年輕人就是嫻熟電腦，三兩下就幫我處理完畢，終於又開通了。

但是，笨笨的我，偏偏不會改生日等個人資料，一錯迄今。

後來想想，這樣也好，停在一個虛構的歲月裡，也是一種美麗，一種美麗的錯誤。人生何處不美麗，何處不錯誤，留一個美麗的窗口，讓自己假想青春永駐吧。

感謝祝福，天天生日，天天快樂。

感謝祝福，天天青春，天天有美麗心情迎接所有的花朝月夕。

二〇一五年十月四日

紅樓隔雨相望冷

在走廊上遇到一位碩專班的學生，她迎面向我打招呼，並且問我認識某某人嗎？我說認識呀，她說，是他任教國中的同事。我說，是呀，今年二月退休了。

這個熟悉的名字，曾經是年少時愛戀的對象。而今，再聽到這個名字時，已經沒有年少的悸動，而今已是哀樂中年了。

當年，還是大學新鮮人時，初識他，一段若有似無的情愫開展，彼此愛戀對方，我填詞，他作曲，當著櫻花樹下唱著情歌，遙遠的往事悠悠漫漫的浮昇，彷彿舊日情懷冉冉上昇。那是一段美麗的歲月，櫻樹聽唱的心情最悠然，最令人神往，芳徑躅躇，總令人陶陶然，恍恍然，幽幽然。

後來，因為兩個人的性情與興趣太相像了，如果共同生活將會是一個什麼樣的世界呢？且讓這段美麗永遠留存吧，就像彩虹的綺彩永駐在天空，而不必落實在人間的開門七事吧。

從此像斷線的風箏，各自分飛，音訊渺然。事隔十餘年後，居然因為一場論文研討會，他找到我。重逢，恍若隔世，幽幽淡淡的情愫似乎再度被喚起。然而，人成各，今非昨，雨送黃昏花易落。只能彼此祝福對方，讓這番深情反轉成關心與關懷的好朋友吧。

再經過歲月的流轉，因為無常，讓我陷入晴天霹靂中，孤寂的人生，遙遙迢迢，而他的關心又適時出現，再相見，我們已無兒女之情了，反而是一種走過人生無常之後的坦蕩蕩了。是的，曾經沉澱在心靈最深情的愛戀，翻轉人事歷練之後，彼此相視，已是無風無雨的驀然回首了。

心裡暗念著當年共同譜的詞曲：花謝春殘贕垂柳，翻醒舊夢點點愁……是嗎？年少的我，是不是也預識著未來的人生：翻醒舊夢點點愁？

二〇一四年十月三十日

親情無價

媽因病住院，隔壁床來了一位八十二歲的老太太。

雖年紀已高，但是看她的容貌，是位教養很好的人，而且家世應該也不差。陪她入住醫院的是她的姪子，因為他喊她姑姑。

隔著布簾，不想聽他們的對話都不行。

姑姑說，為什麼開刀要二十萬元，好貴喔。

姪子說，開刀就是要花錢，你又不是沒有錢。

姑姑說，可是二十萬元呢。

姪子說，對，就是二十萬元，身體健康重要，不要捨不得二十萬了，而且沒有人照顧你，必須要請看護，一天二千五百元，這些錢就是要捨得花了。你又不是花不起。

姑姑：可是……

姪子：進了醫院，只能任醫院宰割了，醫生說什麼就是什麼了，該花的錢就是要花了，我們只能配合了。

一會兒，老太太交代姪子說，鳥籠在外面陽台，飼料在水龍頭旁。原來是老太太擔心飼養的鳥兒無人照顧，叮嚀姪子。

姪子很清楚地說，我只拿大門鑰匙就好了，不進屋裡了。

姑姑說，沒有關係啦，你整串鑰匙拿去吧。

姪子說，不，我只要將鳥帶回去就好，免得你屋裡遺失什麼東西懷疑我。

姑姑說，不會啦，你就進屋子裡。

姪子說，你不是一個容易相信別人的人，我不要進你屋子，免得東西掉了，我被你懷疑。

姑姑說，你明天什麼時候過來？

姪子說，你明天排中午開刀，我十一點四十分過來。

可能是老人家記性很差，短短的片刻裡，姑姑至少問了五次以上，你明天什麼時候過來？

姪子斬釘截鐵地說：我明天十一點四十分過來。

然後幫姑姑買好晚餐便離去了。

老太太孤單一個人住院，我以為是獨居老人，無有子嗣，只能靠姪子幫忙了。

後來，和老太太打招呼，她迫不及待地，拉著我說了很多的話，這是典型的孤獨老人的特徵，只要有人和她交談，便會拉著說不完話似的。

她說，她女兒住二林，也生病需要照顧；兒子住新竹，買了棟房子搬去和岳父母住。

奇怪，那麼她開刀為何子女皆不在身旁照料？反而由姪子照料呢？親子之間到底出了什麼狀況呢？

別人的家務事，我們不便多涉入，只是想到孤單老人，一個人住院的孤獨的情景，讓人不捨。

這也讓我想到婆婆，她已八十歲了，和尾子住在達觀，尾子未婚，年近五十了，還像不懂事的小孩子一樣的脾氣，和老媽鬧彆扭，不理老媽，各自易燓，老媽吃畢，兒子才拿著手機開了網路教學，邊看邊到廚房煮自己的料理。唉！

與老太太反差的是，老媽住院，四個女兒一個兒子及老爸輪流照顧，加上孫子各個來來去去，慈濟志工也在一天內分作四批來慰問，門庭若市，讓鄰床的老太太心裡很感慨。

她說，很羨慕我們，一家子和樂，可以輪流照顧老人家，真好。

透過她的話語，很能感受她的孤單，也憂心台灣即將步入老年化的社會，老人居家照顧、長照、福利皆未能應時立法，令人堪憂。何況現代人兒女數少，一但生病，自然不能有很多親友輪流照顧了，這對家庭、社會皆是很重的負擔。而孤獨的老人，究竟和子女之間發生什麼事，讓年事已高的老媽一個人獨居，實令人不解。

二〇一六年十月十五日

重回植物園

小駐植物園，風荷已瑟，林木仍鬱，佇足流連，徘徊難遣。宛然水中央的寤寐思服，輾轉流思，上下頡頏，有我們的姿影流蕩。

仰視天際線，十一月中旬的天空，襯著椰樹、雲影，顯得特別湛藍清澈，一如美目盼兮，流轉在天光之中，溫純、美好。小坐片刻，盡情享受浮生忙碌之後的幽然、悄然。

對於植物園的愛戀，有著彷若前世今生的窅然幽渺。

曾經，與高中同學，同遊同賞，在如漾的水影中，捕捉荷花倩影，歌聲宛轉，有我們的旋律音聲，飄飛在痴迷不識愁滋味的青春年少裡。我們歡喜地唱著黃梅調的戲鳳，唱著民歌的鄉間小路，唱著梁祝悲情難抑的樓台會，彷彿我們也在感受愛戀中的悲喜愉泣，也在體會日後千折百迴的人世情愛，也在提前契悟情之一字縈心未已。而這些愛恨情仇，糾纏成永生的迷狂與顛瘋，揮灑在萬紫千紅的大千世界裡，揮霍在欲言已痴的芸芸眾生裡。念此，女媧摶土造人的情意，竟是如許周折與宛轉，終要讓我們在滾滾紅塵之中，尋尋覓覓，只為了圓成一個同體共造的人身。

流轉在幽徑裡，我們似是灞橋風雪尋詩覓句的詩人，為了填補錦囊佳句，任自在流光裡逡巡，只為邂逅一個詩樣的心情；似是流落江湖未歸的旅人，任憑流光悠悠，只為了投影在寸寸的波心裡，書寫偶然的目遇成形。

如是，在時光之流裡，波影淪漾；在時光之外，逆光行走。

天光遠流浪，銅柱從年銷。流浪的是，我的心、我的情；銷蝕的是，我的思，我的念。

二〇一五年十一月二十一日

身在何處

一夢醒來，未知身在何處。何處寄此浮生，但感浮光流移，而著作未成，時間的壓力在後面緊追不捨，能力有限，必須在有限的時間、能力與精力之中擠壓出自己的研究成果。尤其是，眼睛不能過度使用，懼怕青光眼，白內障，視網膜剝離，讓我必須時時注意眼睛的疲累狀況。

心神一晃，想起台北故鄉，一離故鄉近二十年，青春幾乎皆在這個文化沙漠的新竹度過，心裡想回歸，房價太貴，無以為計，只能繼續留守在新竹，一個陌生的環境也因為常年居住而成為新的故鄉了。

台北的繁華熱鬧似乎與我無緣了，每回回去，總有歸去來兮的感受。八德路，松山車站，饒河夜市。人生，何處非故鄉，此心安處，便是故鄉，是不是一直存著飄蕩的感受呢？是不是一直在飄泊中浮游呢？

想念台北的種種，也因為睽隔多年，再也不是當年的熟悉處所了，每一回走踏在舊的市街，看到新的街巷店面，總有陌生無常的感受。而今，身在新竹，人在江湖，何處可歸，仍是飄泊的心靈，只能以書寫為岸，讓自己飄泊的心情能夠有止歇的場域。

獨坐在書房，享受孤獨的研讀與書寫，人生的孤寂在此領略已深，只有自己才能深刻地體會這種無人可語的寂寞與人生的況味。

相信，可以走過所有的風雨，也可以度過所有的考驗，只要願意，只要努力，人生沒有撐不過的難關，沒有走不過的痛苦。人生，依舊有晴陽，抬頭依舊有一星光斗與你對目，有明月與你相照。一川江河與你相映心情。走在人生的旅途中，學會面對自我，面對孤獨，才能勇敢的闖過所有的風雨。沒有風雨躲不過，沒有不可以面對的場景與哀感。

畢竟書寫、研讀是最單純的，只要面對書中的文字與義理，一條條疏理，一條條詮釋，沒有人際之間的恩怨，相信，這是最簡易的生活，無複雜難解的課題，回歸書寫，才是最簡易的人生。

二〇一七年三月十三日

遇目相接於貓

忙碌之後，倍感哀傷。

心情莫名的感傷，像是飄飛不定的枯蓬，未知何處可以安頓。無歡無喜，真不知道何事可以讓我歡讓我喜。以前，吃個水果，吃個蛋糕，喝杯咖啡，皆會很滿足於這樣的小確幸，如今，未知因何，又回到週期性的心情低落期。

步行去郵局寄信，歸來，敗頹的草叢中，有一隻貓，與我相接目於天宇地宙中的此時此刻，不知道他何以可以如此安然於生命，於生活，於無所事事。而我呢？為何如此棲棲惶惶，如此不歡不樂，如此無法讓自己生命安頓？為何如此悲感？如此無法用歡喜之心面對人世？

草木有情，有心，貓亦如此。只是，如此羨慕牠的安然自在，不必感傷，不必憂懷，而我呢？為何如此陷落自己的心情呢？

這一週以來，一天跑雲科，一天跑蕙蓀講習，歸來，算算時日，已是四月底了，似乎不可以再荒廢頹圮於雜務了，必須早早將研究完結，然而，明後天到台北閱卷，接著五月一日交稿，二日到中研院講演，沒有時間處理某大學新聘案，所以，一早起來既迅速處理審查案件，一坐下來即忘記時間，打完審查文件，上傳檔案，下椅，才知道腳皆麻了，坐太久了。

一件審查文件，讓我耗費時間，感覺特別的困頓，稍適休息。躺下來，思考，接下來，要做什麼？追求什麼？完成什麼呢？如此人生，無歡無悲，似乎很讓人感傷。人生，走到這種悲喜無感的地步，確實讓人失去安頓的生命力量。

想想，這個世上，是不是也有很多像我這樣的人呢？行屍，麻木在人世間，做該做之事，行該行之路，只是心是淘空的，心是被蛀蝕了，對日子沒了感覺，是什麼樣的心情呢？是否應該讓自己流放在某個不知名的地方，過著遊蕩的日子呢？不要記得是是非非，只要自在的步行，移動就好了，這樣是否是可以讓人更安然自在呢？想流放自己，到一個不知道的遠處，喝，吃，過著無人認識的生活，然後再返國，可能才有活著的動力吧。

人生於此，無喜無歡，如何安頓呢？

貓，無喜無憂嗎？無悲無歡嗎？何以能夠如此自然自在於敗草之中安穩如山呢？

二〇一七年四月二十八日

公主

電視新聞正在播放百貨公司的週年慶，為製造商機吸引顧客上門，有一家百貨公司別出心裁，打造一個仙履奇緣的場景，讓小女生打扮成公主，美美入鏡拍照，看到甜美的小女生個個興高采烈地在鏡頭前擺出最美的POSE拍照，記者趁勢說：每個小女生都希望自己是公主。

是嗎？每個女人是不是也希望自己是一個美麗的公主，被寵愛的公主呢？

從小，家庭不富裕的我，學會認分與認命。

媽媽從來就將我錯當男生一樣的生養，而我也在男生群中成長，沒有華麗的衣飾，剪得一頭耳上一公分的妹妹頭，每天下完課，就和男生們玩殺刀，鬼追人，紅綠燈。沒有洋娃娃，沒有扮家家酒。家中弟妹很多，我學會教養與照顧弟妹，並且，似乎也認定身為長女的我，必須凡事以身作則，作為弟妹的楷模。

逐漸成長，也習慣了沒有被寵愛的生活，只有學會照顧別人，看著比我小數歲的妹妹有華麗的衣服穿，可以留一頭長長的頭髮時，必須學會面對，而且以疼愛的心情去想像。

直到上了大學，似乎也開始學會面對自我。喜歡紛紅色，成為我唯一的顏色，它代表了浪漫，代表了被寵愛的渴望。是不是內心一直渴望著浪漫，故而特別喜歡粉紅色呢？不得而知了。從此，喜歡留一頭長髮，一直認為女人，不該是短髮，而應該有一頭飄逸的長髮，這是不是童年的補償心理呢？

自從遇到了心目中的王子之後，他把我當成公主一樣的寵愛，而我將他當成王子一般的疼愛，為了他的健康，甘心為他親手打果汁，料理三餐，教養小孩，忙裡忙外，只為了相愛的眼中彼此寵愛的對方。

喜歡他接送我上下班，喜歡他陪我喝下午茶，喜歡他開車載著我到處玩耍，喜歡和他規劃未來，喜歡手牽手一同旅遊，喜歡和他品茗喝咖啡，聊著書中的勝義，談著人生的事理，一起吃喝玩樂，一起讀書談學問，一起開車遍遊桃竹苗，我們互為主體，像王子愛著公主一樣，結婚之後，才有了被珍愛被寵愛的感受。

這就是我的公主夢嗎？

二〇一四年十一月八日

遇見你，於千萬人之中

這是什麼樣的緣份，在藝術中心的畫展中，遇見你，於熙來攘往的群眾中。默默地欣賞畫作，細細研讀每一幅畫作的明暗、深淺、高平、幽深、拗峭、清絕，似在尋幽訪勝，似在攀登高峰，似在曲徑孤吟。

滿堂兮美人，忽獨於余兮目成。

想起電影中的鏡頭，錢牧齋與柳如是的邂逅，也在藝廊中流眄一望，似在了結前世今生的情愁流轉。

如此一望，便成燈火闌珊盡處的幽香獨洩，便成驀然回首的目光凝睇。

如是，我在，你在。在讀畫的過程中，體會詩情畫意，體會春暖花開的流光蕩然。初春的召喚，讓山水煙雲，織成你的羅裳飄飄；讓松竹蘭菊，牢籠你的顧盼低吟。讓桃紅柳綠，擁簇你的思維如姹紫嫣紅遍地開放。

如是，你在，我在，在時光的流移中，潛度魚龍飛躍，銷蝕銅柱華年。只因，我們都是匆匆的過客，在天宇地宙之中。

二〇一六年三月十七日

存在

早上在晾衣服時，浮過心頭的是李賀的句子：

吳絲蜀桐張高秋，空山凝雲頹不流。
江娥啼竹素女愁，李憑中國彈箜篌。
崑山玉碎鳳凰叫，芙蓉泣露香蘭笑。
十二門前融冷光，二十三絲動紫皇。
女媧煉石補天處，石破天驚逗秋雨。

是呀！他已經是千年前的人了，我們還記得他，記得他的句子這麼奇詭充滿魅力，這是為何呢？文字的不朽，文學的偉大，可以歷久彌新，可以讓更多後世的人，憑著文學的句子尋訪他曾經思惟過的心思，尋訪他存在的蹤跡。這就是身體消亡之後，還能存在的另一種方式。所以古人為我們樹建立德、立功、立言三不朽的標杆，我們也恆在其間尋找自己可能樹立的成就。

因為文學，讓我們記得屈原的《離騷》寫下他憂憤，他遠遊的無可奈何。

因為文學，讓我們記得杜甫的再使風俗淳的憂憫情懷。

因為文學，讓我們永遠記得白居易的：天長地久有時盡，此恨綿綿無絕期。因為文學，讓我們記得元稹的：誠知此恨人人有，貧賤夫妻百世哀。文學的渲染力很強，從此嵌進了我們中華兒女的心靈裡，成為我們文學的豐碑。

二〇一六年十月十五日

存在的另一種方式

在廣西的詩經國際會議開幕式之後，進行大會團體拍照留念，團拍結束，我們一行數人也和國際學者輪流拍照，大家隨意打招呼互相寒暄，會場外，有一位學者孫定輝也和我們閒聊，他特地找我說話，我想，大約是開幕式時，在大會宣讀論文，而且是台灣來的，他特別有印象吧。

在大陸參加國際會議，動輒一二百人，能夠站在大會的講台上代表發言，或是宣讀論文，是很被看重的事，也很容易被記住，猶如明星光環加持一般。這回，我在大會宣讀論文，台下近二百人，這種場面很隆盛肅穆。下台之後，很多學者或學生，主動和我攀談，說我講得很好，很得體，很具體，有內容等等，我也習慣了。

也許是這樣，他對我有印象。他講話的口音，不是聽的很清楚，他必須張大嘴吧努力的說話，他的相貌矮小，特徵明顯，在群體中很容易被辨識。他向我說，他得過鼻咽癌，所以講話不甚清楚，耳朵也不甚靈敏，必須大聲和他對話。

他說，他在台灣出版過三本書，現在有一本五十萬字的文字稿，在大陸出版必須有書號，很難申請，希望透過我在台灣出版，我說，在台灣出版學術書籍必須自費，費用大約五萬以內，至於五十萬字不知道要花費多少？台灣出版商很多，可以聯絡看看。

事後，我查到萬卷樓的聯絡電子信箱，在大會中，匆匆將寫好的字條交給他，希望他主動聯絡，不必透過我，這樣他才能清楚費用到底多少？能否接受？期程多久？

在會場中，常常看到他的身影穿梭在群眾中，遠遠地，也辨識出他的聲音，濃濁的口音，混雜著他特別的音調。他特別的投入參會，與一些學者「拉醬油」的方式不同，雖然大會中他未代表發言，不過，他認真的參與每一場會議。

一個得過鼻咽癌的學者，對於學術尚且如此執著，勤奮著書，到底是什麼信念呢？也許他體悟到，人終有銷竭的時刻，努力著述，也許是另一種存在的方式。立言，就是一種存在的方式。

二〇一六年十月三十一日

高度

一個人的高度要有多高，才能在海外舉辦榮退研討會或懇談會？

二〇一五年八月，「經學史研究的回顧與展望：林慶彰先生榮退紀念研討會」在京都大學召開。來自海內外學者一百多位，包括歐、美、台、港、韓、日、陸、澳等地漢學家、經學家，大家齊聚在京都大學為林慶彰老師舉辦榮退研討會。大會特別安排主題演講，由艾爾曼、池田秀三、王汎森三位學者擔綱。二天議程緊鑼密鼓地開展，共分八組進行。與會學者們展現平日孜孜矻矻為學態度，在議場上互相交流論辯，以專業與專長表達對林先生的敬愛。看到大家歡喜的論學談道，以宣讀論文方式來抒發對林老師的敬意與謝意。感謝他為經學傳承的貢獻與付出。吳宏一先生曾說，他是為天下人做學問。講得真好，老師糾集眾力彙編《經學研究論著目錄》、《朱子學研究書目》、《乾嘉學術研究論著目錄》、《晚清經學研究文獻目錄》、《日本研究經學論著目錄》、《日本儒學研究書目》等書，真的是為學界輯錄做學問的基礎文獻與書目；並籌辦各時代的經學會議，包括明、清、民國時期等；進行傳統經典近五十年研究成果論述彙編，有《五十年來的經學研究》，還有遠見的寫了《中國經學研究的新視野》提供後學如何再進行經學研究的開發。大抵而言，以經學、圖書文獻、日本漢學為關注焦點，往外輻射成芒星四射的資料彙編供學界汲取引用。這些過程，曾經帶領許多年輕學子們走過青澀歲月，而今，這些學子們也各自成長，成為學界中堅份子，或是成為各據山頭的一方霸主了。為老師舉辦榮退研討會，除了感謝老師在學術路上一路相攜，也感謝他一輩子為中國學術認真執著、不計個人利害得失的付出與貢獻。

二〇一七年五月在上海，來自美國、台、港、陸等地的學者們，齊聚在上海戲劇學院為張錯老師舉辦榮退懇談會，大家暢所欲言的說出和老師的因緣，或為學術朋友，或為師生關係，或為學術合作，或為訪談的新聞主播，或為資深閱讀粉絲們，大家紛紛表述這段難得的因緣。是學生輩們則暢談老師提攜與孺慕之意；是朋友則大談與老師交接往來的趣聞逸事；是學術則談合作的愉悅過程；是主播則說出老師的人格特質；是粉絲則說出如數家珍的著作與風格特色。這些參與懇談會的學者們，還「密謀」出版了一本張錯老師榮退紀念文集：《由文入道：中西跨文化書寫》的專書，以學術專業向老師致意，讓老師高興的喜不自勝。

曾參與二場榮退的我，坐在一隅，熱切的投入發言，也向大師致上最高的謝忱。

慶彰師，是一位親切敦厚的學者，讓我們喜歡親近他。他從來不會用學術的高度鄙視我們這些後生晚輩，反而告訴我們應該朝哪些方向繼續努力前進，或告訴我們哪一本書的長處可學，哪位學者的優點可師。常常，我們歡喜地聚在老師家中論學。今年二月有一晚，老師談興頗濃，大家興致頗高，談到午夜十一點多，捷運快收班了，我們才依依不捨道別離開。還有，在大陸參會時，最喜歡晚上齊聚一起吃水果、品茗，聽老師說儒林八卦。也因大陸參會、訪學住宿的旅館條件很差，老師會用很好笑的口音告訴我們說，這是「負一顆星」的旅館，讓人聽了忍不住噴笑。

慶彰老師永遠像明月一樣，而我們是群星拱月般群聚在老師周旁。老師組織團隊舉辦研討會，糾合群學一同赴對岸參加各種研討會或是訪學；也常常帶我們參觀名人故居、墳冢。私下，我們號稱「經學掃墓團」。在台灣學界少有學者如此經營開發與大陸經學界的關係，送書，送茶葉，教他們如何有規矩的開會，出資讓他們到台灣訪學、發表論文並參與研究團隊，這些，看在眼中，讓我們了解一位學者的高度，不在為自己屯積人脈，而是在建構經學的研究影響力，如此經營二三十年，陸、港、澳終於重新省視經學的重要與研究，頗有開枝散葉的成效。

張錯老師又是另一種典型。以詩歌聞名海內外，是一位著名的詩人，除此之外，尚有散文、譯著、學術論著、美英詩歌賞析以及藝術品鑑等論著，共五六十種之多。學界研究張錯老師的詩文很多，包括學位論文與期刊論文等。和老師接觸雖然不多，但是透過閱讀了解並親近老師，讓我深信著述是可以傳世不朽的，更可以形成異時地空間的展讀與對話。這回參加榮退懇談會，感受老師望之儼然，即之也溫的特質，一起參會，用餐，搭船同遊平江街、虎丘，也在翰爾茶館隨興的品茗論道。張錯老師溫柔敦厚的氣質，讓我們如沐春風，也像家人般和樂融融地話家常。

目前學界討論張錯老師的研究成果，呈現幾種面向：一，研究詩歌多於散文及評論集，此乃與張錯以詩聞名及詩歌創作數量最多有關。二，研究者關注其詩歌創作，昭揭其詩歌特色，大約有幾種說法：其一，論述張錯歌詩題材多元，能具體將生命的經驗化約為筆下的感思與流動的情意。其二，論述張錯的風格多元，不僅具有豪邁之風，且兼具婉約之風。其三，張錯之詩歌深具古典意象，尤其擅長將中國的典故入詩。其四，詩歌結構安排，常會在段落轉折處逼顯出意境，且善於運用連接詞與轉折詞造成詩歌的密度、鬆弛結構交錯，形成詩句拉長、節奏舒緩的散文詩。其五，題材部分，擅長書寫海外遊子情懷和兒女愛怨情仇。

因長年旅居海外，張錯老師自言：流浪有二層意義：肉體的流浪，是追求生命經驗不同時間空間的反覆變奏。心靈的流浪，是一種內在超越，企圖在經驗歷程中產生智慧，自我探索因而得悟。

觀看胡金銓的電影，可以輕易感受漂泊浪遊的心境。閱讀張錯老師的詩歌，也可以窺探浪遊者的心情。這是世紀的悲情，綰合成每個藝術家心底眼下如歌行吟的詠嘆調。

盱衡張錯老師的創作，大抵可以歸結出幾個維度，其一是文體類型的內容豐富，各種類型的題材皆可化成筆下靈動的水龍，無論是文學、藝術、批評，甚或是翻譯等，皆形成豐沛的水庫，供人汲飲。其二是多元跨文類的創作，以詩歌名家，再到散文、學術批評、學術翻譯、報導文學，形成廣義文學國度的高度，供人瞻仰。其三是不斷開發創作活水，歲月雖不斷地流逝，創作的手卻從來沒有停過。讓人想望這股汩汩然的源頭活水，不斷地灌注文壇園圃；又像高山積雪，長年終有涓涓細流，蔚成源遠流長的水域，流衍在文學的水系裡。

張錯老師任教於美國南加州，有幸教到華人世界中頂尖的學生，這些來自台陸各地的華人，學成之後，或留在歐美，或返鄉工作，各自成為學者，當詩人遊歷各地時，皆不乏弟子門生可以品文論道，賞鑑藝術。

向二位老師致上最虔誠的感恩與謝意。期盼有朝一日，自己能有更多的成就，可以回饋曾經以詩、以文、以道、以藝哺育我們茁壯成長的師長們。

千萬人我獨往：感念胡金銓導演

有緣，一定會相遇。

曾經，胡金銓導演對我而言，是一個遙遠的崇拜，或者說是象徵武俠的傳奇。《山中傳奇》、《空山靈雨》、《俠女》、《龍門客棧》，每一部電影都有獨特的風格與魅力吸引大家關注。尤其成就了一個虛幻的武俠世界，任人祈嚮遊想，任人企慕馳騁。在這個虛構的武俠世界中，平衡了人世的趦趄困蹇，揮灑著忠臣義士與兒女情長的圖騰，特別令人緬懷與感念。

就讀博士班時，記得是民國八十六年一月十五日的清晨，和學妹們坐在台灣師大圖書館門前的地上，排隊準備一學期開放一次研究室的申請，我們曲腿並肩而坐，在天色將亮未亮之際，大家皆起早排隊。突然一位學妹談到昨天胡導往生。一個未亮的天色，頓時更加幽暗了。大家談著胡導的種種，以及他御用的男女主角們倍覺感傷。

事隔多年，為了參加二〇一七年五月在上海舉辦紀念胡金銓導演的國際研討會，著手蒐集了一些資料，開始走進他為我們創造的世界，一個若即若離的虛構世界裡，穿梭往來其間，觀看電影，覽閱前人研究與論述，透過影像與文字文本，貼進他的思維，此時的我，更想了解他為大家張羅的武俠世界，究竟意圖何在？要表述什麼？

大會開始，首先是座談會，許多親炙胡導的友朋們紛紛發言。大家似乎從各種面向努力在拼湊一個完整的胡導演形象。

許鞍華說，胡導不高，但是他的影子很長。是的，他的影響無遠弗屆。

鄭佩佩說，胡導喜歡讀書，是個明史專家，我不是個很用功的人，但是很認真跟著他學了很多。是的，胡導往生時，藏書八千多冊，而且各種書籍皆讀。

石雋說，胡導凡事親力親為，男女主角的服飾親畫，場景草圖自畫，連道具的書信、門聯也是胡導毛筆親自寫就，宣傳海報更是自己設計。現場播放PPT，將胡導演導戲的現場及許多珍貴的場景草案、分場圖像、服裝設計圖以及書法題字等一一展示在我們眼前，讓我更驚訝胡導的多才多藝。是的，一個集書法、繪畫、演員、導演於一身的人，他的成就是多元的，融滙成電影藝術自有不同的風格展現。這樣的奇才，真是曠世難有，更深深佩服多才多藝的胡導。

張錯說，胡導和一般導演不同，喜歡親近文人。是的，他和詩人張錯成莫逆之交。在美國加州，他們時相往來，連胡導在美國洛杉磯玫瑰崗的告別式，詩人張錯皆全程參與。

有人說，胡導晚年心境哀傷。幽居在美國有一種舉目滄涼的感受，很多想法、構思與才情想要盡情揮灑出來，但是現實面的集資困難，讓他有種沉深的孤寂感。

有人說，一九九三年是許多華人電影在國際上大放光彩的年代，《黃飛鴻》、《霸王別姬》等相繼出品，贏得異域他邦注視的眼光，相形之下，胡導的風格與親力親為的編導方式，似乎與分工細緻的時代格格不入。

有人說，……

有人說，……

大家努力鉤勒胡導的生平事蹟。

我有點感傷，也有點驕傲地說，一個人逝世二十年，還有這麼多人用國際研討會來紀念他，這就是不朽。我們用學術論文增加胡導演電影的討論高度，並願意以一篇篇研究胡導演的論文向一代大師致意。

以前對胡導不懂也不熟悉，這回參加會議，才知道多才多藝的胡導有自己獨特的風格與魅力，逐漸走進胡導為我們所羅織的圖像世界。也因為參加這次會議，才知道一事。原來，年少時候最愛唱的一齣黃梅調《江山美人．戲鳳》，其中，飾演大牛的竟然是胡金銓，讓我驚喜萬分。以前和高中同學最覺得俚趣又深情款款的就是大牛的角色，他將一個暗戀李鳳姐的店小二演得如此絲絲入扣。如今想來，竟也覺得分外親切有感。

時代與時俱進，電影也應該與時俱進。電影製作日益採用分工分組方式完成，但是，胡導仍堅持親力親為，這樣，全才的他，似乎顯得與世格格不入，卻反而造就了他電影的獨特風格。這種風格是他人學不來的。例如電影應如何鋪陳劇情吸引觀眾，最好是不斷地拍續集，可以有長紅的票房，賺更多的錢。然而胡導的風格，不在消費，不在商品化，而是藝術化。《山中傳奇》一片可以用二十多分鐘沒有劇情，只是呈現一片山光水影、遠山近樹的美感而已，這對於七分鐘就必須有高潮迭起的美式好萊塢電影，似乎是一種逆反。這種拍攝手法，究竟有多人可以接受？沒有票房的電影，集資變得困難了。但是他仍然努力不輟，《張羽煮海》的動漫未能完成，《華工血淚史》的史詩未能拍成，這些未竟之志，何日何人可替他完成呢？

大家尊敬胡導，也為六十五歲早逝的他感到哀傷與惋惜。紛紛藉由影像鉤稽胡導的志願與理想，詮釋他的創造與成就。

大會特別安排在議場外的露台上展出胡導演的漫畫，一幀幀不同身分、位階的容顏畫像，見證胡導繪畫才華，能夠精準掌握每一個人物的特質。逡巡在漫畫之中，特別留意觀賞，看到每一個漫畫人物的眼神，彷彿睥睨群倫，也彷彿欲語還休。這種眼神似乎可在電影的男女主角眼中看得到，也在漫畫世界裡看得到，這是不是胡導自己觀看世界的眼神？是不是觀看滾滾紅塵的心情映現呢？既深入又淺出，淡淡地漾著一種深沉的寂寞，一種既自信又無人可與言說的孤獨況味？

胡導展示的風範就是千萬人我獨往的氣魄，不被商品化，不被消費化。而我們身處這個日益物質掛帥、經濟獨霸的時代裡，還能如何不被科技統治呢？如何昂然地面對經濟霸權仍然保有一份可貴的人文精神呢？無力對抗物質文明飛輪似地往前翻飛，只能維維諾諾地被機器制約，這就是我們創發的世界？我們需要的世界嗎？而我們在二十年之後，還能用什麼方式為一代大師做什麼嗎？如何將他這份獨特的、具有中國傳統文化精神發揚光大呢？

二〇一七年五月，在上海，我們用論文書寫的方式讓他重新再活過一回，用學術討論的方式讓他重新昂立在我們面前。來年，我們又將如何記念這位具有中國傳統文人特質的導演？如何記得我們曾經擁有一位偉大的導演呢？

有緣，一定會相遇。在研討會會場中，重新遇見一位過去我未曾了解的胡導，透過大家的鉤勒，彷佛再一次與胡導重逢在未竟的電影國度裡。

二〇一七年六月一日

林徽音三重奏

蘇州評彈，第一次看與聽。在市政府的親子廳，人潮不少，應有八成滿，看到右廂是陸生，想來，他們的文化教育很不錯。

今天的劇名是林徽音，演繹她一生與三個男人的情愛。

第一段是北京的太太客廳，讓劉海粟與凌叔華對話她和徐志摩的愛情，康橋之戀；第二段是留學賓州美術系的林與建築系的梁，接到梁啟超的來函，林長民因亂逝世；第三段是在李莊的林與金岳霖的三角真誠的熱情，毗林而居。再加上一點國際友人費正清到來，讓林徽音挑不可轟炸的地點，林建議盟軍不可炸日本的京都與奈良，以保留故都文化。最後一段當然是有樣版的作用，述其偉大與成就。

三段愛情，演繹一位奇女子的一生。用三個女子扮演評彈，北京是風華的大紅祺袍，展現萬千儀容，讓人景仰。第二是白色的衣裙，展現少女戀愛的純真；第三是水藍夾白素色祺袍，想見抗戰時期的艱困。故事，其實是大家耳熟能詳的，但是，透過評彈，既說且唱且演，既入其中，又出乎其外，讓所有的角色很鮮活的活在眼前，雖然沒有戲劇演出的身段，但是，聆聽成為一種享受，剛開始，我怕太沉悶，結果，合唱歌聲婉轉，讓人跌入自彈自唱的音聲當中，起承轉合，無一不恰到好處，也忘記了是平面的說唱，彷彿之間有數人在演出。

第一次看評彈，台灣的觀眾接受度尚好，老者為多，輕壯者略少，有者是陸生，聽口音可以辨識的。台灣的文化在那裡？多重殖民，述說多元文化，至於傳統藝術扎根者有限，想來，要再發揮，也迴轉無力了。

中場休息，秀珍說，很精彩的人生，一生可以得三個男人青睞，是很美的故事。我說，我們的故事也很精采，正在上映呢！留待後世觀看。我們要演好自己的角色，千秋萬世之後，也有紀念我們的故事。我們一定要快樂，要健康，要活在當下，深信人皆有命，但是，不要怨天尤人，一定要好好把握人生，單程車，無回頭路，只能勇敢往前，過好每一個人生。

華姐說，過了五十歲，每過一天都要很喜悅與感恩。這種心情，是她從甲狀腺中得來的啟示，而我呢，是從生命契闊中體會來的。人生，走一遭就有一遭的價值，不怨不尤，人生，這就是真實的人生，努力過好每一個人生。

大林說她自三十八歲退休，開始做志工，到新光及慈濟。我深信，她活得很好，這就是命，別人看我，也應是如此吧。我們要張揚每一個喜悅的日子，讓光與熱好好散發出去，讓光度與熱度照亮溫暖別人。

二〇一六年九月二十六日

正在途中：尋找生命的意義

生命如同河流一般，有分支，也有匯流；有涓涓細流，也有滔滔洪水；接觸每一個生命，聆聽他們生命的樂章，彷彿在理解他們對治生命的意義，體證他們實踐生命的過程。

中華關聖學會理事長黃先生，從四十歲開始承辦關帝聖君的文化推廣事業，他說，雖然挫折很多，大多能有所感應而化解。推廣的事業包括關公的畫展，忠義文學獎的推廣，忠義關公師資培育等等，做這些事情，是為了發揚人性的良善，尋回真正的本我，所以能夠無尤無侮、戮力投入。為了承辦第二期的師資培育，每週六早上從台北到礁溪進行課程處理，晚上再塞二三個小時回到台北。我問他，什麼力量支撐他可以如此有毅力？他說，這是一種使命，為了讓宮廟系統的信徒講師能具備知識、有智慧而不迷信的講解導覽，他認為這是正確也值得推廣的，就是這種使命感讓他持續不輟。同時，每年也承辦各種業務，遊走在東南亞及大陸之間而不覺疲累。是的，為了推廣忠義精神，為了讓宮廟系統更具知識性，他的使命感驅使他努力完成既定關聖文化的弘揚。

游教授又是另一種典型，虔誠信佛，從小與佛教結緣，為了推廣佛教事業，不斷地遊走在世界各地弘法，講龍樹、大智度論；為了改善心靈，講茶與禪的關涉、講心靈環保，到底是什麼信念維持他充滿熱情為佛教事業付出奉獻呢？也是一種善知識的推廣、播種。看著他充滿法喜地從事各種佛教事業，感受他的正向力量熏染周遭的友朋。這種為弘揚佛法付出的，還有彭老師，她屬於佛光系統，位階是總督導，每天每天為佛教不遺餘力的貢獻自己的善知識，參與各項公益活動，雲水書車，讀書會，講習會，無一不參與，讓人體會她為佛貢獻所有的青春而在所不惜，也是佛教讓她的生命有著力點、有關注的對象，進而提昇生命的意義與價值，在為人而非為己。老爸，也是佛門弟子的典型，每天每天在家誦經，從凌晨三四點開始，早課，午課，晚課，每天規定自己誦多少遍經，跪拜多少次，何以如此？他深信佛教的願力，願普渡眾生，願迴向給眾生，慈悲喜捨利人天，這樣的信念，讓他堅持每天的課業不廢墮。這些課業，讓他活得很昂然有朝氣。

歐老師，是學術的典型，每天每天躲在研究室戮力研究，上窮碧落下黃泉，兩眼茫茫仍然努力書寫，窮其精力，為學術孜孜矻矻付出心力，成為典型的宅女，與她接觸，可以感受她對知識的熱情，也似乎有點不食人間煙火的感覺。研究，是她成就生命的意義。

呂美麗是藝術家的典型，善精雕，以黃楊木、銅器為材，精刻各種發想，包括生活中的物品、食材，讓人看到她精細雕刻的用心，龍眼的紋理、荔枝的果核、螞蟻的精細，細緻的密紋，針織品的紋路等，直讓人嘆為觀止。精雕藝術成就她生命的意義，每一個毫芒微雕，不知花費多少心力、眼力才得以完成，才能讓我們體會巧奪天工的意義。藝術是她成就生命過程的方法。

蔡教授，又是一種典型。他說，最喜歡從事的是發明，買了苗栗山谷，努力想要實踐有機農作，並且要繼續他的發明事業。學術，暫時已告一段落了，此刻，無衣食之虞，最想回歸到最初最單純的發明事業上面，讓每項專利發明可以改善人類的生活，讓生活更便利，這就是他的信念，他人生的目標，讓他有動力源源不斷地推進自己往前邁進。

江小姐，又是一種不同的典型，以推廣健康食材或健康器物為宏願，一來有經濟利益可以安頓生活，二來可以幫助更多人有好的健康，活得更自由自在。她堅信鍺對人類的益處，最近不斷地想推廣鍺器衣飾，以改變人類磁場，救奪已失的健康，好的東西值得努力推廣，由於這樣的動力，讓人感受她的發心與虔誠。

博生凱特的父親，年事已高，近八十歲了，以從事農業為主，其實，生活不需要靠他勞動種植蔬食，但是，活著的意義，不是為了無所事事，而本性也素不喜歡與人話長話短的，為了打發時間，為了讓生活更有著力點，讓自己更有活著的價值，勞動種植蔬食成為他疏解無聊生活的方式，也成就了勞動養生的過程。

而我呢？書寫是一種療癒，也是一種抒發，更是一種遣消無聊生命的方式之一，總認為生命中最美好的享受就是閱讀與書寫，尤其臨窗書寫是最美的悸動，感受微風在窗軒吹拂，感受季節在窗外輪動，花朝月夕，春風夏雨，每一個成就歲月的日子就是生命的小水滴，因為有了書寫的承載，而能有不同的風貌展示存在的意義，於是，願意在每一個日升月落的日子裡，敲打著文字，書寫著每一次的感動，書寫著每一番生命中的遇合。

不同的社會位階、不同的知識背景、不同的學經歷，成就不同的生命特質，每個人皆在尋訪理想的過程中，戮力付出而無悔無尤，同時，也在付出的當下，成就自己對生命意義的肯定，讓自己有更大的力量往前邁進，去尋找一條與眾不同、千萬人我獨往的精神事業。

如是，我們正在途中行進。

二〇一六年十一月二十七日

繫情

花謝春殘剩垂柳
翻醒舊夢點點愁
恨別天涯馳南北
無端勾起相憶多
細細歌吟　悵悵離意　寸寸肝腸扣
切切顰笑　般般在握　揉碎歡情夠
花謝春殘剩垂柳

翻醒舊夢點點愁
長亭賦別困情囚
咫尺水月紅顏瘦

輯四：死生契闊

浮生若夢

在蘇州的第十七屆唐代國際會議中，開幕式的最後一場是記念近年研究唐代文學往生的學者，有陶敏、王運熙、余恕誠、周祖譔、朱金城、吳熊和等人，凝視著螢幕上的遺照，感慨萬千。學者們孜孜矻矻，用功至勤，一生事功，最後留下一張照片在螢幕上供我們憑弔。人生追求什麼呢？要表現什麼呢？只能說，死亡是一件最深刻的銘記吧！刻鏤在學生、學人的心版上。

二〇一四年十月十一日

感念仁鈞師

上週，冷寂的台北街頭，映著濕冷寒冬難醒的迷魅，留在某個角落裡，一群人正在研議國教的內容。我的心卻在飛，在飛往王仁鈞追思會的會場中。因為主持會議，不能離席，讓我糾心；未能親臨老師追思會，讓我感傷。

十二月一日和龔師餐敘笑談宴宴，幾天後得知惡耗，寫信告訴老師，仁鈞老師往生了，龔師自言，未能在台北時前往探視，殊覺感傷。

是的，當下即是，要活在當下。我們常常因為忙碌，忘了自己的存在，也忘了別人的存在，驀然回首時，什麼也不留存了。想著每一回和仁鈞老師餐敘時的情景，如沐春風，用味覺品賞著感官的存在，讓歡笑伴著菜香而盤桓。而今，仍然留在腦海中的影像逡巡難遣，而照片中的倩笑也只能在夢中迴旋了。

二〇一四年十二月三十日

仰止風德

午後，龔師鵬程約了我和幾位學長、學弟們在溫州街小巷中的咖啡館小聚。昔日老師曾戲言喝咖啡是喝鍋粑水，而今，老師也隨眾點了一杯，從咖啡的選擇可看到不同性格。不能吃苦的我，說拿鐵口感最好；老師說，那怎麼算咖啡，自點了一杯曼特寧，後來，嫌不夠味，略加牛奶；正之學長點了義式小杯咖啡，說，這才夠味；彥光學弟則點了美式咖啡，逸光則不在乎咖啡的口感逕自和老師交談隨意點了一杯。

聚會，老師永遠有說不完的話題與滔滔不竭的學問，如江流直瀉。暢談經學研究，文字學，古文獻等，再談禮學，時光流移，向晚，群隨龔師到時空藝術會場觀覽王仁鈞老師的書畫展。

王師書風多變，主以雋秀雅潔為主，篆、碑、草亦各有獨特風格，在會場中，聽老師和書家品評，後生晚輩的我們，學問不及，連游於藝亦不能，僅能汲取對話精華。

龔師題字：仰止風德。蓋感念一代書家，亦念師恩浩蕩。

二〇一五年二月九日

高山流水：敬悼夏傳才教授

民國九十年（二〇〇一年），第一次參與林慶彰老師帶隊前往張家界參加詩經會議，當日由香港轉機，進荷花機場再轉黃花機場，時值半夜，在機場上人困馬乏，尤其轉機國內線，居然是下飛機檢查，再搭上同一班飛機，在同部飛機上上下下居然號稱轉機，這在當年令人嘖嘖稱奇。

深夜裡飛機抵達黃花機場，再搭車轉往張家界，由於人睏思睡，也不記得路程行駛多久多遠了，只知道在黑夜中蜿蜒前往，一路顛簸，我們在暗黑中沉沉睡去，又昏昏醒來。抵達張家界會議賓館時，看看手錶，已是午夜十二點多了，我們累翻了，但是，詩經學會會長夏傳才，卻精神奕奕地為我們席開二桌的洗塵宴，深夜裡，豈有食慾，只覺昏然思睡，但是，看到七十多歲的夏老還為了等候台灣的我們一團人到來，居然未眠，深受感動，林老師帶領我們和夏老寒暄，問候，話舊，因夜深，第二天還有議程，匆匆用宴，即各自回房打點行李。

凡事總是不用心、不經心的我，只知貪玩，對於議程的內容完全不記得了，只記得在那個大陸還在崛起的年代裡，我們第一次加入詩經學會要繳交美金一百元，這在當時的我們尚負擔得起，而對大陸辦會的學會而言，是一大筆挹注。他們總是將大陸會員和台灣會員分作二種等級，他們繳交一百人民幣，我們則是一百美金，價差很大，但是，我們還是很高興有機會參與這種大型會議，動輒二百多人的研討會。有人戲稱我們是送錢部隊呢。早年，我們到大陸開會，交通、住宿、會費一律自費；大陸學者來台開會，一切開銷由主辦單位承擔；這種不平等待遇，我們見怪不怪了。

初具規模的會議，沒有台灣研討會的嚴謹，既沒有排定議程，更沒有安排特約討論，只有分組進行議程，各自依組別，依序進行口頭報告，互相討論，也沒有時間限制，隨意隨興。會議規模肇造，也是頻繁和台灣學界交接往來，才慢慢樹建規範。不過，在二百多人的議程裡，要細膩討論、對話是不可能的，所以，我也是抱著會議大拜拜的心情參與，而且是為了貪玩景點而與會。大會設在張家界，號稱武陵源，本身即是知名景點，而且林慶彰老師還安排到九寨溝、北京等地旅遊，可遊景點甚多，讓我的心飄浮在景點上，完全不記得會議的內容。唯一，印象最深的是，會議結束後，大會安排大家旅遊十里畫廊，再沿著河谷步行數公里欣賞張家界特有的山形水影，有大陸女學者，足蹬高跟鞋，一路迤邐到水源地，而且還能上天子山呢，實令人佩服之至。夜裡，我還和台灣數位學者在山中夜遊呢。

大家尊稱夏傳才會長為夏老。初識夏老，知道他在詩經研究成就斐然，但是，我不研究詩經，也不著意於此，只知道他的詩經學史一書，在台灣暢銷好賣，而且也是我們進入詩經學的入門鑰匙。他給人的印象是淳樸厚實的，溫文儒雅，不作喧囂評論，亦不臧否人物，和他交談，就是可以安心安然的，不必心虛學問淺薄，會被一眼洞穿，而有芒刺在背的不悅感受，直如春風和煦，讓人感覺溫馨和暖。

歲時匆匆，一別十餘年，二〇一四年，莊老師再揪團前往參加石家莊的第十一屆詩經會議，當時擔任行政職務的我，庶務繁忙，不宜遠行，但是，貪玩的我，為了能到甫開放的圓明園一遊，遂和莊老師們一行前往參加詩經會議。

會議地點設在石家莊的河北師大，也是夏老的居處。高齡的他，應邀蒞臨大會致詞，言談晏宴，聲音宏亮，尤其講述詩經學會始創之艱辛，抑揚頓挫，鏘鏗有力，完全感覺不出他已是九十高齡了。閉目聆聽他的致詞，也讓我細細回思往事。二〇〇一年初識於張家界，於今，十餘年的歲月荏苒揚逝，他仍然執著於詩經學會的活動，仍然鍾情於自己創辦學會所舉辦的會議。致詞完畢，和與會學者拍大會紀念照，只見他蹣跚步出議場，在廣庭前面，我有幸捕捉拍照機會。當時，和他迎面相遇，心中只有一念，拍照，留下珍貴鏡頭，而這個鏡頭，果真是今日我們追憶他的唯一憑藉了。

一路行來，始終溫文儒雅的他，特別讓人感念他曾經遭遇過的不平凡生平，包括蒙冤、囚禁、下放、自殺、力學，最後轉移生命重心，戮力從事學術研究。二月十七日到林老師家中小敘，老師也補述了一段夏老到台灣參加元代經學會議中風送醫的過程，因開刀在台住院一個月，老師細數往事，歷歷如繪。想見斯人，已屆高齡，猶獨自前來台灣開會，對學術的熱忱與執著，令人感佩。斯人往矣，高山流水，不復再見斯人了，特別令人感念萬分。

石家莊會議，其實他身體孱弱，步行蹣跚，只是，不知道何來的神力，讓他發言致詞時，仍然節奏抑揚有致，鏘鏘鳴響。

會後，我們到河間參觀，到詩經村參觀，夏老皆未能跟隨我們前往，這不是他的作風，凡事事必恭親的他，不能隨行，想必體力不支或力有未逮吧。

二〇一六年再隨莊老師前往廣西大學參加第十二屆詩經會議，九十多歲的夏老，可能因路途遙遠，不堪舟車勞頓，遂未能前來與會。在廣西大會中，特別想念當年在張家界的種種接遇情景，想念在石家莊聆聽他致詞的神態自若。

如今，斯人往矣，懿行德風特別令人感念。

二〇一七年二月二十日

青春何在：憶念陳玉玲

夢見亡友陳玉玲，心情百轉千迴，難以平緩。

在燈影光亮的會議廳裡，準備召開學術研討會。這回的主題是現代文學，已邀聘知名學者蒞臨進行主題演講，而且也特邀久未露面的玉玲來為大會進行小論文發表。

太久沒有看到玉玲了，一見到她，立即撲上前上和她相擁，和她寒暄問安，知道她身體不太好，太久未露面了，安撫著她隨時要坐著，要保持最佳的狀態。她的容貌仍是當年的花容月貌，語氣仍是充滿了自信與堅定。不似我，歷經歲月摧殘已是紋路爬上容顏，且鬢髮略見斑白，顯示風燭殘年已是不可逆轉的事實了。

大會講台上，她將親手描繪的**PPT**彩圖一頁頁翻著講述自己研究的心得，我很心虛的坐在最前座，努力地吸收她的創發與新知。講了五頁，她似乎身體不堪負荷，稍適休息。我陪在旁側，與以言談晏晏。恍惚之間，猛然想起，今天我要趕赴另一個會議，遠在花東，而且火車票已託人訂妥了，我急急告訴她，待會要先去趕火車，拿出票券一看，是下午三點多的火車，尚有時間，尚能留下來，我很珍惜我們相處的時間。真的，太久太久了，未能相見，喜相逢的心情溢於言表，讓我興奮地牽著她，繞著她，似乎把她當成明星一樣地寵愛著，而她顯示一貫的自信與堅定的語氣，總是那麼從容與自在，與我的自卑形成強烈對比。但是，我仍然喜歡和她在一起的感覺，可以學習那種從容自在的氣度。

曾經，她帶我拜在王靜芝老師門下，學習書法和國畫，那是一段美麗的時光。當時我們是碩班同學，下完課，她總是細心的挑了小甜點偕我一同搭公車到中央新村老師的家中學國畫與書法。每週一次，她學了很久，功力很不錯，甚有慧根的她，是老師頗喜歡的女弟子。而我呢？初入門，一切皆在摸索中。行書，只能照著老師的龍蛇摹仿，國畫仍在學習皴法，摹擬畫楓葉，畫山水。有時到她賃居的景美家中，欣賞她的畫作，書法，看著她作畫的神態，意態自若，真是迷人。

那一段歲月，我們交織共同的生命，一起讀書，一起作畫，也一起分享生命中的遇合故事。

偶爾她也會翻開舊日的照片訴說自己的愛情故事，說自己的人生經驗，包括一段段沒有結果的戀愛。我卻心疼如此蘭心蕙質的女子，為何總沒有好的桃花？後來，她到香港求學，經濟拮据不在話下，卻從來不曾向我們開口借錢，那一段慘澹歲月，直到申請到獎學金才否極泰來。她學成歸來，立即受聘到靜宜大學。我隨後也應聘到靜宜任教，我們住在同一間宿舍裡。生命的遇合，總是如此的幸運，讓我們似乎又回到讀碩士班情景，親近，親切。

記得初到靜宜那一年，是民國八十七年，最大流星群來訪，十一月的某一天是流星最大值，我們將席子拿上宿舍的天台，平躺著一起看流星，許願，用最歡喜的心情迎接每一個流墜的星星。

生命的滾輪不斷地往前滾動，教人應接不暇。看著她結婚，看著她生女，看著她轉任台北教大，似乎要從我的生活中逸出去了。

在她學術生命最豐盈的時刻，癌症侵襲，教人措手不及。心裡為她悲痛，為她感到難過，好不容易熬過生命中每一個艱難的考驗，但是磨難的關口總在前方等待她迎戰。悲問，為何在最美好、最要豐收的生命季節裡，上天要奪回這一切？

每一回去探視她時，仍然談笑風生，仍是自在自得。

最後一次的同學會，在紫藤廬見面，她的詩集分贈大家，同時也和大家拍照。她笑說，自從生病以後，大家見了她，都要搶著和她拍照。那一天，我們也是努力拍照。她雖是笑說著拍照一事，而我的心似乎在淌血，希望她會痊癒，希望我們的緣份還會久久長長的。當天，她還送我們每人一本詩集：《月光的河流》，將生命的心情流轉點點滴滴寫在其中。但是，隨手一翻，書後，卻有編年紀事，這似乎在預告什麼？

故事，總是故事，再長的故事總有結束的時候。

不敢見她一面，怕心裡起伏難忍。分明知道她住院，就是不敢前往探視。最後，生命還是走到了盡頭，無盡的哀思，也換不回青春生命，喚不回曾經有過美好的記憶了。

同學們一同約好到她的家中為她誦念佛經，希望她能往生極樂世界。在告別式裡，學界朋友、達要貴人一起為她送行，我只能在幽微的角落裡，凝視她遺照中的花容月貌，看著她兩個幼小的女兒，此後，人生前景，少了母親的護佑，又是多麼令人感傷的事啊。躲在角落裡，在祝頌的卡片上寫了：願妳，乘願再來。如果有來生，我們一定要再做最好的朋友，再結一次姐妹情。

雖然玉玲離開我們十餘年了，然而，皎好的面容時時會浮上心臆，幽幽地讓我特別憶念那一股帶有濃濃宜蘭腔調的口音，以及那種堅定的自信。

死亡，將她的青春永遠凍結在花容月貌之中，從我的夢境蹣跚行來，而滾滾紅塵中的我們，仍然要接受生命的磨難與歷劫。

無論如何，縱使夢境相逢，仍然相知相惜，只是心境非昔了。塵滿面，鬢如霜，而明月夜的思念，還能憶念什麼？還能記取什麼？

鏡中花，水中月，世中塵，我們還在五濁惡世中流轉人身，而被凝住的青春仍在夢中留影，只是現實中的青春何在呢？

往事歷歷，在虛虛實實的夢境與現實中流轉，真真令人未辨何者是真？何者是假？

二〇一六年十二月七日

書桌

賢賢列印備審資料，厚達二十六頁，找大釘書機裝釘，釘子用完了，在我的書桌上面翻找。他說：你的書桌怎麼這麼亂，所以才換到那個書桌？

默然不語。無言以對。

家遭變故之後，有二年的時間，無法坐在書桌前讀書寫作。後來，換到伊的書桌前，彷佛，慢慢地定靜心情，才能書寫，才能工作，也才開始重新面對研討會，前往西安陝西師大參加文學人類學的會議。彷佛無心無肺似地，參加著研討會，也不知道自己是否是失心失肺地遊走著，撕裂的痛楚似乎還存在著。只是，殘酷的現實，要真切地面對，也要努力地重新活出自己。

以前，書房是我們共同談心品茗的地方，各據一方，相視而坐，彼此動靜瞭然在目，有時各自忙碌，各自書寫，可是，抬頭就看到對方，呼吸著相同的空氣，體察著彼此的存在。缺乏信心與能力的我，總愛問他一些幼稚的問題，小至生活，大至人際處世以及研究論述，他總是不厭其煩的當我的導師，解惑引領我走出迷障。向來少一根筋的我，人事歷練缺少，識見淺薄，他總要提攜教導，從他的身上，讓我學習各種人世應對的知能，以及論述的能力。

他離開之後，久久無法面對這個事實，總像一個未醒的夢境，兀自穿梭在撲朔迷離的夢境之中。無法坐回自己的書桌前工作，那是一個怎樣感傷的心情？

於是，讓我坐在他的書桌前，感受他的存在；讓我坐在他的座位，不再抬頭看不到他；而坐在他的位置上，可以對視我書桌的角度，那種空位的感傷，是我無法承受的重量。於是，四年來，我變換座位，不再坐回自己的座位，而是坐在他的位置上，感受他看我的視角，感受他的存在。

如此，我將自己的書桌變成了堆積物品的空間，未竟的文稿，堆疊的資料，凌凌散散地堆疊著。而地板上也散放著各式的研討會資料與文件，一袋袋，一包包，文學人類學，唐代會議，環境與文明會議，明清會議，明清工作坊的資料，情志參議以及待寫未寫的文稿。參加了很多會議，發表了許多文章，無力整理，也不想整理，任它堆積著，荒廢著，像叢生雜草般地蔓延著。亂到不行的桌面與地面，必須跨遊、行走其間，才不會撞翻各式成堆的資料與文件，這是愛乾淨的他，不會發生的事。他是愛乾淨的人，抽屜，書桌，書架皆井然有序，被我攻佔的桌面，也開始蔓延著叢林雜草似的書籍與文稿，名片埋塵，文具散亂，資料蕪雜，這是一個什麼的世紀呢？讓我無心打理這種生活的瑣事呢？

如何讓我能再重回清明的心情，去面對生活的點點滴滴，重新梳理出一個潔淨的書房？心亂，書房即亂，無法打理的書房，正是心情的表彰。而這樣雜亂的心情如何寫出清明的文章呢？草草率率地書寫，就像是勞勞草草地苟活一樣，我究竟是活在那一個世代之中？那一個時空之中？

二〇一五年八月十日

重回公館

台北公館，是一個迷人的地方，不僅可訪書肆，嘗美食，遊市街，買華服，看電影，品咖啡，更是友人聚會談心的好地方。

最早出入公館，是高中時代。和好友在段考的下午，一起到東南亞看二輪的名片，茶花女，亂世佳人，齊瓦哥醫生等，也吃吃當時有名的小吃，蚵仔麵線，豬血糕等。當時還有全省最早的金石堂書店，可供我們流連忘返。相約在公館，成為窮學生最美好的記憶。

大學時代，和師友們相約在東坡居品茗，談詩論文，顏崑陽老師的提撕教誨令人難忘。公館也是約會的最佳地點，一同出入書店，訪看施雲山的小書攤，也一同延續著高中時代看電影，吃小吃的嗜好。

婚後，偕伊牽著學步的賢賢，到金石堂閒逛，喝咖啡，讓賢賢在咖啡廳內學走路；也到大陸書店遍訪書籍，既遊且樂，既能談心又能遊玩。

離開台北，寓寄新竹，回台北時日越少，越要趁機到公館走走。春節之前，總要全家一同拜訪公訪，躲在星巴克喝咖啡談心，逛逛市街，嚐嚐各式美食，也買買各式家居用品或外出衣物。

家遭變故之後，遊公館的興致少了，物換星移，人世滄桑，怕感傷襲人，也怕歲時不居，總是匆匆走離。但是，無可避免的，每個月的讀書會相約台大，總是和公館有著若即若離的關係。

重回公館，漫遊在市街之中，舊日情懷重上心頭，青春年少的青澀靦腆，大學時代的論學品茗，婚後的談心遊逛，一一襲上心臆，雖然，街店多有更易，然而，市景規模大抵未變，閒走其中，漫不經心地，知道那一條巷弄通往二手書店，那一家地下室販賣大陸書籍，那一個方位的胡椒餅令人垂涎三尺，那一家服飾店出售時新衣物，那一家茄汁刀削麵刀工可觀，那一家車輪餅大排長龍，那一家水煎包香氣依舊襲人，那裡的Outlet品味尚佳，只是，只是萍水相逢盡是他鄉之客，而我的心情也如此異樣而感傷。

友人大惑不解地問我，何以如此熟悉路徑？默然不言不語，僅能微笑以對。這個曾經是我熟悉的場域，其中的愛恨頑痴，豈是一語可以道盡？

曾經是我最熟悉的東南亞小巷，其中有享譽台北的大腸麵線甜不辣店家，以及名聞公館的冰店，這些店家歷經三十餘年仍然屹立在雲詭多變的公館市街中，看著這些，滴滴點點盡上心頭，這種心情，豈足為外人道也，豈能不有所感。只是，只是，悄然駐立，不想讓別人窺視心情的起伏跌宕，只能低首斂眉而行，只能將心情掩藏成收捲的畫扇，將錦繡繁華的畫面盡收扇骨之中，含藏成無關緊要的風花雪月。

對照著歲時更迭，有著前世今生的乖違感受。匍匐而行的毛毛蟲與頡頏飛舞的彩蝶，竟是前世今生同體異構的演出。

二〇一五年八月十日

訪書肆

四年多以來，似乎無心無肺、無感無知地漫遊在人世間，感受浮生若夢、繁華落盡的滄桑。

以前總是和他一同訪書肆，遍覽台灣的出版品及大陸書籍，走過一家家書店，看過一架架書籍，同遊同賞，同觀同覽，歲月是無盡美好。

他離開之後，鮮少踏進書店，因為他留下來的書籍，整理出五十二箱捐給佛光大學，而在捐出之前，先捐了一卡車的書籍給元培。

書籍，對我似乎不再有意義了，從此，書店也成為絕緣體了，為何如此呢？總是讓我想到，當我物故之後，這些書籍又當如何呢？家中的二十三櫃書籍，再加上研究室的十一櫃書籍，這些，當如何處置呢？

友人尋書，隨他訪書肆。往事歷歷浮上悠悠的心頭。

駐立書架前，文學，國學，現代，譯著，社會，經濟，一一羅列清明，而我的心卻如此地不夠清明，不知道自己遊走在那一個領域中，一會兒現代文學，一會兒古典文學，一會兒宗教思想，一會兒又是視覺藝術，我到底是專研什麼呢？連自己都糊塗了，遍覽書架，找不到著力點，這些書籍似乎無可觀，又似乎是熟稔的。

想著，想著，不由自主地兀立在近代書籍之前，在民國書籍之前，是呀！他往生之前，戮力於近現代以及民國的研究，而我也正朝向這個方向前進，只是，書籍尚未韋編三絕，而人已物故了，忍心將書籍捐出，讓更多人受惠，而捨不得的是，他手編的札記及筆記，堆積在書房裡。還有，他喜歡的書籍，張之洞的書目答問已脫落斑駁，史記也歷盡滄桑了，於是，留下這些，似乎還能感受他的手澤，感受他的溫度，如是而已。

在書肆中，不再像以前一樣，因著他的疼愛而能盡興購買閱讀，似乎漫不經心地遊走在書架之前，因為心情有異，也覺一切書籍似乎無可觀也。於是，挨過一架又一架的書架，像是扁舟遊走在書海之中，如何可以航向彼岸？如何可以重回清明之心？

看著，讀著，似乎，浮生若夢，而我仍在浮夢中遊走著，無知無感地存活著。書籍，似乎不再光華，不再映現知識的魅力，而與我形成平行不交接的星雲軌道。這才體會歲月的重量是日積月累的，而思念的重量是無時無刻不存在的。總在不經意之中，便會浮泛心臆，漫衍成海域，無以泅渡。

二〇一五年八月十一日

名字

從京都歸來，吳伯曜來函，說以前曾與丁亞傑老師共同參加大陸的詩經會議，看到丁亞傑三個字，我整個人凝視許久未能自已，這是一個曾經非常熟悉的名字，但是，刻意從心靈擱淺，不想再看、再說這三個字，因為每一次的重睹，都會引發感傷，會讓我不由自主的流淚，但是，今夜雖然感傷也襲擊著我，卻伴隨著更滄茫的人世感傷，物故之後的我，也不過像亞傑一樣流傳人口之間，或是渺茫地飄度在時空的維度裡，沒有任何意義，也沒有可以追思想憶的。

曾經，在馬來西亞的拉曼大學圖書館裡，看到丁亞傑三個字浮現在眼前，疑真似假，是他的論文集飄洋度海來到陌生的國度，展示在圖書館的書架上，凝視良久，一直以為是在夢中。

曾經，在台北的聯經書店看到他的論文集端端地排在書架上，忍心忍淚地瞧了再瞧，是真是假？這些還有意義嗎？

到了京都，遇見許多學者，很多人對我說起丁亞傑，他們都認識他，而我，到底是用我的身分出現？抑是用未亡人的身分出現？究竟我代表的是他抑是我呢？吳仰湘送我一本新作皮錫瑞的作品，他說，當年啟發於亞傑，遂一連寫了二本書，我不知道他對我說這話，是要我追憶亡夫？抑是要感念亡夫？浮世滄桑，我在人世間飄流，我到底是我？抑是他呢？每一個記得他的人，都要對我訴說與他的一段情誼，可是，我卻要逐漸忘記他，是要讓感傷離我遠一點，讓我可以快樂的活出自己的人生，不要再沉淪在有他的影子之下，可是牽牽絆絆的，千絲萬縷的人生，卻再也逃不出這個魔咒。

普度當天，在系裡忙完課程庶務，處理一堆大大小小的業務之後，匆匆地從台中遠赴台北，只為了在普度這天，到善導寺祭拜亡靈，看看骨灰安措在善導寺的亞傑，五點半，抵達台北，深知善導寺五點閉門，但是，願力告訴我，一定可以見到他，一定可以進入善導寺的。

果真，人潮散去，逐漸在善後的善導寺，大門尚未閉上，我迅速進入大殿禮佛，打電話問大哥，大殿的供號是幾號，他說，因祖先牌位安措善導寺，不必再供養在大殿了，是的，急急掛電話，奔赴地藏殿禮佛，看看丁家列祖列宗，然後再移步到地下室，進入骨灰安措的殿堂，雖然不記得號碼牌位，憑著記憶，穿梭在各個靈位前，立即找到亞傑的位置，看著他的遺照，一派的天真瀟灑，讓我真有今夕何夕的感念。曾經愛過的，曾經走過青春歲月的，曾經一同出遊，一同下午喝咖啡對言，曾經一同談文論詩，曾經品茗月旦人物，而今安在哉？安在哉！

浮生若夢，走在浮世之間，感受自己的不真實，也讓自己活得很不真實，到底要如何才能回歸真實的人生呢？也許，不真實、如真似假就是人生的本質吧！

不敢凝視，不敢張掛遺照，因為怕感傷一直侵襲著，就讓我活在一個飄浮的、不真實的人世間吧！

二〇一五年八月三十日

人間第一眈離別

睽隔一年未見，重相逢，如在夢寐之中。

人世滄桑，可經過多少的海枯石爛，多少的歲月催傷。聆聽，是我的標準模式。本來就是一個口拙的人，加上少話，總喜歡靜靜地聆聽友人傾訴。看著他神采飛揚，談古論今，銓評人物。看著他意氣飛揚，豪邁機辯，令人動容。

是的，活得自信也是一種魅力吧，相形之下，我的幽傷，我的自卑，總要在他人面前潛隱成伏龍，暗自流轉在不見天日的角落裡。潛隱成伏流，暗自潛流在幽暗的溶洞之中，任憑歲月悠悠流轉。

萍水相逢盡是他鄉之客，活在此時此刻的我們，究竟是活在現實面，抑是活在別人的眼光之中？我們是逆旅之客？抑是回來的歸人？如何瀟灑的做自己，其實是最深刻的背叛，能夠自然自在的生活，不要活在別人的期待與眼光之中，何其難呵！

浮世名利未可計數，而我們又能如何坦然面對自己？

重逢如夢，我們是在夢中築夢？抑是夢醒之後，悵然依舊？

人世遇合，本也是冥數未定。無法言說的感傷，也總如芳草萋萋滿眼。

何年何月將在何處遇合？人世傷別，不僅是在曉風殘月之際，更在車水馬龍之中。不僅在流光之中，更在流光之外。

未敢預約下次見面，總知道，人生有很多的巧合，也有很多的無常。

自是浮生無可說，人間第一耽離別。

二〇一五年八月十七日

孤雁人生

曾經有一個寓言，說孤雁替群雁守更，狡猾的獵人以虛張聲勢的方式讓忠心守夜的孤雁失去同伴們的信賴而紛紛被捕捉。這個故事的寓意是告訴大家要居安思危。

然而，她眼中讀到的寓意卻與別人不同。雁子是一種忠誠的禽鳥，一生只能有一個伴侶，當伴侶因故死去，牠就變成孤雁了，從此永遠不能再找其他伴侶了。孤雁成了永遠孤獨寂寞的孤雁了。

這個故事永遠銘記在她心頭。

為什麼孤雁從此不能再找伴侶？是對死去伴侶的忠誠不二？抑是為真誠愛情而必須踐履？死生有命，富貴在天。誰能夠預知匹配的對象，究竟有多長的歲壽可以廝守？誰又能夠預知是否有足夠的福份可以白頭相守？誰又能夠承受失偶悲痛之餘，還要面對群雁負以守更的任務而不怨懟？如果孤雁太多了，是不是可以將這些孤雁匹配成對呢？這究竟是禽鳥世界的愛情觀？抑是人類所不能理解的忠誠性？

這個故事，點滴在心，因為她也面臨相同的處境。

她常常想，是不是自己福緣不夠，以致於相愛相知的二人無法白頭偕老？是不是前世燒不到好香，讓心愛的丈夫突然走離她們相愛相守的世界？是不是冤親債主在向他及她索討積欠的冤債，使他必須早逝，而她必須承負這種喪夫的悲痛？
沉淪在悲傷的流域之中載浮載沉，讓她不斷地以悲沉的心情面對難以結痂的傷口。
死生有命。他的死是命中註定嗎？
富貴在天。誰又能預知這個喪夫的劫難在等她應劫而生？此後又將如何面對這種傷痛呢？
從此她必須以孤雁的心情活在人世間嗎？抑是可以尋找更快樂的人生呢？畢竟孤雁的心情不足為外人道，而別人多餘的勸慰也似乎不必要多費唇舌？那麼她將用什麼樣的心情來度過餘生呢？青春已逝，而臨老初衰的年紀，最是尷尬，不能像年輕人追求美麗的愛情，只能向著暮年前行的破舟。
這就是人生嗎？必須讓她誠實勇敢地面對死亡事件，這種無法白首終老的困境就是她的人生嗎？到底能否衝抉羅網呢？能否不被窒息的悲傷所淪喪？
看到成雙成對的老夫老妻，令她無限欣羡，什麼樣的緣份才能讓男男女女找到相知相愛的人？又是什麼樣的福份才能讓相知相愛的二人白頭偕老？
不敢做的事變得太多太多了，不敢一個人出遊，不敢一個人在外獨食，不敢一個人逛街，怕那種孤獨寂寞的心情被窺視，被知曉，於是，深鎖樓台的心境，猶如燕子樓的關盼盼，只能在夜深人靜獨自品味孤獨的況味。
以前，在市街上或是在路旁看到拌嘴的夫妻，總是想不透，既然成為夫妻何必我執太深呢？念此刻，卻要反向思考，有人與你拌嘴爭執也是一種難得的緣份與情意，至少有人在乎你，至才有人可以與你互動。此時，讓她深深羡慕猶有人可以拌嘴的熱鬧，總比死生睽隔不能言談的孤寂好得太多了。

漂流木的心情

曾經，像一棵植根很深的林木，在森林中呼吸清新的空氣，享受著蓊蓊鬱鬱的枝葉開展的清暢，每天迎著晨曦，舒展臂膀，讓陽光篩過枝幹，讓每一寸的肌膚感受大自然美好的力量在加持著，活著，是一種被賦予的神聖力量，讓我可以儘量開展自己的枝葉，寸寸向上發展，寸寸被綠葉包覆著，美好舒暢的活著，是可以和自然共呼吸與收翕的。

不意，竟被橫遭亂砍，棄置荒野，終因流水漂移，我成了一段移根的漂流木，沒有根，讓我無法附著與固定，註定要帶著流浪身軀漂移在五濁混世之中浮沉，似漂流在汪汪無邊似的海域之中，沉沉浮浮。

失去心愛的伴侶，沒有可以對話的人，沒有與談的人，那種孤獨，那種寂寞，像一段漂流的浮木，無根漂移而終將在茫茫的水域中漂流，椎心泣血的痛楚，成為不能結痂的傷口，不斷地，汩汩然地流出殷紅的鮮血，不可止血的傷痛，終將因為失血過多而枯死成為亡靈。我是不是一具銷亡的靈魂，一直飄遊在塵世之中，茫茫的人海之中，誰是我可以傾心相訴的對象，誰是可以愛我護我的人呢？誰又是可以護持我如同我護持他一樣的彼此相愛而能相偕以老？

漂移的浮木，無根的茫然，沒有目標的茫然，沒有力量的茫然，沒有相偕以行的茫然，只是一段漂移的浮木，終竟將如何完成人生的行旅呢？終究將如何完結這種了無結局的漂流呢？

也想重新植根在清新的泥土中，也想重回森林呼吸大自然給予的清新力量，也想重新開展清翠的綠葉在藍天白雲之中，也想和夥伴們形成一片蒼翠如海的森林，可是，斷枝移根，漂移四方，何處是可以止宿之處？何時是可以停止流浪的歲月呢？無根的漂流感，是一種很深的傷痛，在茫茫的人海中，你只能讓大世界移流你的身軀，而無法讓自己創發更美好的人生，這種漂流無根的心情，有誰可以讀懂？讀懂那種落寞悵然的無根的心緒？

重相逢

夢。

夢中，又和亞傑重逢。

如昔，夫妻，生活在小閣樓中，親切、溫馨、話語。

未知為何事，我們互相對話，未知為何事，我們攜手共行，未知何事，我們在閣樓中生活如昔。

一直覺得亞傑未曾遠離，只是去很遠很久的地方，隨時會回到我的記憶中，回到我的心頭上，回到我思念的海域之中，回到我想像的世界之中。每一個念頭，每一個分寸之間，他就會重新回來，讓我直是感覺，他一直未曾遠離。

究竟是我太思念他了，未曾放下他，抑是他捨不得遠離我們母子，仍然逡巡在我們徘徊週遭不去？

前世，我們是何因緣，以致於此生此世要用思念來彌補空缺的餘生？

來生來世，我們又將成就何種因緣，來完成此生此世未竟的情愛？

相信有輪迴嗎？那麼人世間的遇合，又是什麼因緣呢？

二〇一五年十月六日

浮世若夢

夢。

夢見與亞傑言談晏晏，溫馨對話。醒來知是夢，猶留著夢影在心底。

浮世亦如夢，想像隨著意念與臆想，可以往返於虛與實的境域；也可以悠遊在浮世與夢境之中。到底何者是真，何者是假已不重要了，讓自己時時活在快樂的境域裡，無論是虛或實，無論是夢境或是真實，總要讓自己快樂，才不辜負此生此世。

為自己快樂，不為別人。活著是為自己，不是為別人。有人對我說，為了讓亞傑安心，你一定要快樂。這句話，不甚了了，我也不愛聽。因為他已未知道何世何域去流轉人身了，焉能記得此世此生呢？而且他的靈也流轉到別的年歲的人身之中了，豈能留在初初的此生此世呢？所以，不要相信這種話語，也不該相信，也許他在天堂，也有自己要忙的事，早已忘了人間種種，或他流轉肉體人身在塵寰之中，也在忙著自己的成長，如是可能，現在也是五歲之齡了，焉能記得浮世之中還有人在思念他？於是，放下這一切，一切皆是人心所造作的內容，不需要想太多，只要為自己活就好了，快樂活自己，努力成就自己，努力奮力，只為了張揚自己存在的意義，不必在意已死之身的他了，也不必眷戀死後是否重逢，這是佛教輪迴以此果報勸人為善，何必一定要執著在這個果報裡？何必執著在這個輪迴裡？如果人世無輪迴，如同西方宗教的信仰，只有上天入地，絕無靈魂流轉之世，則又何必如此眷眷難忘呢？念昔日情景皆已如雲如煙，能面對的是，真實的人生，每一刻，每一時，皆要讓自己歡樂。因為無常，更要珍惜眼下所擁有的一切，也要相信，此生此世就是自己一個人的奮鬥，何必去想來生來世呢？此生奮為，只為了彰顯此生，與來世無涉。也不必預留來世的福報了。遭逢如此不幸，只是為了更了脫人生的苦與樂，能更釋放自己的感受，能更自在的放下一切吧。珍惜與寶愛，終究是一場空，只要努力活在當下，讓自己隨時快樂自在，才能脫離悲情，才能讓自己更有能量活下去，更有意志力往前進。

因為學術，因為研究，可以挺立生命的風姿，生活與生命有了著力點，以此為核心，往外伸出的圓，是可以奮力作為的了。常常想，此生此世就是如此了，沒有更好，也不能再更壞了，只能迎向前去，向前進的方向走過去了。

人生，就是在當下享有一切，也在當下完成一切。努力活著，努力彰顯存在的價值，讓自己的光與熱、讓自己的熱能能揮灑出去，活得昂然自在。

二〇一七年二月二十六日

夢中知多少

夢。

已經未知是多少回合了，常常夢見亞傑。

這回又夢見他回來，只是夢中的我，並不是像久別重逢一樣的喜悅，而是用一種很平常的心情面對了。而且很清楚自己的心情是：習慣他常常未歸，也習慣他常常很久才回來一次，一種稀鬆平常的心情看待他的歸來，不再像是第一次夢見他，是我向佛菩薩求回來的興奮；也不像過去，期盼很久很久才歸來的興奮；更沒有過去，一起旅遊，一起生活的日常行為。這回，真的是平平的心情而已。

在夢中，很奇怪自己這種平常的反應。醒來，也還是未能像以前一樣的悸動，立刻打開電腦書寫下來。而是，開始反思，是不是他的歸來或不歸來，已不是那麼重要的，也象徵他逐漸走出我思念的海域，也象徵他的存在對我已不是那麼的重要了。是不是如此呢？我也不想問自己，因為此後的人生，是我自己的人生，與他無涉，而且也不會有他的存在。他未知已到何方去流轉肉體人身，我們人世間的思念，只是空存思念而已，流蕩在宇宙之中，沒有意義，也沒有價值了，何妨，讓自己努力走出自己該走的路，讓自己擺脫悲情的人生，努力活快樂吧。

如果是前世因、今世果，我們品嚐也如此深刻了，不要再自陷泥淖了，要勇敢走出快樂的人生，努力讓自己此生此世去償還前世因果，也讓我能夠更有力量去活出更有能量的人生，努力撰作，努力生活，努力活出亮麗的自我。

戴勝益不相信輪迴。我是信或未信呢？如果真有輪迴，我們將在何時何處可以再重逢？九重天，萬重天之外嗎？千年，萬年之後的劫數嗎？

宇宙空空渺渺，只能說，我們努力的存活在此生此世，就讓此生此世以永恆光亮之姿存在吧。

二〇一七年三月六日

市場

到傳統市場採買食物，有一條走道是必需要經過的，它是市場的出口，從出口走出來，可以買到更多的蔬食，而我卻必須刻意不能左顧右盼的經過一個豬肉攤販的面前走過，佯裝不相識。這是很尷尬的一個走道和場面，但是，數年來，必須如此佯裝不熟識的走過去。

為何要如此呢？為何要故意佯裝不熟識呢？為何？為何？

以前，亞傑每週陪我到傳統市場買菜，這位面容可掬的女豬肉攤販和丈夫一同經營肉攤，我常常和亞傑駐立在她的攤前買肉，絞肉，肉條，五花肉，肉排，或是要滷的肉，都會請她幫忙切、絞、處理，她也很熱心地幫我張羅豬肉的各部位，說明那個部位可以煎，可以炒，可以滷，因為她的熱心，習慣每回偕亞傑到她攤位報到，她總是叫亞傑帥哥，當然，這是禮貌稱呼，並不代表亞傑是帥哥，但是，我們也很樂意接受這樣的稱呼。

有時，我會買了酸菜，讓她隨著豬肉絞成肉泥，這樣，就不用自己剁肉剁酸菜了，炒絞肉酸菜，是賢賢帶便當之用，因為酸可以開胃，且絞肉有蛋白質，很營養，如此炒法，可以胃口大開，帶便當也不用擔心菜色變黃，因為本來就有點偏黃，再加點辣椒，可以點色提味。或則買了菜瓜或醬菜，讓她和肉一起絞，可以滷醬肉，吃飯時澆在飯上面，因為有點偏鹹，也是開胃下飯的時菜。

習慣早上七八點和亞傑到她攤位上報到，她總會拿新鮮的肉品給我，我也很習慣每回到她到攤位時，很親切地大喊：「老闆娘，我來了」。老闆娘會笑呵呵的問我，今天要買什麼？豬肝很新鮮喔！腰花很不錯喔！努力張羅我的需求，而亞傑則靜默地一逕地站在旁邊看我和老闆娘交易。

亞傑往生之後，我依舊習慣一大早到她的攤位買肉品，她會問：今天帥哥怎麼沒有來？我隨口說，他還在睡覺呢！

又一次，她問，帥哥怎麼沒有陪你來呢？我隨口說，他去上班。

經過幾次之後，我還是不想讓她知道亞傑往生的事，這種悲傷的事，只能讓我自己獨自處理，無需陌路人替我垂淚或感傷。

因為這樣，我變得不喜歡和她交易買肉，不喜歡和她打招呼，變得故意要閃躲她的眼光，變得要繞路而行，或是佯裝直行，不能再旁顧左右了。這樣已經五年了。很長的歲月，就這麼匆匆過了。

今天早上，我在她的斜對面菜攤買菜，餘光看見她在看我，我且佯裝不識不知地挑選高麗菜及白菜，分明知道她很關心我，也想和我打招呼，但是，我們都假裝成陌路人，不再打招呼，佯裝不識，過去的那段買肉的歲月已成為過往了，此後，她只能看見我孤獨的背影獨行在市場的甬道中穿梭了。

斯人已矣，夫復奈何？

高山流水，千載之下，何能重啟於九泉之下呢？

這就是命吧，情緣苦短，人生苦恨，怨不得，也說不得，只能潛藏在內心深處，往伏流裡流逝。

二〇一六年十一月十一日

入味

茶葉蛋如果沒有裂痕，怎麼能夠入味呢？

在歷經死生變故之後，要面對的是好友們的關心與涉入，讓你一次次重溫死亡事變的經過，你必須一回回重新敘述那種椎心之痛，那種痛徹心肺的撕裂感，活生生地在話語中的唇齒舌牙之間流轉。而且不是僅有重溫你自己死生契闊的經歷而已，你也必須去接受、聆聽、感受別人曾經有過的椎心之痛。他們或她們，用過來人的身分，告訴你一段段屬於她們或他們的走過的故事。這些故事，灌注了他們的淚水，他們的青春，也揮灑了他們曾經有過的艱辛歷程，一個個故事，讓你分不清究竟是自己的悲傷，或是他人的悲傷，在你的心版烙下深沉的刻痕。

首先，是某個朋友，平時沒有什麼交情，僅是點頭之交，此時，在獲知你歷經這場事故之後，她突然打電話給你，告訴你一段隱藏在她內心深處的私密故事，說她年少喪父，母親體弱多病，她從小就必須承負這種無父病母的憂傷。是的，這是一個令人難堪的成長歷程，於是，你不僅要承負自己的感傷之外，還要再加上一點點的重量去承受朋友的故事，一個曾經青澀難堪的成長歷程。

美玥的故事，也是一個悲苦的滄桑歲月，丈夫在她懷第三胎時，車禍亡故，從此，她要母兼父職，獨力撫育三個子女，看著她沉毅的臉容，二十多年的歲月也鐫刻不少的悲傷，此時聽她細細說來，像在訴說一個事不關己的故事一般的靜定與澄澈。

美惠，也是一個青春年華喪夫，懷第二胎時，丈夫心臟病發往生，守著孩子，奮力撫育孩子，最後，以從事志工服務的療癒方式來面對自己的人生。

秀女，告訴你，他的弟弟因為長年病榻煎熬，終於耐不住折磨往生了，而妹妹也在翌年自殺往生了，她必須承受二年內失去二位至親的痛苦。

在她們對你傾訴這些陳年往事時，彷彿在訴說一則遠古的傳說或神話般的遙遠，你必須在他們閃爍的淚光中，思考自己的定位、走向及如何去安慰這群比你更早遭逢到人生劇變的哀傷，而你也必須從他們的身影去尋訪自己可能的行影姿態與行徑。

喪夫之痛何人能解呢？喪失親人的悲慟又是如何的牽繫心思，朝朝暮暮的沉淪與想慕呢？於是，又有一群朋友，好心的想牽引你進入宗教的境域，去化解這種悲苦，讓你如實體會死亡不過如夢幻泡影的過程。

賴老，曾經是你最死忠的好朋友，此時，聽聞了你的遭遇之後，她想渡化你，牽引你走出悲傷，藉由宗教的力量，導引你體會人生原是一場聚散離合的因緣。於是，帶著你進入一個自稱擁有古佛國的禪師座下，讓你體會人世三魂七魄的過程。並非對宗教一無所涉的你，很訝異在某個假日的清晨，一群善男信女排隊魚貫進入會場，整個進場的流程非常的企業化，必須刷卡（會員卡），穿戴禪服，佩帶佛珠，定靜打坐，接著再聽聞禪師開示，整個會場充滿了虔誠肅穆的莊嚴氣氛。但是，你隨意參觀時，居然看到一座碩大的金身盤座在會場的入口處。你因為不能接受在世的人，居然接受弟子塑造金身膜拜的宗教，於是你謙稱因緣未聚足，逃之夭夭了。

接著，是你最可親可愛的學妹，導引你進入一位明師的座下，希望能讓你解脫、了悟人生無常之苦，但是，入會須由熟識人牽引才能加入，而且先經過三個月的佛理教導課程的學習之後，才能正式入會，以後每個月繳交二千元的會費，凡此種種層層限制，讓你心生狐疑，而在分享會中，你一直聽到大家皆一致推崇有一位明師再世，我們恭逢明師，應該及時入於座下，在這種明師難逢的話語中，聽不到一句句對佛理深義的解析，只是一直讓你明明白白的知道他是明師，你必須追隨座下。當然了，你不能接受這樣的說法，因為宗教本就應該是開放式的，隨時隨地想參加就參加，而不必經由特定的人推薦引導才能入會，再則捐獻供養金也應是自發性、自願性的，不是被規定與固定的。於是，你又因緣未聚足而脫離了。

你是不是像一株無根的浮萍，浮遊在塵世人海之中飄遊呢？沒有宗教作為後盾，是不是人生就像飄浮的蓬花柳絮呢？

如是，又有一群朋友，知道你孤獨，知道你寂寞，想導引你做一些有意義的事情。首先，是好朋友帶你加入她每個暑假必定會參加的兒童成長營，這是一個文教基金會主辦，在卓蘭象山買地自建，成立報恩殿，也蓋了一些精舍，讓大專志工隊、兒童成長營、教師志工隊在此受訓，而她有時是負責擔任成長營的導師，陪著孩子住在山上七天七夜，或則是擔任講師，講授一些地震或地理常識，或是激勵孩子們正向思維的人生觀課程，在山上，你體會了奉獻無私的大我存有，似乎，意義是建設在服務的本質上。

下了山，你又投入滾滾紅塵之中，在塵世之中奔走，到考選部參加閱卷工作，和學生會談論文，回到家，你又開始評審稿件、撰寫評鑑的項目及審閱學生的論文，似乎，忙碌不因為你的心靈空虛而空虛，孤寂依舊，只是忙碌未曾中斷，於是，你重新審視自己存在的意義，究竟在空忙中流逝歲月？抑是在意義中成就自己？那麼，什麼是活著的意義呢？什麼是存在的意義呢？你不斷地逼視自己的心靈，什麼才是你可以不悔的追求呢？曾經，你以為追求學術是不悔不尤的職志，在寫了近十本著作之後，看到亡夫留下的遺著，期刊論文及專書陳列在你的書桌案頭上，此時，什麼是意義呢？學術似乎不再是無限上綱的意義了？寫作，不再具有驅動力了，那麼，什麼才是意義呢？或則什麼才是可以追求的呢？或許意義不再是意義了，意義是因人而變，因人而設的，而站在天宇地宙之中，什麼是定位點呢？是用存在的意義來定位自己？抑是用定位點來肯定自己的意義呢？

你不斷地回想，當你親臨山東尼山見到心愛丈夫的遺體時，那種悲涼感驟生心頭，一句遺言也沒有留下來，讓你悲傷萬分，引魂回歸台灣後，大體隨後跟回，望著嬰孩似的睡姿的亡夫，你心裡的痛，當然是最深刻的，比起任何的親人學生師友們的感傷更深刻，從此，夜夜孤眠，是你必須獨自品賞的況味了。

有一段時日，你不想回家，每天揹著筆電到摩斯漢堡店淪喪歲月，其實在那裡，什麼也不做，只是讓流光一寸寸的流逝而已。耳畔響著別人的吵雜聲音，你漠然像一座海島孤嶼，像一朵浮雲，像一朵靜蓮，在聒絮的人世中，盛開成一朵截然與世格格不入的孤絕。

還有一段時光，你每逢假日常有不知所措的情形，因為以前假日就是出遊的快樂日子，你如何面對這種孤寂的況味呢？於是走向人群，是你唯一的選擇，讓人潮的話語與喧鬧將你的孤寂逼出體外，讓你的腳踏在萬丈紅塵中，便能夠如實的感受人世的種種過程與閱歷。

也有一段時日，不斷地參加法會，誦念經文，讓經義了卻你的塵俗世念，但是，再多的誦念，也換不回一個青壯的歲月了，面對現實，成就現在，是你必須即時完成的事業，在佛的召喚下，你還是懷疑，真的有淨土，真的有佛國，真的有輪迴嗎？站在金剛法會的壇場中，念著：「一切有為法，如夢幻泡影，如露亦如電，應作如是觀。」是的，一切有為法皆散作泡影夢幻，浮生若夢，亦如是觀。看著眾生，看著善男信女虔誠地誦經，想要修來世而有所作為，可是，真的有來世嗎？誰能知覺體會？果真有前世今生嗎？一切的修為真的可以為來生來世換得福慧雙修嗎？或是了決冤親債主的因緣果報嗎？看著眼前虔誠的信女們依照位階不同而有不同的衣飾品位，黑長旗袍、白長旗袍、綠長旗袍，或是做仙女舞姿，這服飾是佛教信徒的品位，可是，在人世間，這樣的品位又有什麼意義與價值呢？旁邊有一位婦人高聲誦唱佛經、偈語，這些經眼成誦成唱的經文要義，是她花費多少時間與精力才能成就如此大功德呢？他們皆相信此生此世的修為是為了來生來世的福慧，可是果真如此嗎？相信因緣果報，相信福慧必須種下善因緣，可是歷經死生變故之後，讓你懷疑人世的因果。上天報施善人，不是想像的規則與理序，更沒有可以追求的規律性，似乎只能默默地承受、感受，學會面對一切生命榮貴卑賤，學會面對才能有力量去承負、去承受，並且學會割捨與放下，學會一切有為法轉瞬成空，如是，是否還要有所作為？既然一切有為法是虛空的，何必追求呢？來生來世是否太過於虛空了，太不可捉摸了，又何必執著於此生此世的修為呢？又何必在意今生今世的福緣是否俱足呢？浮生若夢，為歡幾何？是的，可以追求歡樂，可以讓自己縱浪大化，歡喜一生，不必在意悲苦與哀感。

退回孤寂的高度，想著不同的宗教用不同的儀式來對治生命中的生離死別，當你努力誦經時，是不是可以超荐亡者到達西方極樂世界？來年，當你往生之後，是否可以再知遇你思思念念的人於天國或人世之間？佛教講輪迴，何處重逢？何處流轉形軀？在忘魂湯喝過、奈何橋走過，是否還能重續舊緣呢？人生因緣聚會，死後異途，更不知道何處重逢與知遇。

如是聽聞，轉入深沉的閱讀義山詩歌，讓你重新體會死生睽隔的傷痛，閱讀元稹流轉在悼亡的悲傷中，也許那曾經是你前世的心情，衍成為今生今世的心情，流轉的歲月，不斷地從唐代流到而今，從古流到現代，那一份深情執著仍是不變，仍是感傷，究竟那是你前世所寫的詩句，用來印證此時此刻的心情？抑是今生今世用來體證前世流轉的心情？無論是前世，或是今生，在索漠的無名之中，證成過去與現在，是人生唯一不變的心情的刻度。死生契闊的感傷，漫衍成歲月的滄桑，題寫在不同世代的人的心靈之中。

生命的隕落，對他人而言，像一場花開花謝，像一陣輕風飄灑。但是，哀感卻永遠留存在親友的悲思之中，於是，讓你重新體會，靜靜地感受社會上的各種死亡事件，鳳飛飛的遽逝，盡職火車司機的英年早逝，遊覽車司機為救全車人的性命犧牲自己亡故，在閱讀別人死亡事故的過程中，也同體同感地體會家屬的悲傷，似乎再一次體證這種椎心泣血的傷痛，走過了，才知道深刻的傷痛是一種印痕，雖然會結痂，卻永遠無法撫平。於是，你也從死亡事故之中，學會了更深沉地去體會別人的傷痛，體會遽逝的傷痛是一種永遠無法療癒的傷口，停在胸口，隨時會汩汩流出殷紅的鮮血。

停在生命的驛站中，凝視與對望是一種什麼樣的心情呢？百千萬劫難遭逢，是的，在遇合之間，要懂得珍惜，懂得惜福，風雨人生依舊要你自己努力跨越，沒有波折的人生是什麼樣的福緣呢？走過風雨，只有如實面對，才能真實享有，才能真切擁有。

如是，不圓滿，成就體會；缺憾，成就哲思。你再細細品味周邊的友朋，有人秀外慧中，獨缺婚姻；有人夫妻情深，獨憾無子；有人事業有成，獨子卻罹患罕見重症；經由他人的不圓滿與缺憾，你才能細細咀嚼入味的人生。

不圓滿的人生，才讓你懂得擁有，懂得活在當下。

安寧病房

偕三妹前往三總探視二妹婿。

罹患大腸癌二年有餘，發現時已是第三四期了，逐漸在擴散了。我一聽心裡覺得不妙，但也總是要寬慰對方，何況夫家的弟弟早年罹患淋巴癌，醫生判讀不超五年，如今十餘年了，仍然生龍活虎，而且吃喝玩樂沒有一樣少過，肚皮吃肥得像懷孕六月一樣大腹便便的。只有快樂，才能提高免疫系統，只有放下，才能讓自己釋壓。從認識二妹婿以來，一直覺得他不快樂，很少笑，與他童年的成長經驗有關吧。

踏進三總，依照二妹給的病房號碼前進，五樓，51222，走出電梯，繞了一會，還是找不到，問了護士，才依照指示方向前進，在隱秘的角落，一看，心裡涼了半截，是安寧病房，我害怕緊張的走不下去，牽著三妹的手，心裡很難過，心跳加快，心想，是不是到了生命後期了。

之前，二妹一直不肯讓我們前往她家或是醫院探視他們，我們也怕打擾他們的作息與化療復原的期程，中秋節曾到她家中探視，狀況似乎尚好。如今，住進安寧病房，應該是心裡有了準備了。

日前聽三妹轉述，二妹哭到眼睛流血，真令人不捨，這種哀傷，我最能體會，因為我也在三年前喪夫，一個生龍活虎的丈夫前往山東開會，未料，竟一去成永訣，沒有心理準備，只能面對這種事實，三年走來，很辛酸，也很怕人家詢問。而二妹婿罹癌二年有餘，相信他們心裡都有準備了吧，房貸立即還清，將所有的帳戶款項轉到二妹名下，這種動作其實也在預示他們知道未來了，最傷痛的應是二妹吧，年紀輕輕，二個孩子還小，當如何面對以後的日子呢？

踏進病房，故作輕鬆狀，閒聊，看著二妹婿喝著流質的食物，平常貪好美食的他，此時此刻看到這種情景，情何以堪呢？

趁著他睡覺的空檔我們到外面的會客室小聊一會，原來，他們也知道這是一個不可逆的事實，甚至，二妹婿知道自己危急時，還用LINE傳給同事說，再不來探視，恐怕就看不到最後一面了。原來，他也知道自己的情形了。這是一種什麼樣的心情呢？看著自己活不了多久，活一天是撐一天，生命一點一滴在淪逝，在流失，真的，生命有很多苦難，可是活著總還有希望，還有很多的可能，有很多可以做的事，可是，當眼睜睜的看著自己的生命在流失，是一種什麼樣的哀感呢？

聽二妹說，住進安寧病房，一定要簽署放棄一切急救的措施，才能入住，而且只限二週十四天。她簽不下去，讓妹婿的大姐簽名後，自己才敢簽名，是呀，能捨得不急救嗎？可是看著病人的病痛，能忍心嗎？這是兩難，最後，決定住進安寧病房，才能讓病者有莊嚴，減少病痛的離開。

住進安寧病房，打了嗎啡，減緩病痛，二妹婿覺得很舒服，故而一邊看電視，也滑手機，傳LINE給同事或朋友，甚至還會罵人呢！我們心裡不捨又能奈何呢！生老病死，何人能免，我們要更堅強的，快樂的面對人生，看輕一切吧，讓自己可以更自在的活自己，不要追求不可能的煙花水月或是不可實現的人生夢想。既然不可免除的生老病死，我們只能看淡，也只能活得更自在。在這個五濁混世之中，我們每一個人皆是過客，我們要輕鬆揮灑自己的人生彩筆，好好書寫，好好過活。

二〇一五年一月三日

悼楊曜鴻

小駐懷德堂前，凝視著楊曜鴻的遺照，瘦小斯文的臉龐，似乎演繹一生的清歡與悲苦，思緒蜿蜒流洩而出。

初識，夜晚，在淡江的側門街上，我和二妹在尋找租屋，巧遇也在街上找屋的楊曜鴻，很奇怪，瘦小的他，偏偏和我們逆向而相逢，陌生路人，竟然因為租屋而相識，他介紹我們到某個自助餐店巷弄的樓上，談妥，我和二妹便賃屋寄住在淡江側門。因為一同考上淡江，一個就讀大學，一個讀研究所，就近租屋一同生活。

後來，二妹便和他相戀，結為夫妻。這就是緣份吧！街上那麼多來來往往的人，偏偏和他相遇，相識，註定結識在街上的因緣，是月老許下的，或是前生承諾的吧。

感受他，不是一個快樂的人。小小的臉容，似乎要承載著許多歲月的滄桑，許多童年的不愉快。他不輕易向別人吐露心聲，也是一個不容易快樂的人。大喜大悲從來與他絕緣，卻是一逕的認真樸實的做他該做的事，從求學、工作，到結婚，為人夫，為人父，與我們結為姻親。

在淡江的歲月裡，我們各自為著課業在打拚，鮮少對話，看到的是匆匆一瞥的臉容，打個招呼，或是背影相視而去，或是簡單話語應對著，很少有機會和他多談，他總是一幅不文不火的斯文樣態，喜怒哀樂，不易形於色，小小的身軀似乎要張羅、聚斂許多的人間恩怨情仇。

他的家鄉在嘉義，位於都市與鄉間的交接地帶。結婚時，前一晚，我們家族搭火車南下，先宿旅舍，第二天迎娶，婚宴在路旁搭建棚架辦桌。這是我第一次參加辦桌的婚宴。對於他的家人印象，是提親時，雙方父母對坐在我家中，他們帶了象徵吉祥的酒，代表久久長長，帶了蘋果吧，代表平平安安。

二妹選擇他，是姻緣註定吧。二人差二歲，女大男小，外形長相，妹妹比較好，對於婚姻，完全由他們自主，在大學畢業後，楊曜鴻考上海洋研究所，暫住家中，省去租屋費用，二年碩士畢業，當兵二年，才論及婚嫁，感情穩固，育有一兒一女。二妹是位能幹的人，工作之餘要張羅家庭兒女，而他因為工作關係，常常外派到深圳出差。

二年前，血便，檢查時，已是大腸癌四期了，所謂四期就是擴散期了。我心知不祥，卻不能說什麼。二年經過許多化療，也裝胃管，排尿管，一個瘦小的身子要承受化療的痛苦，還要忍住癌痛的腹痛如絞，似乎，悲苦從來沒有遠離，也似乎很少看到他笑過吧。

他喜歡美食，也吃保健食品，可是，竟然罹大腸癌，要吃最清簡的食物，每當腹痛如絞時，他瘦小的身體似乎要承受人間的苦難。

如今，壯年往生，讓我們感傷不已，而二妹此後的人生，當孤寂無人可語。這種寂寞，我能體會，也能感受，因為亞傑在三四年前往生，同悲同苦，在這個五濁塵世之中，情緣流轉，在在考驗我們的喜怒哀樂。

經過三年的悲痛，而今的我，似乎也能看淡人間情緣了。只是新寡的二妹，人生還漫長，兒女尚小，我們的援手似乎也是多餘的，二妹向來就是堅強的人，也很有韌性，此後人生，要一個人獨力面對風浪。

希望楊曜鴻一路好走，乘願再來。若有來生，也許我們還會在某個街陌上相遇，相識。也許，我們還會有更多言談的未來，以補今生不足。

肅穆的靈堂，香水百合襯託著潔淨與清氛，在悠揚沉重的輓歌中，願你一路好走，不再苦痛，不再淚流，不再悲願難捨。

二〇一五年二月九日

死亡紀事

夢中，遇見死亡。

夜裡，在靈山寺裡，熙來攘往，供桌上布滿了各式水果與祭品，而我被告知，明天將死亡。是大限來臨的死亡。大家忙碌著，我則吃著炒飯，其實，最不愛吃炒飯，只有飯，而無餡料，最是無趣的飲食，但是，此刻的我，努力地品嚐炒飯的美味，醬油的滋味，豬油的口感，以及一點點綴飯色的青豆仁。努力吃，並不是因為美味，而是珍惜在人世間最後的一餐，一餐之後，神魂縹緲將歸何處，不得而知了，而且不想做一個餓死鬼的我，只能努力的飽食。

心中並無牽掛，亦不努力做最後的爭取或是留下什麼事功，漫散地遊走在寺廟中，心裡只是想著，明天是死亡之日，那麼，明天之後的我，將沒有意識地流轉何處，未可得知。同時，並不怖懼，不憂心，只是事實地接受這樣的訊息，也許人世無可留戀，也許是人間缺乏可以追求的目標，或是可以張揚的努力吧，我真真不知道活著的最後一個夜晚可以做什麼？在臨死之前，還要做什麼樣的奮鬥？

與我一樣被告知明天即將死亡的人，尚有人在，我並不知道他們在想什麼？也不想知道他們最後一個晚上要做什麼？只是努力在感受死亡之前的感受，一種往而不復，未知流轉何方的魂魄將歸何處的感受。身上並無華麗可貴之物，死後，也無可留戀，只是，我一直在深切體會死亡之前的心情，沒有明天的夜晚，可以做什麼呢？除了品味炒飯之外，尚有何需要注意的事嗎？此時，不交代遺言，也不說什麼動人的話，只是遊走在寺廟裡，看著花木，感受夜晚的氣氛，感受寺廟的肅穆，感受臨死之前的靜謐心情，感受一切的感受，體會一切可能的心思流動。但是，此時的我，並沒有任何的思維要流動，只是，青春之軀，轉瞬成空；只是可惜人世一場，來去匆匆。似乎有憾，似乎無憾，一種幾近麻木又似事不關己的漠然。

瀕死之前的我，只想深切地體會死亡之前的感受，所以當下要先有感有知，可是，要感何感？知何知？無可體感，無可感知，於是，在心靈深處，有一種聲音明明白白地告訴我：「明天即將死亡」，沒有悲切的感傷與無可奈何，只是面對事實的可感性，勇然決然地對治。

二〇一五年四月二日

死而復生

寓言文學欣賞的課程，講述先秦《呂氏春秋》中一個〈能起死人〉的故事，某人能治偏枯（中風），某日突發奇想，若能加重葯量，則偏枯或可起死人，遂向人稱說自己可以活死人。當然，這是一個笑話寓言。

順著「死而復生」的議題，向學生繼續演述了幾個中國文學中死而復生的故事。

在中國小說裡，死而復生是愛情的力量，讓人能度越死生而活。第一個故事是六朝志怪中的買粉兒，為了愛情，天天向賣花粉女郎買粉，以便親近女子。不意二人初約時，買粉兒竟因興奮而亡，賣粉女子百口莫辯，來到墓前，向墓求助禱祝，買粉兒竟死而復生，圓滿落幕。

第二個故事是唐傳奇中陳玄祐的〈還魂記〉，王宙與倩娘表兄妹二人相愛被阻，倩娘離魂與王宙相愛相守，最後，魂歸身體，死而復生，才讓一個圓滿的愛情重圓。

第三個故事是湯顯祖《牡丹亭》戲劇的故事，杜麗娘因夢見柳夢梅，春心蕩漾，因感而思而亡，魂魄在人間遊蕩，與柳夢梅相知相守共同生活，後來因柳高中狀元，獲皇帝賜婚，杜父才承認這個女婿。死而復生成就美麗的愛情。

愛情世界裡沒有死而復生的是〈孔雀東南飛〉。蘭芝不願從父兄之命改嫁，投水自盡，焦仲卿得知死訊亦殉情而亡，親族合葬，墓前樹木交拱而生，象徵著生前未能相守，死後物化成木，也要合拱而生，以示深情密意。這種物化的愛情，也輾轉成梁祝的愛情。梁山伯死後葬在草橋路上，祝英台新婚花轎前往祭拜，感傷投墓而死，墳墓打開化作雙雙對對的蝴蝶，象徵生前未能相愛相守，死後化蝶也要永遠相守相愛。

這些故事有美好的、圓滿的愛情結局，也有物化成雙成對，化解人身之限宥框限，應證中國喜歡大團圓的結局。

繼續演繹愛情。天上的金童玉女，因情意流蕩，眉目傳情，被貶人間，遭受情愛折磨。七世夫妻，歷劫七世，只為了證成人世情愛之卓絕歷苦、痴愛艱難；只為了證成天上不允許私情流宕，遂歷人間應證情愛苦難牽繫、寸寸椎心。孟姜女千里尋夫，悲絕慟哭，竟然哭倒萬里長城；同窗三載，未能結合的梁祝以化蝶成就真愛；華郎月英幽會未能，悲悒而亡；指腹為婚的王十朋與錢玉蓮，亦未能結合，先後悲絕而亡；商琳與秦雪梅空有夫妻名份亦未能結合，早亡的商琳，只能將孤寂留給雪梅去面對漫長的人生；韋燕春與賈玉珍相候橋頭，大雨洪流淹死燕春，玉珍亦殉情而亡；最後，終要有圓滿的結局，歷經六世的苦艱折磨，情愛的力量仍然生生世世牽繫著金童玉女，李奎元、劉瑞蓮終於成就人間情愛。

這些生生世世悲淒的愛情，要喻示世人情愛虛空無憑，不要牽繫，不要執著，卻反而證成了只有愛情，可以度歷死生，生生世世流傳人間；雖然七世夫妻為了愛情如此維艱悲愴，未能成就夫妻之實，卻牽動中國人的心眼，雖為悲劇卻仍以喜劇圓滿作結：悲中有喜。

日前看到四大名捕其中的某一名捕，迎娶未婚妻如煙時，如煙竟然中毒身亡，從此，他過著渾渾噩噩的日子，某日，重睹已亡之未婚妻竟然改變身分成為王妃端坐眼前的金絲籠中，他的心情激悸，目睹重生的如煙，再也不肯分離，那種死而復生的喜悅心情，深刻體會與銘記心中。

曾經，像是晴天霹靂一樣，親愛的丈夫帶隊到山東參加二岸四地研討會，接到電話，已是回天乏術了，這是夢境嗎？是夢境吧！幾年來一直不肯相信這是事實。

親到山東目睹如睡的丈夫仍然未肯相信是一個事實。親見大體火化成灰，亦未肯相信他真的走離人世。他的形影，似乎仍然在周遭流蕩著。

往生數日，一直不能相信、不肯相信這是事實。一個午夜，竟然夢見向佛菩薩求他復生，真的，真的，他竟然重新活在面前，只是不再鮮活，只是靦腆的出現，臉色略顯蒼白，喜出望外的牽著他的手，訴說離情，感受情意，他竟是如此木訥，不言不語，但是，仍然非常喜悅，興奮，因為，他終究被我向佛菩薩求回來了，好端端地出現在面前，這是一個什麼樣的世界，竟讓我能重睹最心愛的丈夫歸來，而且可以牽著他的手撒嬌話語。夢中的我，喜形於色，生命中的美好重新回來。

四年多了，那個夢境一直魂牽夢縈，讓我如此眷戀。

在日常生活中，仍然活在醉生夢死的飄浮世界。心愛的丈夫只短暫地在夢境與我重逢，爾後，許許多多的夜裡，在夢中重逢再離索，離索再重逢，讓我一次又一次地體會失而復得、得而復失的輾轉心情。淚水，已不知浸蝕多少夜色，不知如何讓我有勇氣的活在人世間。孤寂，從此是創傷的、蒼白的歲月，寫在心上，寫在臉上，寫在舉手投足之中，愛，情，像是一隻孤飛的蝶影，輾轉流蕩飄飛在人世間，無人可語，無人可話，被孤寂啃蝕的心，幽悒在心底。

死而復生，只能在夢中，不是事實。只能在小說，不是現實。只能是戲劇，不是真實。

但是，還是寧可相信，在未竟的人生之旅，仍然能夠知遇他，遇見他，在奈何橋畔，在忘魂湯沃灌之前，在三生石上尋找他的題字，他的名字，在天宇地宙之中，尋訪他的身影，只因，情牽一世，致永生永世皆要以他為圓心，尋訪他可能存在的蹤跡。

歲月不斷地虛空流度，不斷地流逝再流逝，如此，真真確確地相信死而復生不是真實的情境，只會出現在無法實現的虛構小說中演繹，只能在鑼鼓喧天的戲裡宣闡，只能在夢中銘刻與複沓歲月的痕跡。如是夢境，一而再，再而三地在夢裡出現再消失，消失再出現。夢與醒，難道是死與生的交接，是愛與恨的交纏，是真與虛的交迭，抑是無盡思念的鋪展與延伸？

二〇一五年十一月七日

出生入死

閉目，靜靜地躺在MRI的艙床上，接受腦部檢驗。

近日，常常覺得話語會中斷，因為忘記下文要說什麼，這喻示什麼？讓我想要徹底檢查看看。

床艙緩慢移動，將我的身軀平緩地送進檢查的艙房中。閉目中仍感覺黑暗成形，似乎跌落無底的深淵中，微光已無，冥思，想像自己進入陰陽界，等待死亡，等待輪迴，等待再一次的重生。

想像，遠方的親人，將離我越來越遠。

想像，要進入一個有去無回的境域，渺茫無光，一個向死而生的未來。

檢測的噪音在耳畔響起，單調的，複調的，平緩的，急促的，規律的，不規律的，各種雜音交織成喧嘩的喧囂，來來去去，週而復返，返而復去。

體會死亡的況味，將床艙想像成一具棺木，我在棺木中凝住血脈的賁張，止住忙碌的日常作息，死亡是一種什麼樣的況味呢？能思維而不能活動的情景又是一種什麼樣的景況呢？

韓國自殺率高，衍生一種新商機：體驗死亡。讓想體會死亡的男男女女，在躺進棺木前，先進行對親友寫遺書，看到鏡頭中的紅男綠女，大皆臨書涕泣不知所云，悲悲愴愴地書寫遺書，將假作真，啼哭成聲，才知道生命中有不捨，知道死亡仍是生命中最無言的感傷。

遺書寫畢，躺進黝黑的棺木中，靜靜地躺上一夜，冥思中，才能了知死亡與生存的界線，了知情之所鍾，正在我輩。

從體驗死亡的邊界走回來之後，大皆充滿活力重新面對新生活。也許，這種商機是為了挽救那些走不出生命幽谷的男女老少，有利可圖，又能起死回生。

我也在檢測的床艙中體驗死亡的況味，當形軀銷亡之後，靈魂將在何處飄蕩？有輪迴嗎？若有輪迴，則來生來世何將在何處流轉？

死者已矣，生者何堪。最難捨的是活的人，最難過的是活的人。

繪本文學課程中，有位同學自製一本「我死了」的繪本，故事敘述有朝一日自己死亡，靈魂飄蕩，才能凝視平日生活的場景，體會父母之平常作息，才知道父母的辛勤。因為抽離才能更清楚看清自己的角色扮演，然而死亡已成事實，徒留遺憾在人世間了。

對於學生這樣的思維，心裡也有不捨，青春歲月，居然自我挑戰死亡的課題，而且是以自我作為書寫的對象，想像中，應添進自己很多的情感流轉吧。

我在冥漠之中，也在體會死亡的情境。當噪音消失，人音俱杳，我來自何處，將往何處？幽幽渺渺，飄飄蕩蕩，也不過是一具形軀而已，那麼所有的青春繁華，所有的愛恨情仇，所有的春花秋月，所有的，都皆遠離，都將成朽，在寂天寞地之中。

如斯，在歲月的長流中，高山流水，盡是永逝不回。永逝不回，悲感。

二〇一六年三月十二日

原應嘆惜

紅樓夢中有四個女子，其名分別是元春、迎春、探春、惜春，很美好的名字，可是合在一起就是「原應嘆惜」，似乎在喻示生命的基調與本質是一種無可奈何，不可抗拒的悲感。而我們也在這樣的江湖世界裡縱行浪走，遣度悠悠難回的生命單向道。

某學生擔任我的研究助理，許久，不通訊息，我寫電郵詢問進度如何了？她跑來找我，說生命陷入某種難堪的情境，整個人沉浸在憂傷之中無法掙脫。

說，近日面臨死亡事件，讓自己情緒無法自理。其一是某位親人死亡，但非主要原因。其二是某位大學好友，青春充滿活力，因為難產血崩而亡。

她說，同學在FB常PO上自己各種孕期的照片，喜悅地期待新生命到來，每一張照片皆充滿了活力，青春，歡喜。怎奈敵不過死神的拉扯。想著曾經和她共同走過大學的歲月，每一回首，都讓她沉浸在無法自拔的情境裡，生命竟是如此的脆弱，如此的不堪一擊，讓她被死亡的陰影籠罩著。

我努力勸慰她，王戎喪子，悲慟失明，山簡往視，說僅是襁褓中孩兒何故致此，王戎說，情之所鍾，正在我輩。是啦，因為我們有情，所以我們有心情起伏、有愛怨嗔痴、有恩怨是非，有難以割捨的情緒流轉，但是，我們仍要努力朝向光明面思維，向有陽光的世界前進。

林黛玉的葬花，不也是料見自己的生命，當如花兒般的香消玉殞，像花兒般的飄零成塵嗎？故而悲吟：一朝春盡紅顏老，花落人亡兩不知。這種同體感受就像學生感受她同學的死亡一樣，充滿了憐人自憐的沉痛哀感。

生命的過程本即是向死而生，無人可掙脫。但是，如何活自己，如何讓自己更快樂，是我們可學、應學的過程。

葬花，讓黛玉預見死亡的輪迴與悲劇。原應嘆惜是我們的生命本質。然而，我們仍然要縱身一躍，跳進這個萬紫千紅的大千世界中磨難，彷彿是空空道人攜我們下青梗峰，情根在骨，悠行滾滾紅塵，仍有一份深意在骨中逆溯迴流，如是，我們會更懂得珍惜歷劫下凡的因緣，每一場遇合，可能皆是我們祈求五百年而來的緣份，無論如何，我們自在活著，珍惜每一回人事物的邂逅遇合，才能回報這份得來不易的因緣聚會。

雖然，向死而生，我們仍要昂然地挺立風骨，在風中，在雨中，在任何的磨難與歷劫之中。

二〇一六年三月二十五日

貞節牌坊

鬧市中的小巷弄裡，隱藏著一座道光年間留存的貞節牌坊，矗立在新竹的石坊街頭，高聳的牌坊正中文字書寫著「孝節旌天」四個字。行經坊下，碑石斑駁拗古，與周邊現代化的招牌格格不入，愈覺恍然錯生，究竟此時此刻為何世何時何刻，與世人的意義如何聯結？看到市招光鮮亮麗，向人招搖，與巷弄中的古拗碑坊竟是同體共在一個時空裡展演，到底我在何時何世呢？佛教中的輪迴，到底在演繹什麼樣的觀念呢？

面對陰濕的天氣，我只想快樂的活出自己的人生，不再去想過去種種，也不陰沉地去面對曾經有過的死生契闊，一樁令我曾經消魂痛徹心骨的椎心之痛。人生，就是要好好面對，好好活著，活著的意義就是要創發意義。幽冥死生之隔，已是沒有意義了。此生此世，只是努力的活出亮麗的歲月與風華。過去種種，已是遠揚的過去了，此時，才是最值得把握了。不管前生前世是何因緣，讓今生今生的我痛失親人，此時，只想好好張揚自己存在的意義，好好的顯揚此時的意義。

碑石牌坊的意義，只是一個刻骨的銘記，而永銘心中的，不會僅是一個銘記，而是意義的張揚，只要此時此刻好好生活，好好享受，來生來世種種，不必去追求與記掛了。但求此時此刻無怨無悔，不求來生來世如何流轉與輪迴了。

二〇一六年五月二十二日

永逝不歸的青春

未知因何，一整天就是不想讀寫做正經事。

翻讀舊日的書寫，讓我特別感傷永逝不歸的青春。

青春不歸，焉能奈何。

總讓我想起死亡這件事。

有朝一日，我也會亡故，希望大家不要記得我，不要記得才不會感傷，猛然想起了舊日寫的文字，倍覺頑艷哀感。

葬我
以青青藍藍的蒼穹為棺槨
覆在柔綠的大地上
用骨血滋養一方土壤
用清風朗月撫慰孤冷的身軀

葬我
以幽幽縹縹的海水為棺槨
冰肌熨貼著柔濕的水

用骨血滋養水族
讓青荇水草陪伴清冷的身軀

葬我
肩脅清風　翼夾朗月
飛渡人世的快意恩仇
託體在盤古日益衰竭的子宮裡
不必留戀　不必多情

葬我之後
不必為我哀傷
不必為我哭泣
所有的名利消亡之後
塵土各有所歸之後
輪迴台上的回眸粲笑
未知來生來世　又將流轉成　何人何身
將與你知遇在　何生何世的　何時何地

二〇一七年一月十日

思念三則

〈思念〉
煙塵銷盡之後
偶然閃爍的火燼
究竟是逸失的夢境，抑是
夜空下的星光　隱淪在
滄桑歲月的邊隙

〈傷痛〉
總在假面的眸底
看到澄澈的鏡像，沿著
無邊無盡的光年
向陽結痂

〈閱讀眾生〉
欲海沉淪後的
沉默，是熱情消歇

燈火冷寂
蹭蹬成一齣齣沒有起承轉合的黑白劇
抑是
衍成一句句沒有點畫波磔的斷簡殘編

輯五：尋幽訪勝

台伯河畔

羅馬，我來了。

冷冽的夜裡，造訪羅馬。以喜悅之情迎接與羅馬的邂逅。

盤桓在台伯河畔，感受悠悠流水，一如流光悠悠。煌燦燈火，倒映水中，皇皇明滅，似是不夜流光之城。

兩旁枯木寒枝，竟連一片葉子也無，峭崎之姿，頗有風骨，原來寒瘦的梧桐也有可觀，非必枝繁葉茂才能引人注目。成排羅列成陣，兀立河畔，增添河岸風姿，與中國式的垂柳搖曳自有不同風光。在中國，是垂柳襯著水岸，是樓台亭閣水榭作襯底；在歐洲，水岸伴以梧桐，是襯著教堂、神殿，與歐式建築相輝映。自然景搭配著不同的人文景觀，讓人感受迥異的文化精蘊。

喜歡水榭，環台一繞，可賞荷芰；喜歡枯瘦梧桐，臨水兀立，自有風骨。遊走在橋上，望著河影煌亮流燦，注視著遠方燈火明滅，滄桑的歷史，都在渡口轉逝。

在這個夜裡，義國的羅馬，曾是鑄造文明的都城，而今，興奮地邂逅歷史中的羅馬，也凝視著走在時尚尖端的現代化羅馬。從悠悠古國進入時尚，兩端拉鋸，似乎無痕無縫銜接，既是古典也是現代，我們就遊走在古今的場域中注視著流光的乘載。

曾是歷史古都的羅馬，而今妝點更加雍容有味，古今並陳，遊走其間，彷彿進出任意門。

臨現河畔，呼吸著冷冽的寒風，臆想著悠悠的古國，多少史冊題寫她的風華，多少夢想沉醉在她的風姿，而今，我來了，似夢非夢，在這兒感受歷史的淘洗，感受繁華與歸寂，感受時尚的流轉與遷變，感受所有的感受，體會所有的體會。

羅馬，我，終於來了。

二〇一五年三月八日

卡布利島

小時候耳熟能詳的一首歌《卡布利島》，旋律婉轉，歌詞有淡漠的感傷，總是挑動心緒跟著流轉游移。

而今，一個遙遠的地理名詞，成為腳下踩踏的景點，那是一種什麼樣的心情呢？登臨海島，尋找歌詞中的淒美。

卡布利島最著名的景點是「藍洞」，必須天候配合，才能乘扁舟登覽湛藍如天的藍洞，由於天候不佳，海浪偏高，無緣登臨藍洞，選擇到安娜卡布利島搭乘纜椅眺望整個島景，小車行經懸崖峭壁，驚險讓人心跳加快。十五分鐘的纜索攀爬山頂，駐立峭岸，有遺世獨立之感，海風冷冽，海浪漸層如洗，我們就在這個世界著名的島上，制高點上的景點小駐片刻，感受山島之靜謐，眺望海景，天海一色。

尋找噴水池。「我倆曾在泉水旁邊，快樂歌唱並遊戲。……」找不到泉水，李導遊說，歌詞是想像的。

李導又說，這個島是王公貴族、豪富人家的避暑勝地，到處是名牌店、精品店，三月至十一月是旺季，許多郵輪停靠。

穿梭在迂迴的巷弄中，無論是拾級而上或向下，果真處處是精品，是名牌，也處處是高級的休旅飯店，說，最貴一晚是七千歐元，這是如何豪貴的享受？

整個卡布利島長十二公里，寬六公里，島上高低崎嶇，號稱烏伯特二世廣場，也僅容旋車吧。信步走在維托艾曼紐大道上，其實是小徑，有精品名店及咖啡館林立，驚喜的是奧古斯都花園，可遠眺情人島，似乎擄獲所有人的眼目，成為拍照的聚焦景點。

我似乎仍在拼湊歌詞所圖構出來的世界。

「薔薇花在山腳爭艷」，尋找粉妝玉琢的薔薇花，寒冬，自然不見花影。

「過去的事，像雲煙已無蹤跡」，是的，浮遊在世間，許許多多的人、事、物皆渺然若塵，牽動心臆的，不僅僅是年少時，雖是個不識愁滋味的年紀也能幽幽然體會那種往事如塵、人事如煙的感傷。

更深刻的是：「我始終也未能忘懷你。」，簡單一句未能忘懷，是多少歲月堆疊而成的思念，是多少深情堆積而成的意想。想忘未能忘，想記而未能記的滾滾紅塵中，誰是你永生難忘的倩影？誰是你午夜夢迴的影像？誰又是你難遣的情意流蕩在滔滔如潮的浮世之中？

流轉，游移，浮漾，沉潛在心臆深處的思念，會是一條伏流，在不見天日的暗流裡流動，流向無邊無盡的天涯海角，流向不可思議的思念海灣，流向不可捉摸的人世邊界。

透過歌聲，傳遞出深情的呼喚，惻動世人的心臆，遍傳世界各地，遠在台灣的我們，也經由歌詞，感受那種憶想流蕩。

尋尋覓覓，感傷何在？但見陽光，海岸，激浪。名牌，精品與人潮。

心中念想與臆測的卡布利島，竟然與眼前之景未能相合，總覺得這是一首民歌，應該是個庶民化的島嶼，事實上，居然成為富豪渡假勝地，與想像中的反差太多，也與歌詞中的世界距離太遠。我究竟仍要回到歌詞中的世界，去想像一個懷念過往情懷的心情？抑是重新面對真實的卡布利島，成為世界王公貴族登臨的勝地？

歌詞中的淡漠感傷，仍然傳遍各地，而我，要如何重唱這首世界名曲呢？

二〇一五年二月二十二日

真理之口

《羅馬假期》中的奧黛莉．赫本美麗的倩影永遠留存在影迷心目中。其中有一幕是男主角（記者）帶著公主到真理之口，故意告訴公主，說謊者，手會被絞進洞口中。喬裝的公主，怕被揭穿，幸而未被絞入；而男主角則假裝手被絞進洞中，公主驚惶失措地擁抱著他，深情可見。

另一幕，記者會中，公主典雅地出場會見各地記者，一一與來訪的記者握手，當公主與男主角深情一握時，既要表現公主的雍容與矜持，又有款款深情流注其中，如此一握，所有的情意流轉其中，最後，男主角目送公主離去，深情凝視，大約此生此世無緣再會，哀恨怨嗔也只能夢中想像了。這一幕目送的場景，也撼動世人的心目。

因為《羅馬假期》之故，導遊也帶我們到真理之口，想望那一伸進洞口的場景，感受邂逅愛情與祈願。

來到真理之口前，但見韓、日、台、陸，來自各地的遊客大排長龍，只為了親臨這個電影的場景。最有趣的是，許願投幣，居然也用中文書寫。

二〇一五年三月八日

龐貝古城

駐立古城，廢墟處處可見，經過重整，儼然可見一千八百年前的規模。街衢平整，有高級宅第，商店街，浴池，妓院，神殿等，皆一一示現眼前。

蘇維威火山將繁華與歷史淹沒，經過沉睡與休眠，重新展現的古城，驚詫世人的眼光，如此進步與繁華，豈是感動可書？

明燦的石板路，鑲嵌夜光片指向大海的方向，讓人驚服；指向風月場合的圖像，既隱又現，明明可見；浴池的層次分明，浴場前的運動場，歷歷在目，彷彿是我們真實的生活場域。

曾是臨海的龐貝古城，經過滄海桑田變遷之後，而今，離海岸尚遠，只能遙望。青史無法寫就的，是自然的遷變；人文無法感受的，就讓天風海浪去填補空白吧！

信步在頗具規模的古城中，臆想當年，自是繁華有加，而伏潛在展示櫃中的木乃伊，怎能預知千餘年後，潮湧的遊客對他注目凝視？

歷史的因緣，總在時光的變遷中流移變幻成形，而我們似乎也只能在流光的邊隙中，感受存在的價值與意義。

遊走在古城廢墟中，一任陽光臨灑，一任天風吹拂。

二〇一五年三月八日

阿瑪菲海岸線

向陽，沿著海岸線，二十八公里長的藍天、碧海、白雲，懸崖峭壁，加上向陽的別墅住宅，蜿蜒在山路中，會車，總令人膽戰心驚，一邊是懸崖海岸，一邊是峭壁，這就是聞名世界必遊的五十景點之一：阿瑪菲（Amalfi）海岸線。

面海而居的生活是什麼樣的景況呢？在土耳其的伊斯坦堡、在美西的舊金山，以及阿瑪菲海岸線上的住宅，皆是向海面陽而居。

每天聽聞潮來潮往，聽著浪花拍打崖岸，聞著鹹濕的海風溫潤著鼻翼，這是何等愜意呢？有水即可行舟，有舟即可航行，外面的世界更海闊天空，不出去，則將永困崖岸，有水有岸，即可出航，即可回歸，真好。

在Duomo大教堂前，遊客們面陽拾階而坐。日曬，在寒冬更覺美好。

信步走在小小的市街中，飾品店、土產店，到處可見萊姆製作的糖果、水酒、巧克力、冰淇淋，連空氣似乎都凍結著清香的萊姆。喜小酌的我，輕啜水酒，惜苦味壓舌，原來，應是製酒時，連皮一起醃醅吧，故而檸檬皮的苦味也一起入味了。

駐留小鎮，或留連在海岸拍照取景，或逡巡在紀念品店購物，我則小啜Espresso，小小一杯，閒坐市鎮一隅，感受悠閒，讓流光緩緩流轉，讓美好的午後暇光臨現。

二〇一四年三月八日

足球賽外賽

來到羅馬最繁華的市街：西班牙廣場。既是年輕人麕集的地方，也是精品名店的輻輳區。臨目一照，是怵目驚心的玻璃碎片及不可逼視的警車、警察團團圍繞在廣場四週，到底發現什麼事呢？

導遊說，賽外賽。原來，喜好足球的年輕人，各有不同擁護的球隊，在足球賽開戰前，先在廣場前群毆。

我們抵達時，鎮暴警察幾十人、警車七八輛，已在處理事件。看到地面一片狼藉，可想見剛才群毆的盛況。

熱愛運動衍成不同球迷間的互毆，可見得義人多麼的狂熱與感性。

另外，也有所謂的假日的寡婦。意謂假日，所有的男人瘋球賽去了，女人成為假日寡婦了。奇哉！怪哉！

二〇一五年三月八日

華流

數年前遊歐，只在巴黎的老爺百貨公司，聽聞名牌精品LV的售貨小姐有專屬華人的服務。

二年前歐遊，在特殊景點：蒂蒂湖畔聽到講華語的服務生推銷物品。

一年前遊美西，偶爾聽到華語。也和會中國大陸、台灣來的遊客擦身而過，或同一家餐廳用餐。

今年，華語遍地開花，無論是Outlet的售貨小姐，或是西班牙廣場旁的名牌精品店的服務員，皆用華語和我們交談。此外，還有留學中國大陸的導遊，或是遊學義國的台灣同胞擔任導遊，讓我感受華語的流通便利。

最有趣的是，在比薩斜塔旁的候車處，兜售雨傘的小販，用國語、台語和我們交談，並說，看遊客的眼睛，就知道是韓、日、台、陸或其他東方民族的遊客。

然而，在羅馬，華菜仍不普遍，卡布利島亦然，與其他歐美國家偶見有China Town或中國華人圜集市街仍有不同。

來到歐洲，到處可聽聞華語，畢竟華人的消費力是不容小覷的。

語言，似乎標注著國力與消費能力。

二〇一五年三月八日

網流

二年前遊歐，同行的年輕學生在旅館、飯店大廳進行WIFI連線至深夜。

一年前遊美西，除了學生，有中壯年加入WIFI連線，ＦＢ，打卡，LINE，應有盡有。

今年義遊，無論男女老少，只要是機場、車站、火車上、餐廳，有WIFI的地方，大家皆低頭滑手機，用LINE拜年，打電話，視訊，上ＦＢ傳照片，打卡。

網路攻佔所有的世代了。

二〇一五年三月八日

歐遊隨筆

一、曬陽

在台灣，酷陽下，只見仕女們紛紛撐起陽傘。日本人，對治酷陽，喜歡戴帽子；台灣人，喜歡撐陽傘；歐洲人，喜歡曬陽。曬陽，似乎是一件很幸福的事情，無論男女老少。

在荷蘭的阿姆斯特丹，搭乘玻璃船繞行大運河，沿岸兩旁，只見男女老少，或坐或立或臥或擁抱，一逕在陽光下恣意享受陽光輕吻身體肌膚的觸感，一種柔美而和悅的美感，陽光，對他們而言，是一種身外的享受。餐廳戶外喝咖啡的男男女女，面對陽光，捕捉陽光灑下的光芒，一如上帝慈愛的恩寵，讓人感動。舟行經一棟大樓前，只見二樓玻璃窗前有一位打赤膊的中年男子，腆著肚皮，站在窗前曬太陽，看到他的皮膚被曬得紅冬冬的，似乎在煎鮭魚，不禁令人啞然失笑。

早年，曾在報章雜誌看到一個幅景象，在向陽的巴洛克列柱中，每一柱立著一個人，只見七八人，依柱向陽而立，其餘不見陽光的地方是寒風蕭瑟處，陽光，是被喜愛與疼惜的。

來到市集廣場，這是荷蘭市民麕集活動的地方，在圓形成階梯狀的廣場上，出現一個令我很難忘懷的情景，在向陽的階梯上，坐滿了人，他們或在聊天，或手拿著咖啡，或打手機，或聽耳機，唯一的交集是群坐在階梯上曬陽，整個圓形的廣場上，只有四分之一圓弧形坐滿了人，層次起落依隨著階梯而成波浪狀，其他四分之三的廣場是空無一人的，坐在四分之一陽光照臨的階梯上，全部的人做向陽狀，像一朵朵盛開在太陽底下的向日葵，每一朵花顏皆有璀璨的光亮，他們，是追逐陽光的民族。

假日，他們的活動也以逐陽、曬陽為主。在運河上，我看到四位年輕小伙子，乘著一艘小船，船中置著一個小圓桌，四人圍桌而坐喝啤酒，陽光臨現在他們的笑容上，白齒金髮，笑得非常得燦艷。另外，有一個家族，也乘著無篷的小船，抱著小嬰兒，簇坐在一起曬陽，陽光，是一種恩寵。在芊芊青草皮上，看到更多的男女老少，躺在一遍如茵的草皮上曬陽，時光是靜止的，在陽光降臨的同時。

在戶外的咖啡座上，看到更多紅男綠女依陽而坐，無論陽光多麼燠烈，他們總是以一種很幸福的模樣，展現陽光臨現的幸福。

這就是歐洲，曬陽，成為全民運動。而在台灣，看到在太陽底下，是另一幅景象，撐開的花洋傘，直如一朵朵被陽光澆綻盛開的花顏。

二、咖啡

歐洲人喜歡喝咖啡，成為生活中的一種日常飲料。在任何的便利商店、大賣場，總是有一排又一排的咖啡販賣機，不僅選擇的口味多樣化，而且加糖、加奶或是無糖無奶，甚或是濃縮咖啡，一應俱全，讓人們隨時隨地可以享受喝咖啡的樂趣與歡愉，他們的咖啡成就日常生活，猶如日本人，隨時隨地皆可看到販賣各種飲品的販賣機一樣，不同的民族性格，造就不同的品飲文化。

歐洲人喝咖啡的嗜好，有一種奇景，令人好奇。在台灣，大家喜歡躲在冷氣房中喝咖啡，享受一種美好的氛圍；在歐洲，他們喜歡臨街而坐，只要是咖啡廳或是餐廳，必定有戶外區，倒不一定是因為抽煙的緣故，而是他們喜歡臨街喝咖啡，這種享受看人與被看的過程，造就了歐洲街景的奇特性。在台灣似乎也只有八十五度C是喜歡臨轉角賣咖啡，而且也以擺設在騎樓下為優先。歐洲人，無論晴陽或是寒冷的天氣，對他們而言，喝咖啡就是一種很悠閒的心情，臨街而坐、凝視與眺望，似乎是一種很好的享受，加入街景一環，也造就更多喝咖啡的人口，似乎，戶外咖啡，加塵加陽，加風加寒，對他們而言，是一種必要之過程。

無論何時，在德國的午後、在法國的晚間，或是任何的時段，皆可以看到許多臨街喝咖啡的人口，無論週間、假日，遑論晨、午、晚、夜，無論何時，何地，無論是否上班，時時有人悠閒地臨街喝咖啡。工作，或許是一種非必要的工作，而臨街喝咖啡，才是日常生活的重心吧。

三、荷蘭

從阿姆斯特丹史斯普機場驅車前往北海漁村：佛倫丹，沿途看到傳統農莊尖型住屋毗鄰而居，屋小窗大，窗帘薄紗掩映，屋前庭園設計，感覺非常的悠雅而自然，農村自然沒有高樓大廈，平原渥野，樹林沿路連排成陣，林相與台灣大不相同，台灣位居副熱帶，林葉皆是闊葉，而荷蘭則是呈羽狀樹枝，瘦瘦高高的傲立在視野之中。

北海漁村最美的是湖水，一望無際，而且湖比陸地還高，讓人佩服填海造地的荷蘭人，巧奪天工，創造出四萬一千萬平方公里的土地，略高於台灣的三萬六千萬平方公里，不過由於人口僅有一千六百萬，台灣則有二千三百萬人口，如此一相較，人口的密度低於台灣許多，行車農野之間，只覺天地平曠，沒有高樓大廈，一望無邊際的感覺，沒有壓迫感，整個人也輕鬆多了。

都市化的鹿特丹或是海牙雖然高樓林立，不過，比起台北的水泥森林，自然還是荷蘭的高度不高，讓人沒有急迫窘困的感受。阿姆斯特丹有小威尼斯之稱，運河多達百餘條，行舟其中，可以感受各種華麗的都市景觀及宏偉的教堂建築。

四、廁所

在歐洲，上廁所與大陸一樣是要收費的，但是大陸的廁所條件簡陋，常讓人掩鼻而入，奪門而出；有時連門板都沒有，只是一塊小小的坑洞而已。

在荷蘭，在德國，在比利時，上廁所必須收費，我們行車經過加油站，往往會進入附設的便利商店或賣場使用廁所，廁所採自動化經營，投幣，找零，列印收據，再推桿入內，廁所乾淨，不必戴口罩入內。費用有時七十分，有時五十分，聽說最貴的是義大利，往往要價一歐元以上。手中的收據，可抵消費，請不要拋棄，可以到賣場購物，其實這是促進消費的方式，因為你手頭握著七十分或五十分的收據是買不到任何東西的，一瓶礦泉水往往要一歐元，而按鍵式的咖啡亦然，所以，很多顧客會收集他人的收據一同使用，不過，有些地方一次購物限用三張，有些則限二張。如此一來形成變相的消費。不過，觀光客甘之如飴，因為賣場的物品，無論是吃喝玩樂等，皆有吸睛之處，讓你愛不釋手。歐洲最闊氣的國家，大概是法國吧，不屑賺這種錢，任何公共廁所皆不收費。他們要賺的是更高檔的消費客源。

最有特色的是，我們在法國沙爾特教堂旁的廣場上廁所，廁所當然不收費，每一個廁所門板的上方有紅綠燈，紅燈表示使用中，綠燈則可使用，它是靠著開關門來感應沖洗廁所，先進而乾淨。

五、便利店購物

在加油店附設的購物商場，有一個最大特色，就是咖啡販賣機林立，而冰箱櫃中則置放了各種三明治及麵包，讓行旅之人，方便裹腹。有些店家還自然將製作成餐盒，有飲水一瓶、三明治一份或二份，咖啡或果汁一瓶，通常要價六到七歐元，非常方便趕時間帶著走的顧客。講究一點的賣店，除了生冷的三明治之外，也有賣現烤的麵包，或現製的三明治，可依客人口味，調配各種生菜、醬料、培根或洋火腿等，而飲品除了咖啡之外，也有各種沖泡式熱湯販賣機，有番茄、蘑菇、玉米、雞湯口味，任君選擇，而賣場因應匆促來去的客人，一律不設座位，而是設置高腳小圓桌，服務周到的賣店，桌上置各種醬料，桌下放垃圾桶，方便取用與拋棄，完全沒有時間壓力與負擔。所以，在賣場用餐，也可以很悠哉，常看到老外，或站在小圓桌前啃三明治，或喝咖啡，此時，時間是靜止的。

六、早餐

歐洲旅館附設早餐，採自助式，大抵是歐式早餐，鮮奶及各式各樣的沖泡式麥片，各種水果、果汁、咖啡，以及切片或切塊的乳酪片、乳酪塊，洋火腿。麵包則是土司、法國麵包、可頌類的小麵包，熟食有炸薯條、煎蛋、青菜及水煮番茄，最有趣的是各種小小果醬，有蜂蜜、番茄、草莓、櫻桃、美奶滋等，口味很多元，讓吃早餐成為一種幸福的享受。我們常在餐後享受水果，或蘋果、奇異果、香蕉、酪梨等，不一而足，學著歐洲人優哉游哉地享受早餐的美好與寧靜。

吳哥窟

一、印象

機場，沒有高樓大廈，連手機上網皆未能。

紅土，貧困，每個人皆精瘦見骨，身高不高，黝黑，透露著眼神，分外炯炯。

不僅人如此，連飼養的雞、牛、狗皆然，連農作物也是小小的，檸檬小得有點像我們台灣的金桔，起初，佐餐時，我們以為是金桔，一吃味道才知是小巧的檸檬。

小孩，五六歲或七八歲，沿街兜賣養成明信片，因為生活使然，生意眼，一見我們就知道運用國語數著一至十的張數。事先被告知不可買，否則沒完沒了，於是，我們整個行程皆無人下手購買。

二、歷史印記

吳哥窟，靠著祖宗的遺產，歷史輝煌的宮殿王朝，迎向全世界人，向大家招手，看看斷垣殘壁，看看歷史古蹟，看看曾經富盛的王朝，而今，歷史向陽，舞台不再美麗，卻多了一些斑爛的印記。

佛教信仰深入柬國，行走在任何古蹟皆可以感受歷史流動的痕跡。

三、船屋

擺盪在湄公河旁的船屋，生活起居工作皆在水上。孩童在水上學校讀書，放學也搭乘公船回家，綿延海岸起起盪盪的船屋，是水上人家的生態。看著他們清貧地倚著一水而生，有點憐憫，有點想像，然而，他們卻如此昂然地面對生活。也許有朝一日，年輕人走出水船，走出水岸，可以發現外面的世界充滿奇幻的光鮮，炫彩的三C，也許從此再也不回來了。也許，外面的花花世界雖然吸引人，然而，還是一船斜風細雨無須歸才是最美好的享受吧。

不知道他們對人生的憧憬為何？不知道他們如何規劃人生藍圖，就一個外人看來，平凡，清貧，也許是美麗的淡泊，是可親的自由自在吧。

四、皮雕孤兒院

其實，這不是景點，因為在神牛寺旁，導遊每次到吳哥窟總會帶些白米、食物、衣服到孤兒院來。將遊客野放在神牛寺之後，自行前往雕皮孤兒院和院童互動。

我們不想參觀神牛寺，只想和導遊進入孤兒院了解院童生活情形。

院童以男孤為多，小至三四歲，大至十餘，每個孩子精瘦黝黑，炯炯有神的眼光透顯著感恩與友好，對我們這一群外來客。

院長自己本身也是孤兒出身，深知貧困與生活糾纏，發願要開個孤兒院，幫助更多的孩子，讓他們學會一技之長。於是有了這個皮雕孤兒院。

我們初到，導遊很有經驗的指揮孩子們將車上所有的食物、衣物全部搬下來，排在院門前，然後院童們全部整隊排列整齊面對我們唱歡迎及感謝的歌曲，歌畢，院長將我們送的蘋果一個個切開，也將捐贈的衣服放在桌面上，讓排隊的院童依序領取一片蘋果及一件衣物。大家很有秩序。

隨意參觀院區，簡陋，不失井然，床是上下鋪，看到一位小孩，領到蘋果，很謹慎地躲在某個床角享受得來不易的蘋果。

據導遊說，台灣人發願捐了二十萬元，修繕廁所及浴室，讓他們有潔淨的環境。孩子們皆專注製作手頭上的皮飾。有了一技之長，能養家活口，也能脫貧，相信，所有的努力皆是為了構設更美好的將來。

心中有夢，才能有更美好的將來。

五、朱門酒肉臭

從船屋的水岸歸來。在五星級的餐廳用餐，琳瑯滿目的各色食材陳列在吧台上，水果，穀物，肉品，蔬食，調味料，甜品，冰淇淋，湯品，讓人食指大動，燈光金碧，輝照著光鮮亮麗的衣著，讓衣香鬢影流轉在音樂中，雖然眼前可口的食物色香味俱全地也陳列著，然而我的心仍然不時浮現船屋貧窮知足的情景。濁水與高級餐廳，居然是二種截然不同的生活，薩里洞湖的船屋，將是永難忘懷的影像。

二〇一六年

迴夢依依

午後，賢偕我和藝珊到北埔玩。

汽車走上頭前溪橋，左轉六十八東西向快速路。這是一條我們非常熟悉的路線，曾經，將北埔當成我們家的後院，假日常常驅車前往一遊。

六十八線向左，直行到底，出口是竹東榮總，右轉，順著台三線直行，便可到達北埔。往事歷歷，只是時隔四五年了，而且開車的人不是亞傑，而是賢賢了。

走過隆源餅店，仍然記得蕃薯餅、芋頭餅是他們家的招牌，現在則多角化經營，兼有齊粑餅，竹塹餅等，再經過秀鑾公園的牌樓，這是可以小遊的依山建築的公園。再往市街前進，姜家的宅院仍然矗立，總要談一段一八九五年的電影劇情與姜家的關係。宅前的梅樹青青，三月天了，不見花開了。再往前，唯一的洋樓大門閉鎖，不開放參觀了，曾是遊人如織的場景，似乎因為閉門謝客，而增添了冷寂的感受。

依街而行，三月的櫻花透過牆頭向我們招搖，拍照，留戀。讓所有的美好留住，讓所有的歡樂瞬間留住吧。

再前行，北埔的觀音廟依舊矗立在市街中心，成為北埔客家人的信仰中心，寺前的廣場是一人街頭藝人演藝的場域，揹著重重的打擊樂，拉著南胡，敲著節奏，兀自在市街中表演，他會順隨觀眾的喜好，演奏熟悉的流行樂，及懷舊的客家本色，唐山過台灣等曲目，讓遊客著隨著樂音而跟著輕唱。今日重來，卻未見一人街頭藝人當眾表演，頓時少了樂聲的陪伴。有點冷寂，有點不捨。

市街上，遊客仍然不少，不過，人潮不再像過去一樣絡繹不絕，感覺蕭條許多了。遊客們仍然穿梭在幾條街上，迎面品嘗擂茶，試吃柿餅，及客家人特的粄製品，我們也順著人群在市街上遊走試吃各種口味的擂茶。

五點多，踏進我們最熟悉的客家餐館，老闆娘仍在，常常遊走在餐桌間飼養的小豬已不在了，壁上的題痕也刷成粉白的顏色。

品嚐最愛的客家小炒、薑絲炒大腸、福菜湯，味道未變，歲時已忽忽荏苒四五年了。

餐後，踏出餐廳，才發現，人潮盡散，冷寂的市街，伴著零星正在收攤的小販，點綴在曾是熱鬧的北埔街頭，與剛才人潮對照，似乎更顯反差。

過去，夜色中的北埔街頭仍然有喧囂的遊客，今天，怎麼了？何為清清冷冷的，令人感覺異樣？和賢賢有同感，他隨口念著冷冷清清，我接著唸淒淒慘慘戚戚。

故地重遊，究竟是要尋訪失去的歲月，抑是追懷當日情景？究竟是要尋訪當下的歡樂，抑是創造新的生活，與過去的悠悠歲月做一個聯結？

歸來，夢見。和亞傑、賢一同出遊。來到某個熱鬧的操場，我們繞行其間，時當召開朝會，很多學生兀立操場中間，我因為蹺班，而且身為主管，不該出現在此時，遂刻意繞路而行，賢和亞傑則翻牆而過，並且揀了許多的小手球，我因為膽小，不敢翻牆，遂繞遠路而行，再和他們碰頭。約好，待會到停車的地方相見。

可是，此時的我，走出操場之後，似乎在想像停車場在何處？害怕迷路的我，正不知如何是好？夢境遂被這股迷路的悵然給悠悠喚醒了。

醒來，迴夢依依，我究竟在何世何時何刻迴旋舊日的甜美歲月？在追憶多少前塵舊夢呢？

二〇一六年三月六日

剪一段秋光海影

沿著北海岸，火車蜿蜒前進花東。

當海岸線驚眼一亮，映現眼前時，火車上的乘客們幾乎驚叫起來，豁然開朗的海水粼粼，映照著陽光，特別輝麗奇異，大家爭相搶拍美景，我也在倒退的流速風景中想捕捉驚一鴻瞥的美景，可惜，皆被近樹遮蔽了，雖然無法搶拍美景，然而那番流亮的光影已嵌入心底，閃閃瀲灩。

朋友來接我，載著我前往海岸線看海，他說，到礁溪就是要看海。沿途的蘆荻，向陽開綻，迎風的金穗是不肯低頭敗向草叢的硬漢，鼓鼓的風將它們吹成稜線，像是列陣歡迎的戰士們。沿著兩旁的蘆荻，我們驅車邁向礁溪的海岸。

海風威猛，而我們仍駐立在海岸線，平視龜山島的遠影落入眼中，感受風如戈矛，浪如急弦，我們是舞蹈的天之驕子，漫步在枯枝零星散布的沙灘上，每個印在沙灘上的腳印，是千年變與不變的故事所堆疊積累的痕跡。我們的腳印踏在已被浪潮撫平的何世何代人的腳印上，而我們的腳印，又將是何人踩踏在我們被抹平的沙灘上？不斷被潮水抹平的不僅僅是沙上的腳印，更是亙古的歷史，一層層被推進記憶的窄巷中。

朋友在沙灘上揀起枯枝畫了宜蘭的地形圖，半幅彎樣的海岸線，北一端是頭城，南一端是南方澳，礁溪在其中，而龜山島則在海上的幅彎之中。為何命名龜山島呢？他說與宜蘭唯一進士楊姓家族有關，追溯祖先，以楊時為風標典範。楊時號龜山，故而命名之，而且也剛好符合島的形狀，最令人咋舌稱奇的是，龜尾礁石會隨著潮汐擺動方向，春夏與秋冬各有不同的朝向，令人驚奇。

看海的心情特別、特別美好。乘風破浪的感覺，迎向光陽的感覺，無限海闊天空的感覺，全部襲上心頭，真的，駐立海岸感受千年不變的浪潮聲，感受沙灘的潮起潮落。水浪拍擊沙岸如樂音律動，將推進推出的水潮旋轉成海岸的舞姿；潮音湧動如呼喚的精靈，在水淺水深之際，留著波波的潮音向我們的耳膜流動。山形水影慣看秋月春風，歷劫而未醒的我們，正在何世何代中輪迴著肉體人身？靈知靈覺將在何方安頓生命果報？

回程，小徑無人，直行可直通市區。遺世獨立與紅塵滾滾，只須十分鐘的車程，讓人特別驚詫，城裡城外、塵裡塵外，究竟我們是在扮演何人？活在何世？演繹什麼樣的人生呢？

歸來，心中還浮漾著天風海影以及蘆荻的美感，一種秋風瑟瑟的蕭蕭美感剪貼成形，映進臆念的心版中。

那一夜在蠡澤湖畔

二〇一五年的濁水溪詩歌節，皇皇燦燦在明道大學開展第九屆席慕蓉為詩人主軸的學術研討會與相關活動。

秋風送爽的夜色裡，我們群聚在蠡澤湖畔，接受湖光的投映，接受詩歌的洗禮，接受人文精神的陶鑄，我們載欣載喜地迎向浪漫而有詩興的夜晚，享受燈火熒熒所映照出來的影像，如夢似幻地在詩歌的國度裡翩翩起舞，領略詩韻之美。

題為：「星月詩韻：在時光的河流裡逆行」的晚會，讓我們度越千秋與古之詩人對話，也接受今之詩人席慕蓉，以感性而有魅惑的聲音，帶領我們走進詩歌的王國，享受有詩有夢的夜晚。

舞者，水袖，張羅出場，嬌嬈多姿的身影，窈窕一如宛在水中央的女子，在歷史的另一端，對我們回眸張望，我們是逆流而上，逆溯而上，追尋她身影的河漢之子，宛在水中央，宛在水中沚，那一彎長流，是我們想飛越而過的思慕之情流宕在濮上桑間，在河間春暮裡。

歌者，以幽然的歌聲，帶我們進入蘇來的〈讓我與你相遇〉，是的，紅塵萬丈，千萬人中，唯獨你與我邂逅在這夜色裡，分外有情地感受緣份的奇特，讓我們相遇在素陌之上，在草澤之畔，在黯然成形的夜下。

徐志摩的〈偶然〉也是一種悸動，投映波心，究竟是前世今生的緣定？抑是無緣相聚的陌然？流走在塵世之中，因緣相聚，因緣相守，也因緣相離，誰會是與我牽手相挽的人？誰又能與我相望對聽芭蕉夜雨、對訴梧桐心事的人呢？誰又是牽掛在心中未肯離去的心頭人影呢？究竟我是誰？誰是我？誰是誰？在流塵中如同星雲流蕩的身影，將與何塵何埃相接相合？相望相接？歌聲婉轉動聽，將心緒導入更滄茫的亙古，誰是青梗峰下相待之人？誰又將為你灌溉成就你，肉體女身的形軀，終其一身要以流經秋冬的淚水還報灌溉之恩呢？念此刻，澤水淪漾，流不盡的淚海滄桑，掬不盡相思意長，在此夜，此時，此刻，皆化成了波影蕩漾，渾然無蹤。

席慕蓉娓娓道出寫詩讀詩的生命經驗，也回憶蒙古的鹿石，向風一面，塵化無影。而迎向人的，是背風的印記，寫就歷史的長遠，也鐫刻了文明的進化，走進她的話語之中，感受石頭印記的無始無終，無憾無悔。而人，終將在流走的生命歲時之中，營構生死別離，愛恨情仇，以及斬不斷剪不斷的相思情深，情之所鍾正在我輩，我在，因為愛，因為存在，所以才在回眸之際留著婉轉難以言說的依戀不捨與愛恨情痴的凝視，端望著你的身影日益消失遠離。

感動，在湖畔水澤，在盈盈燈光燭影之中，與你巧然相遇，也與你相失而去，在無星無月的澤畔，分外清涼明爽的秋夜裡，感受詩意，流蕩在天宇地宙，而我們是任意的一顆塵埃，偶然地流走過你的眼前。

感動。葉嘉瑩說，讀詩與寫詩是生命的本質。

生命，原也是一頁娓娓動人的詩篇，何須書寫？何須閱讀？就讓它展現在流光裡，讓流光煌燦成一閃閃的光影，投映在每個交接往來的人的心頭上，迭映成一篇篇難以或忘的詩句。

二〇一五年十月十六日

美麗的邂逅：齊東詩社

齊東詩社，台北人文聚會的新聚點。

可以聆聽詩人演講，可以恣意參觀詩人的手稿，更可在夏蟬鳴噪的午後，享受如詩清流的潤澤，讓感動流曳在字裡行間，一切喧囂在此避退，一切八卦於此消匿。

逡巡迴廊中，照見周夢蝶的禪心，苦心如蓮子，含藏著不被解讀的孤獨紀事。

時在八月二日，與李瑞騰老師及同門學弟妹一同造訪，適逢張默演講，顏艾琳主持，會後巧遇陳黎，出了門，又逢管管仇儷，當然了，同行的師門亦有以詩為名的學弟妹，一時之間，詩人靍集，幸哉！幸哉。

銘記巧遇，拍照留念，且讓這一刻化為天長地久的綿長，讓這一幀幀的巧笑永留人間。

在溽暑的台北午後，遇見詩人，品賞手稿，無寧是最美的邂逅。

二〇一四年八月十七日

青春無限

忙碌，有時是一種藉口，有時是一種界限，讓自己走不出忙碌生活的圈子。很早以前，亞大小淑貞就邀我到美術館參觀，然而，一直未能實現。先是我接行政，再是她接行政，兩個忙碌的人，似乎碰頭不易，參訪之行也一直未能實行，手頭總是忙著趕稿，趕完一個又一個，五月的澳門行，七月的馬來西亞，八月的京都，九月的青海，十月的明道，十一月的竹教大，中間還穿插寫了幾個研究述要、序言，二本教科書校稿，二書新書校稿，大大小小的審稿、庶務，忙碌總是如影隨行，似乎透不過氣來了。但是，喜歡吃喝玩樂的我，總是要讓自己「寓玩於寫」、「寓學於遊」之中，閒遊浪蕩在浮世之中，如浮花，如浪蕊。

想要呼吸新鮮空氣，走出中興校園，遂不管十月十五日要交的小文章，先邀了出去玩再說吧！

十月八日偕上海戲劇學院教授孫紹誼、江蘇理工學院陳雅娟老師一同到亞洲大學參訪亞洲現代美術館，展館是日本安藤忠雄設計建造。今年八月造訪京都、大阪，也參觀了安藤忠雄的大阪府立狹山池博物館（二〇〇一年）。安藤一生頗傳奇，所創造的清水模工法，無人可學。

亞洲現代美術館是安藤向自己挑戰三角型建築的魄力展現。耗時六年多，施工近二年終於完成的鉅作。展場面積一千二百四十四坪，戶外空間六千坪，留得空間沒有蓋盡，似乎也是國畫留白的手法運用，讓展館留一點青綠向綠地延展，留一點高度向藍天延伸，留一點明亮帷幕向外拓展視覺。

工法一樣是清水模，三角型展館的支點館內外各有不同的造作，館外以長版牆作支撐點，與一般圓柱、方柱建造迥異；館內以V型長方柱形成簡約又不失造型美支點，採用三角建築空間運用與一般的建築不同，不易充分運用，也形成較多的空間「浪費」，說是浪費，也是另外一種浪漫，抬頭天井三角空間的映現，有利光影投注，隨著四季及日夜而有不同的光影形狀、明暗、光度、大小，各自演繹不同的感受。

全館以帷幕玻璃對外開敞，透過光潔的玻璃形成借影的美感，或是芳草萋萋，或是羅馬造築的行政大樓，或是遠山近樓，或是青樹郁郁，皆有不同面向的外景映入眼簾。樓層三樓，各以三角作為展場演示各種藝術作品。

這回展出四位藝術家的作品。各有特色，主要以青春作為軸線，叩問藝術家，何謂青春？每位藝術家也回應自己對青春的看法。董承濂說，要有熱情、玩樂之心，好奇與頑心是保持年輕的心靈；奈良美智說，年輕存在心中，是不可以預知的，也不可對外言說的；蔡佳葳說，沒有什麼是絕對的，取消青春與年老的對限；李洪波說，青春是空白的畫布，等待我們去填補，青春的驕傲是未知的，是值得探索、開拓、實踐的。他們各自演繹了自己對青春的看法，而我們也在有限的人生中，不斷地預支我們的青春，追求我們的青春。

一樓，先是一座封閉的悟場，僅容一人進入，幽閉的門一閉合，坐上椅子，冥想的音樂立即啟動，隨著音樂律動，似乎喚醒你積存體內的初心本質，讓你冥想，讓你思維，讓你悟道，讓你重啟生命的感動，這就是董承濂刻意安排的一人展場，讓參觀者直視自己的生命，重新獨孤面對一人的境域，至於各有何體悟因人遭逢不同而有不同的感悟。

董氏的作品，是一種感悟的冥想，創造各種磁浮吸力，進行各種動力的展示，讓人在生生不息的懸浮空間的轉動之間，體悟自強不息的原動力，而在不同的媒材間創作的浮動旋轉，也是一種叩問自己與宇宙關涉的過程。有一組以磁力吸攝吐哺的過程，感覺是生命呼吸律動，形成的光影投映在壁上，似乎也是水草青荇在漫遊，在吸呼似的。

蔡佳葳，是以渲染宣紙迴轉的方式，形成大大小小的圓圈，並在大小不一的圓卷中書寫心經，在每一道似是輪迴的軌道中，濃淡、清濁、輕淺不一的墨色裡，似乎讓我們體會每一圈似乎是生命的迴旋曲，是生命的回歸，是無盡藏的體悟。甚至地上以三角碎石礫安排的場景布置也是向受難者的憑弔與慰藉。

李洪波，創作的發想是紙葫蘆，以各種顏色的紙葫蘆將各國地圖收納在小小的疊紙之中，伸展開來是各種形狀的紙葫蘆，收納起來又是一個絕似的地圖。刻意用這種方式打破五大洲各種國家、地域、族群的關係，地圖，只是地域的界限，人的心靈應是互相靈動融通的。另有幾組看似石膏雕像，可以用力伸展成各種不同的紙葫蘆，現場展示，讓我們驚訝創作者善用不同媒材成形的藝術效果，頗有開創性與體悟性。現場還有一組以二人伸展互相攀延地漫向鋼架，說是打破制式與生硬的建築，冰冷的鋼架，不能框限人類可以攀伸的思維。

奈良美智，喜歡畫稚女，頭像很大，豁顯眼睛的觀望視角，早年是以下對上的觀望視野，故而展現有稜有角的銳利與不悅，近期雖也畫稚女，多採用平視角度，眼角不再銳利，線條修飾也較紓緩平實多了，似乎經過人世歷練之後，有一種溫存的柔美展現。

四位藝術家各有對治的人生問題與生命的體驗，演繹出不同媒材的作品，展現給我們的，是他們追想人世的問題，也迴向廣大的觀眾去冥想更大更多的體悟。

一場藝術饗宴，讓我們沐浴在青春的光影裡，體會藝術家創作的原動力，其實是叩問自己與世界、宇宙的關係，也是面對整個大環境，重新回歸自己心靈思維的方式之一。

午後，輕啜咖啡，簡單輕食，偷得浮生半日閒，在這個時空的經緯線中，我們相遇，相識，也體現創作者的心情流轉，在青青芳草中，映向美麗的藍天。

二〇一五年十月九日

梅心

梅，宜獨賞，不宜眾觀；宜晨賞，不宜午觀；宜清賞，不宜喧譁。

但是，為了品賞寒梅疏影、為了領略林梅似海、為了追逐僻野梅趣，追隨一群朋友到南投的梅花林賞梅。是午後，是眾賞，是喧譁。

午後的山間，天清地曠，雲影悠然，吸翕冷冽空氣，清鮮入鼻，似與天象接。逡巡在梅花林中，品賞梅花，花且雅而不俗，人雖俗卻因花而覺風雅，且評且賞，亦俗亦雅地盤桓在山顛野陬，盡得午後清賞消閒之樂。

梅如人，宜瘦不宜腴，宜疏不宜豐；枝影橫斜，更見可憐，不故作姿態撩人，但有冰心相證，雪肌相襯。

在悠然午後，邂逅一襟清鮮的梅香，澡洗塵垢，疏瀹俗形。

二〇一五年二月九日

水岸

咸信前世生長在水岸，只要臨水，便有一種悠悠然的心情油然而生，既不是陸游的「傷心橋下春波綠，曾是驚鴻照影來」，也非杜甫的「人生有情淚沾臆，江水江花豈終極」，亦非東坡的「小舟從此逝，江海寄餘生」，就是一種簡單、自在、親近的感覺襲上胸臆，讓心情變得非常澄淨，伴著靜謐的悠悠水影，徜徉，美好。

曾經，行舟在荷蘭的阿姆斯特丹水域之中，舟行巷道與大衢之間，感受荷人的歡樂與旅遊興致。

曾經，橫渡四川都江堰金沙江上的索橋，滔滔江水翻滾如沸。

曾經，乘船欣賞德國萊茵河畔沿岸的古堡，山形水影，藍天白雲，將中世紀的歷史題寫在兩岸中。

曾經，夜遊巴黎的塞納河，燈塔倒映水中，光影煌燦。

曾經，逡巡在蘇州的水鄉之中，享受悠然寂靜的歲月芊眠。

曾經，幽寂一人搭扁舟，盤桓在日本萩的橋本川上觀賞八景，也曾偕家人在四月初沿著保津渡欣賞沿岸的緋櫻燦紅。

曾經，夜遊羅馬的台伯河，凝視兩岸稀疏梧桐成枯寒峭瘦之姿。

曾經，在闃寂的清晨，行走在威尼斯的水岸之間，享受寧靜的晨光。

許許多多的曾經，網羅在水鄉澤國之中，無論是大江大河，或是小溪小水，是滔滔，是潺潺，是淙淙，是平靜水域，是流動之河川，總讓我興發悠然情懷，在威尼斯的貢多拉船上，航行半小時，穿梭在街道巷弄之間，彷彿美麗的時光臨現，享有天光雲影，不必追問李白抽刀斷水的消沉心情，或是鳳去台空江自流的感傷，也不必感受王勃萍水相逢盡是他鄉之客的悲感，或是檻外長江空自流的傷逝。

潭影悠悠自有水鏡可掬，江河漠漠自有行舟之便，而我，在水域之中，重溫前世今生的澄澹與寧靜。

二〇一五年二月二十一日

淡水花季

躊躇流連在宮燈道上，這是年輕時愛戀的場域，伴隨著夕彩紫曛，讓姹紫嫣紅的花顏粲然而綻，往日情懷也一一醞釀而上。

淡水，是最留戀的地方，求學，工作，也是記憶最深的地方。

曾經，淡水線是一條蜿蜒的火車道，而今轉換成捷運系統，不變的是山形水影，海風與夕陽。

喜歡臨水眺望，在河畔，在海邊，水，往往是一面澄清的鏡面，也是可人的容顏，反映你的喜怒哀樂，同時也隨著你憂喜而憂喜。

年輕的歲月中，漫步相思林中，黃花如蓋，細細密密地傾覆著。鳳凰花是離人泣血的季節，伴隨著驪歌而飛舞。

三月杜鵑，盛開在校園中，似明麗的女子娉婷留影。四月的紫荊花，如火如荼，漫成一片花海，讓我驚艷，記取花下的歌吟，總是離人之聲。最愛五六月份時，教職宿舍旁籬笆是一朵朵白色的梔子花，深愛這種花香，待花事漸闌，花色轉黃時，已近夏末了。由於宿舍整建，籬笆拆掉，從此，梔子花淪落。

偶然行經牧羊草坪時，花架上的九重葛總是嫣紅地與我照眼而過，一種生命力強韌，不與人爭的九重葛，總是適時適地，似是心花怒放，藏不住心事，急著向路人抖出生命的故事。情人道上，瞥見紅玫瑰，在風中搖曳生姿，仍不住多看幾。

屬於青春的花季，盛開在人生的青壯時期，陪伴著我渡過求學的歲月，也伴隨著愛戀而增添繽紛色彩。

而今，重回宮燈道上，往日情懷一一襲湧而上，似亂石崩雲，攪亂一池春水盪漾。駐立校園，臨高遠眺，觀音山遠遠在望，罩著夕彩紫曛，而歲月的流域幾度輪替洄流？冬天的淡水，淒風苦雨，沒有花顏，整個季節似乎淪陷在風雨之中，盼望著春天來臨，猶如人生的春天，一去不歸，深鎖著人生的芳華，讓人留連徘徊而難以離去。

重回淡水，重回淡江，校舍幾經改建，多非舊時記憶了，唯獨宮燈道是一逕的兀立在五虎崗上，順坡而上，所有的記憶翻湧而上。

柔美浪漫的羅蘭珊

國立中正紀念堂的中正藝廊展出「唯美・巴黎－羅蘭珊畫展」，展期三個月，因忙碌一直未能前往參觀。今天下午將到台北小巨蛋觀賞《歌劇魅影》，早上遂先前往觀畫。

瑪麗・羅蘭珊是法國巴黎人，也是二十世紀初期巴黎藝壇重要女性藝術家，被稱為「巴黎畫派最美麗的牝鹿」。擅長以柔美線條與用色輕柔淡雅來展示女性畫風，主要的內容以自畫像、女性畫像為主，兼有為歌劇設計的舞台佈景，或工藝、時尚等油畫。另有為茶花女插畫的十二幅輕柔小品畫等。

本次展出的畫作大抵分作四個時期，其一，美好年代（一九〇四－一九一四）；其二，流亡時期（一九一四－一九二一）；其三，瘋狂年代（一九二一－一九三九）；其四，璀璨晚年（一九三九－一九五六）。

美好時代（一九〇四－一九一四），是指她參加「洗衣船」藝術團體，並與重要的大師：畢卡索、布拉克等人交接往來的時期，當時還與詩人暨藝評家阿波里奈爾陷入熱戀，這是一段浪漫美好的，洋溢甜美的歲月，這個時期的畫風由「野獸派」轉向展現自己的風格特色，不一味追求時下的流行，開始建立個人獨特柔美浪漫的畫風。

流亡時期（一九一四－一九二一），一九一四年六月與德國男爵結婚，一次大戰，德國對法國宣戰，羅蘭珊因丈夫是德國人的緣故，與夫婿被迫流亡西班牙，與巴黎聯繫斷絕，又與丈夫感情不睦，致畫風雖亦柔美，然多呈示小格子的被囚意象，或是用色更陰悒深憂，展現憂鬱的畫風，直到一九二一年仳離，重返巴黎，結束七年婚姻與流亡的生活，才又重新找回明亮畫風，重登藝壇。

瘋狂年代（一九二一—一九三九），回到巴黎，恰逢法國的「瘋狂年代」，成為肖像畫家，一九二〇年代是她創作的高峰期，除了繪畫，也作舞台與服裝設計，尤其是俄羅斯的芭蕾舞劇「牝鹿」之設計，贏得了「巴黎畫派最美麗的牝鹿」稱號。她鮮少畫不喜歡的人物像，縱使是路易十三的母親，她也畫得輕柔可人。

璀璨晚年（一九三九—一九五六），雖然歷經二次大戰，也曾迫於經濟大恐慌的年代而縮衣節食，但是，不改畫風，反而更加從容與自信，完完全全以輕柔浪漫的線條與女性畫作展現個人風格，在以男人為主的藝壇之中，更顯得獨特與一枝獨秀。

縱觀羅蘭珊的畫風，她一直是活在自我的主體世界之中，無論世界如何變化，她的風格永遠是柔柔順順的，輕輕淡淡的，她只畫自己想像中的自我，以及以女性為主題的肖像，或是與女性友人情同閨密的情誼，而在這樣的輕柔浪漫之中，常有超現象的馬或鹿出現，象徵著脫韁，飛躍的心思，也代表了不受控捉的心境。喜歡藍色，但是，粉色系常帶有和諧的置入效果，而灰色則是她的底色，用以襯託無以言說的情境或是作為粉色系的反差或襯底之用。

對於情感，與阿波里奈爾陷一段情，是她最刻骨銘心的愛情。情人的母親送她一把吉他，成為她一生最鍾愛的物品，常會出現在繪畫之中。甚至臨終，遺囑交代要將阿波里奈爾早年寫給她的情書置放在胸前埋葬。一段青春時的五年愛情，從此成為她生命中的不可或忘的深刻銘記。

與男爵的婚姻，可能迫於流亡，也可能感情不睦，從沒有深刻地進入她的繪畫之中佔有一席之地，反而因為流亡，而展現出囚禁與憂鬱的色調與意象。

在情感的世界之中，有可能是因為歷經二次大戰，男人出征，故而多表現與女人交接往來的情誼，鮮少有以男人為主的繪畫，唯一一幅的美男圖，畫風也不是陽剛之美，而是陰柔的美帥少男。

晚年，二十歲青春的蘇珊娜作為她的管家，二人情似母女，又似友朋，相依為命，後來收養為女兒，羅蘭珊死後承繼了她所有的財產。蘇珊娜很保護羅蘭珊的私生活，所有的資料與作品絕對不對外公開，直到蘇珊娜逝世之後，有關羅蘭珊的傳奇，才在一九七〇年代後期揭開，讓世人得以一窺一代女畫家神祕的面紗。

喜歡羅蘭珊的畫風，不僅因為她表現女性柔美婉約與輕妙浪漫，而是，她了解在以男人為主的巴黎畫壇，欲佔有一席之地，一定要表現自己的風格，不追逐流行，不阿媚流俗，一逕畫出自己內心渴求的浪漫色調與情境，才能獨領風騷，也因為這種特質，映現了羅蘭珊最真實自我的表白。

二〇一四年九月二十一日

泅過歷史長河的江湖行腳

這不是意外，更不是偶然。

在歲月如流中，我們匀出十天的時間，行旅一趟江西湖南之江湖行，似長非短，然而就洪荒的天曆而言，不過如水滴入滄海；就個人而言，在荒唐的浪擲中，不過轉瞬即逝，然而十天，也可以是一種天長地久的綿長，更可以是與天地翕合的律動。

百忙之中抽空行腳，絕似需要毅力，可是什麼是可忙之忙？什麼是可閒之閒呢？常常站在光陰的邊隙，不知道自己的流速該如何掌控？該如何行走？常常茫茫然地流轉在天地之流中，似拋擲在無明的萬劫，無言以對。

於是，預約了這一場江湖行腳，既在盼望中期待，亦似在綿綿無盡的流歲中渡歷而來，無所謂的來與去，在當遇則遇，當來則來之際，完成一趟尋訪歷史瓦礫碎片與遺跡。我們一行四十四人成就一趟非親非友，無緣無故的遇合，在人生的驛站中，同行同食同宿同遊同樂，同時也一同感受酷暑的荼毒，來不及參與者，我們無緣相識，而同行者，我們呼吸與共，在山川日月之中，們感受相同的人文地景。

來所思之地，見所聞之景，感所念之情，在歷史的邊緣，我們來到江西吉安，古名廬陵，是歐陽修的籍地，是文天祥的故鄉，更是楊萬里、解縉等人的故里，在這個人才輩出的土地上，我們經過歲月迢遞之後，間關來到，似是孺慕之情，開展千古凝望，我們的心情激動而莫名。我們在歷史雨雪風霜之後，看到晴霽的美景，臨在此地，感受前人所感，有一種與歷史相連接的快意。以行腳探勘地理名詞，汲引歷史深度時，我們才知道歷史迴廊中有無盡的夢與想、血與淚交織成一幕幕影像，供後人憑弔與緬懷。

安福縣文廟，雖然名列古蹟，但是所展示的僅是一座人去樓空的建築，除了塑像之外，我們無法想像當年此地是何用途，泮池乾枯，飛簷凋頹，僅有的建物，似要挽往歲月的滄桑，似要訴說千古奇情。但是，在烈陽下，我們似乎無所感應，在歷經文革之後，我們所見之景，往往重新構建出來的。

釣源古村仍保留傳統巷弄胡同的模樣，穿梭其中，歐陽姓氏，因為歐陽修而能名鑠千古。

歷史上，歐陽詢是書家，歐陽修是古文家，文學家，更是具有泱泱大度的政治家，在貶謫之際，仍然泰然自若，我們穿梭在歐陽姓的村落中，彷彿要感受曾經是名震一時的大姓，而今，卻只能在夕暮之際，感慨人事如煙，歷史如流，漫漶流過人文之野。

青原山淨居寺，是禪宗曹洞宗寺廟，也是七祖青原行思的道場，山門宏遠，曾是水路與陸路交會之處，現今，水路不見，唯餘敗草向陽。踏進體光和尚紀念館，素樸，靜默，肅穆，未知過去如何？如今面對供桌上的神牌位，感念一生生一世世的努力只換得最後一面長生牌位，人世流轉又如何？人生做為又如何？看在眼中，感慨萬世如夢幻泡影，事事無可爭無可求，個人悲喜亦應在此放下。不知為何，喜聽誦念佛經的音聲，有一種安心安穩、無求無欲的寧淡，環繞淨居寺，雖然寺廟簡樸，規模仍具，在七祖塔前，仍有百衲僧，不倒單的臨坐塔前，喝吃皆在此，其修持精進堪為一代大師。進得佛門，凡是聖凡皆應放下，心中的工作巨擔，是否也應放下呢？想著人世塵擾，常常嬰心而繞，來到此處，感受人世如電如露，何需營營呢？

白鷺洲書院，曾是江西重要的書院，今日改成中學，臨夏，仍有學子在教室苦讀，烈日高溫下，轉不動的電風扇，懸在空中作響，而莘莘學子們是否能夠感受到作為書院的讀書人的榮耀？在高溫之下，沒有冷氣，沒有電風扇，仍要定心讀書，看著學子們桌上堆滿了各種參考書及課本，可憐中國的讀書人，便是要「定靜安慮」才能有「得」，不過，播種總是期待豐收，來年，是否含笑收割，端在今日努力之中。

文天祥紀念館，記載文天祥一生行蹟，臨風灑然的玉姿，是中國人的傲骨，也是民族氣節的示現。而文天祥的紀念墓，卻需迢遞路程方能抵達。此墓是文天祥生前所選之地，可惜死於北京，傳說後人將其指甲、頭髮、衣冠葬於江西此地，一個他生長與想長終之地。在烈陽下，墓表鐫刻著氣節凜然的文字，我們迎向陽光燦爛的墳頭，拾階而上，每一階都有特殊的象徵意涵。正氣凜然的文天祥，生平未免顛波周折，在獄中仍寫出正氣歌，在旅次顛沛中仍完成集杜詩二百首，古人的風範與氣節在此可見。我們在悶熱的酷陽下，登臨墓碑前，看著字跡漫滅，想著南宋敗亡，浮屍數十萬，陸秀夫揹皇帝跳厓山而死，這是什麼樣的慘烈狀況呢？而文天祥親睹這樣浩瀚的滅亡，心中的感慨又何其深刻呢？長坡上長眠的文天祥，死時才四十七歲，但是千秋萬世之後的人們，將永遠記得他，紀念他，給他一個不朽的歷史豐碑。

吉州窯，在荒郊僻野之外，無法言說的悶熱，卻看到幾位青年男女仍然安然地坐在悶熱工場中描繪瓷器的粗胚。我們不動亦汗流夾背，想念台灣冷氣房的舒適。行走在吉安，如在江湖行走，什麼事皆可能發生，什麼事我們皆得應付，但是，我們最不能適應的是暑氣逼人，每天三十七、三十八度的高溫下，乾著出去，濕透了幾遍，再乾遍了幾遍地歸來，衣臭難當，尤其是，常常渴望著喝可樂，那是在台灣絕對不碰的飲品，只有氣味，而沒有口味的刺激性飲品，但是，經過高溫的荼毒之後，只渴望能手握著一罐清涼的可樂，仰頭暢飲，一解暑熱，從來不知道如此渴望喝可樂的暢快，從來不曾想像，可樂如此可人可愛，但是，想歸想，在荒野之中，既無可樂可解渴，仍必須在酷陽之下行走，於是，我們似是在沙漠中行走的駱駝，任重而道遠。

夕陽漸斜，我們拐進一條巷弄，爬坡登上土崗，尋找解縉的墳塚，這是一種什麼樣的情懷呢？在台灣，墳地是避忌之地，避之唯恐不及之地，來到大陸，我們不斷地在墳頭流轉，前年的辛棄疾之墓，蔣士銓之墓，去年劉光地，今年文天祥之墓，解縉之墓，甚至江南第一漢墓群，我們不知道為什麼，一直在尋找墳墓，一直在尋找遺蹤舊址，在尋找被破壞後重建的古跡，解縉的偉大，無可言說，因為文人是以著述傳世，他一生編輯永樂大典，卻隻字未存，使我們無以想像他的學說，思想，甚至於任何的豐功偉業，只能在墳頭看著碑刻銘文，看著後人嘗試為他留下的種種遺跡，作為前世往代與今人連接綰結的方式之一。墳頭外，打籃球的孩子們，看到一群觀光客來到，不曾畏懼地注視我們，淡漠地說了：「他們來看解縉的墓」。是的，我們是來看解縉的墓，但是，荒草榛莽之間，什麼是永恆？什麼是歷史？什麼是可以留存的？一代名臣，身後亦僅是墳頭一坏，那麼，還有什麼是可以讓我們懷想感念的呢？夕陽下的古墓，人群與荒煙漫草，加上歷史斑斑記載，形成一幅古今對照的圖景，歷史長流滔滔而下，而我們也如長河一般即將流逝在長河之中，所有的是非亦將在無可追挽中傷逝與消逝。

臨現永叔公園，未進紀念館，先看到狀元樓，一代文宗的紀念公園，感覺何其蕭條，尤其臨河而建，江河滾滾，漫草叢生，倍增歷史滄桑的感覺。烈日當頭，我們行走在少樹少林的酷陽下，與歷史之蔭，迴不相侔，塑像臨風在望，挺立風姿，卻一逕的顧盼自雄，來此瞻望者，面對歷史遺跡重建的景況，不知該憑弔的是眼前之景？抑是歷史人物的儒者風流？

踏進修歐修紀念館，展覽生平事蹟，以漫畫方式臨載各種事蹟，外面碑廊亦有今人之書法鐫刻在壁上，但是來來去去的人潮可以感受到什麼呢？在烈日下，少樹的公園內，除了我們一批遊客之外，鮮有居民留戀其中，是平常孺慕即可？亦是見怪不怪了？遠從台灣來此的我們，面對每一歷史勝景，都讓我們無限嚮往與想望，想要連接遙古的歷史，卻又不能與現代斷裂，在古今之間找個平衡點，安頓自己的想像，也留下姿影在夐絕的長廊中迴盪。

在永樂龔家村，祭祖的陣頭中，我們看到了血脈相連的人們，雖然睽隔五六十年，卻因為姓氏相同而綰結成一條綿長血緣。列陣成蜿蜒長龍，鑼鼓喧天，在揮汗如雨的村頭，我們繞行全村，來到祠堂前，鳴炮，擂鼓，跪拜，我們看到了最熱鬧的村民熱情的迎接，滿桌菜餚，上主菜時，尚吹響瑣吶，告知賓客主菜上來了，道道村民的菜餚，既辣且鮮，我們不慣辣，只能淺嚐即止，村民釀製的土酒，甘醇似蜜，我們未飲先醉。

農曆閏五月十六日，離鄉的子弟無法重回故土，早已埋葬在一海之隔的台灣魂魄，回不了曾是日日夜夜魂牽夢縈的故鄉，只能由子嗣代為祭祖，似斷似牽的血脈，在綿延的人世中，歷經滔滔的歲月，仍然溯源而來，如鮭魚之溯源迴流，終是要回歸到夢土之中，生命才有了根，落葉也才能安頓。

依臨贛江的是鐘鼓樓，是金牛渡，是古南塔，但是，誰能告訴我們，這些遺跡，可真是古人留存下來的嗎？未經過破壞嗎？渼陂古村，現存長約六百公尺的市街中，穿過長街，一條臨河傍水而建的古老石板街，究竟是不是杜甫的美陂，對我們不重要了。我們站在富水畔，感受歷史古渡的重要，也重新面對以水為生的市街，彷彿穿過悠悠的歷史，天光雲影盡在眼中，然而，歷史人物汰洗之後，究竟還遺留下什麼呢？

岳陽樓號為中國四大名樓之一，樓雖不高，卻臨江而立，氣勢儼然，面對浩浩湯湯的長江，我們能夠想起什麼嗎？滕子京的岳陽樓，范仲淹的樓記，以及先天下之憂而憂，後天下之樂而樂的悲天憫人的心懷？未曾親臨岳陽樓，卻能夠寫下千古奇文，其想像之豐富，咸令後世感佩，此非文字之美，更非樓景之美，而是一份文人對天下的關懷，成就了中國儒士的典範，我們臨江遠眺，想望范仲淹的襟懷，亦不禁自慚形穢。

當地理名詞轉換成腳下的行旅時，心中的悸動，不再僅是地理課本的江西，或是湖南。贛江，湘水，洞庭湖也不再僅是圖片而已，它成為烙印在腦海深處的影像，積澱成一簾幽夢，款款搖曳在夢鄉中。

曾經行走在吉安市街中，沿江路旁，兩排柳樹依依低垂，翠綠拂風，幽雅而有韻致，讓人沉醉在古城之中。

曾經行走在岳陽樓的迴梯之中，彷彿腳踏著歷史的圖騰，一步即是一個印記，深深地刻鏤在歷史的角落中。

曾經彳亍在君山島上，一個洞庭湖最大島上，娥皇女英之斑竹，柳毅之古井，宛然在目，卻又轉瞬成為歷史名詞了。

在煙塵中，走過黃塵飛索的市街或是人潮洶湧的市街，不管當年如何？而今只餘想像。遊歸，仍似夢如幻，走過的行影身姿，若非是影像留存，怕也只是一場夢境，虛虛實實地交映在現實與虛幻的邊境，令我無法想像，這究竟是一場夢？抑是一場現實？

蒙古行

貪吃好玩，成為我的代名詞。

為了到夢寐以求的內蒙古玩，先是和蔡所長說好，他去內蒙古大學交換客座講學時，再撥時間到內蒙古一遊，他可用主人的身分帶我暢遊，再和其他學者偕遊西藏，期程預計是五月到七月中旬。在此之前，須先將該處理的訪學論文公開發表及相關庶務處理妥當。為了旅遊，快馬加鞭追趕進度。

後來，發現蔡所長在內蒙古的時間，正是處理十二年國教及考選部諸多事情最忙的時候，而他的歸期正是我到歐洲參加漢學會議的時候，時間喬不攏，只好再另想辦法。

二年一度的文心雕龍會議敲定在內蒙古召開，從未參加龍學會議的我，為了貪玩內蒙古，遂報名參加會議。而赴內蒙古的台灣群組當中，共有二組，一是七月三十一日前往，八月九日歸來；我因為歐洲漢學會議預計七月三十一日才返台，不能立即銜接，遂另組一團，八月三日出發，十二日歸來，共有顏師一家四口，再加上秀美、我和惠馨。學弟賴欣陽則在機場和大家會合，這樣基本成員有八人，敲定之後，繳交論文，購買機票，了解內蒙古旅遊須注意事項。

由於腳傷未痊癒，為了出國，密集到中醫復健，針灸，並進行腰背推拿，希望能順利出行。同時，西醫囑咐骨頭須二個月才能密合，所以最好穿硬底鞋，避免腳去拐到。遂偕賢去買了一雙硬底的帆船鞋，讓行走能順利一點。

出發前，上網查看內蒙古旅遊必須注意事項，大家互通有無，包括天候溫差、飲食習慣、騎馬、騎駱駝應注意事項、蒙古人生活習性等等，事先也向顏師母請教要注意攜帶的物品等，不放心，再打電話給已歸來的蔡所長，詢問相關事宜，他特別叮嚀出遊找旅行社要小心，避免受騙上當。至於日夜溫差，只須帶薄長外套即可。另外，騎馬、騎駱駝，以及在草原、沙漠行走以褲裝為宜；防曬，須帶帽，防風沙須帶圍脖，等等。

一、呼和浩特

飛機抵達內蒙古呼和浩特機場時，心裡不禁高聲吶喊，我來了，內蒙古。以前，本系舉辦國際研討會時，有內蒙古學者到訪，那時，只覺得天高地遠，何時才能前往一遊，而且也想像是個不毛之地，到處是蒙古包，是草原，是不文明的處所。

結果，下飛機搭乘計程車前往龍學會議下榻的賓悅大飯店時，才知道高樓大廈林立，不是莽原叢林，不是遍地荊棘，就像前年到貴州，去年到青海，市中心皆是高度都市化的文明，不是我們想像中的地無三里平的貴州，也不是一眼望不盡的青海草原，在都會中心，儘是高樓大廈，與任何一個都會無所差別，唯一不同的是，市招，皆附有蒙文，而且有蒙古的圖案附列其中，才能讓人有身處蒙古之感。

二、將軍衙署

剛啟用，尚在試營運的將軍衛署，八點半開始贈票，我們抵達時，尚未九點，已大排長龍，在酷暑中靜等人龍前進。每一小時發放五百張門票，發畢，即須再候下一個時段。我們一行十餘人，有數位已拿到票了，尚有七八位須候第二時段發票，只見大媽、老先生們，搶排在已臨櫃的我們和售票口的空間，拚命擠，拚命擠，告訴他們，五百張票，一定可以排到，請不要擠，他們就是不聽，硬擠，讓我們非常火大，勸不走，又能奈何。難怪大陸常見標語寫著：做個文明人，文化人。真實見證。

花了很長的排隊時間，一踏進將軍衛署，甚為失望。新古蹟，有些建築工程尚未完成，只是試營運而已，處處是新造痕跡，談不上古蹟。雖然如此，既來之，則安之，拍照吧。就著各種窗、門、庭拍下類似寶來塢的動作舞蹈照片，顯示到此一遊，以及青春尚好。

三、龍學會議

第一次參加龍學會議，居然也被大會指派在第二分場擔任講評人。

大陸會議，行前未發議程，通常是報到註冊後，拿到論文集，才能知道自己被分派什麼工作？或是被安排在那一天、那一場次發表論文。習慣這種模式了，抱著兵來將擋，水來土淹的心情吧，沒有什麼大不了的。有些擔任講評的學者很有壓力，熬夜讀論文，希望評點中肯到位；也有一些學者熬夜趕打PPT，分外緊張。心想，何苦來哉，出來玩，就要儘量放鬆吧。

大會開幕式報告之後，必定會拍團體照，這個團照是見證出席者人數，也是表功的存證。大家紛紛起身前往安排好的地點拍照。依照座位席次，可見身分表徵，也是資深資淺的分水嶺。

團照之後，接著是大會宣讀論文。通常是安排資深或學養豐富的學者擔綱，我們同行的顏老師，當然也蒞臨大會宣讀研究成果。只是時間太短，十五分鐘，似乎無法演繹內容，只能略談重點。

下午，分組進行會議。全部與會學者近一百五十人，分成三組宣讀、討論。我被分派在第二組，另有黃維樑、義大利蘭珊德、陶禮天諸位資深學者。第一組似乎是台灣學者大集合，第二組只有四人，而第三組並無安排台灣學者。

我負責講評一場十篇論文，實到八人，有二篇有實質論文，六篇是即時宣讀發表，並無論文，我儘量聆聽，怕有誤聽，再針對每篇論文一一指出優劣。主持人說，我的即興演出非常到位。凡是參加會議或在學術交流場合，我會要求自己儘量表現、努力配合。

我又自告奮勇代表第二組進行大會會報。事先安排大家拍合照，準備製作成PPT，在大會投影給大家看。當然了，事先並不告訴大家此事，只是默默進行。對於這種大會會報模式，近一年來已進行第三會合了。第一次是去年九月在四川唐代會議，第二次是十月在廣西桂林的詩經會議。

在會報的前二小時，坐在大會堂聆聽學者發表論文時，才開始準備會報的內容，鉤勒重點。這次三組會報有二位是台灣來的學者，一組是秀美，二組是我，三組是大陸學者。二女一男，顛覆傳統。事後，崑陽師說，自告奮勇很好，這次二位很替台灣人爭光。

事實上，在報名龍學會議之後，心忖，第一次參會，一定要讓大家認識我，一定要好好表現，所以主動擔任分組會報人員，並準備周全，搭配PPT的照片，讓大家見識台灣來的參會者，不可小覷。果真，照片一播放，大家眼睛一亮，感受本組參與會議討論的立體效果。會報內容時，運用的策略是起承轉合，先述大家皆不敢代表本組進行會報，自己為回報大會的積極籌備會議，自告奮勇擔任會報者，再以感性話語朗讀研究龍學的重要性，三則宏觀說明本組的特色，出席、發表各有多少位，四則說明二十八篇論文可分為數種類型，一一細膩彙整並指出重點，最後感謝本組與會的資深及年輕學者們積極參與，並以照片說明本組進行討論時的溫馨場面，以及學術討論的敦厚懇切。

晚宴時，原本默默無聞的我，突然之間，大家陸續舉杯和我攀談，稱讚我，並說我的會報很精準、到味，也很特別，以照片看圖說故事的方式開創龍學會報的新局面，並說，以後，可能形成一種創新流行吧。

四、文青酒吧

晚上閒來無事，大夥一同到下榻賓悅飯店旁的內蒙古農業大學散步。月上中天，月圓，在晴朗的夜空下，分外清明。空曠寂寥的校園中，有我們十餘人參加龍學會議者信步其中，人群自動分成二組，一組是資深者，一組是年輕者；後來，年輕者提議到文青酒吧喝酒。雖然飽食且無酒量的我，居然為了一探年輕人的世界，也選擇前往文青酒吧，將一群資深教授拋在農業大學之中，逕自分乘二部計程車前往酒吧。

這是我從來沒有的經驗。我是個膽小且生活規律的人，沒有夜生活。頂多就是晚餐後到住家附近的公園散步，或是到家樂福購買生活用品，或是到百貨公司看電影而已，進出酒吧是生平第一回，尤其是在異地的內蒙古都會中心的賽罕區內。

繞過熱鬧的都市，計乘車停在僻靜的巷弄內，年輕人就著百度網站找到一家文青酒吧，我們一同踏進去，店內已有許多對談的年輕人，我們一行共有六人，找到最內裡靠牆的一桌，拉併桌椅便生下來。對於一壁牆琳瑯滿目各色的啤酒無所知，只能拍照，上面寫足了各種品類，而我只能點杯果汁來充數。

顏氏家族，顯然對酒頗有品味，看到了斷片，便直呼這是台灣看不到的吔。什麼是斷片，一無所知的我，只能從言談中體會那是一種會讓人喝了喪神的酒品。

大夥拿了許多啤酒，分喝，我也輕啜各種口味，然而，仍然是輕啜而已，並無狂飲之舉。年輕人們就著喝了些許的酒，便放開心情的進行對話，談紫斗數，談命理，談生活，尤其是欣陽說出了六年來的內心話，將與前妻的種種離合故事搬演一遍，而我們也起鬨，讓顏樞與欣陽以五十萬元喝了交杯酒，當然，這是戲謔之玩，二位男性怎麼可能喝交杯酒，何況二人性向分明呢！

加入年輕人的世界，看著他們肆無忌憚的喝酒，聊天對談，直到午夜了，大家猶意未盡，卻不能不回賓館了，十二點半才分乘二部計程車回去。清曠的夜街下，顯得清涼寂靜，而夜空下的明月分外清明可人。

一夜文青酒吧初體驗，才知道自己是個拘謹的人，不管走到哪皆是一個模樣。

害怕喝酒滋事，害怕上酒吧的都是不良份子，害怕午夜未歸，害怕，害怕，其實，是多餘的。在內蒙古的文青酒吧裡，讓我看到年輕人在夜裡另一個真誠吐真言的面貌。

五、錫勒穆仁草原

個性膽小的我，由於懼怕腳傷未癒，出國前已篤定不騎馬了，臨到草原上，看到馬群，看到大夥紛紛熱烈的想騎馬的熱勁，我也被喚起了童心，想騎馬體驗一下。我向牧馬人說，我很膽小，能否給我一匹小馬就好，牧馬人很體會我的膽怯，給了一匹小花，白色雜著斑駁的黑斑，扶持蹬上馬，並告知左右如何控引馬的方向。大家紛紛蹬上馬後，馬隊在牧馬人的牽引下，紛紛前進草原，預計進行一個半小時的騎馬活動，中途有三個點，一是敖包，二是草澤地，三是牧馬人家。騎在馬上，並無馳騁的快樂，只有擔心與膽怯，慢慢的走，幸好我的小花是匹溫馴的小馬，既不搶先，亦不落後，永遠走在馬群之中，這很合我的個性，不搶先鋒，也不落人後，慢慢吞吞地隨著馬群往前行進。一路讓我的擔心驚恐減到最低。到了牧馬人家，隨意喝了熱奶茶，吃了奶食，紛紛覺得很可口，買了幾包奶食，當作回家的零嘴。

在草原上，最高處往往是敖包，也是蒙古人信仰所在，前進敖包，也順著他們的習俗，由左向右順時鐘繞行三圈，保佑平安。

繞畢，在草地上拍照。

接著導遊安排我們入場看馬技表演。無論男女老少，騎馬是蒙古人的當行本色，為因應觀光需求，訓練出各種馬技，下腰拾物，雙馬並騎，攻戰，立在馬上前進，等等，讓我們驚呼連連，因為早上有騎馬的經驗之後，才能更體會駕控馬匹不容易。

晚宴，享受親王待遇的詐馬宴。用餐的我們全部穿上尊貴的黃裳衣，拍照，看表演，歌舞、馬頭琴的表演，精采可觀，可惜菜多冷食，似乎沒有想像中的禮遇與尊貴。

夜睡蒙古包，感受蒙古人的豪氣，然，建設已現代化了，和一般的旅館無異，只是外觀是蒙古包的形狀而已。

篝火晚會，因身體不適，畏寒，未能親臨上陣表演，甚憾。聽大家說，欣陽跳舞跳得很High。

六、成陵

成陵，是必遊之景，在宏偉的建築下，才能感受人的渺小，而駐立在成陵景區，與天甚近的雲天，倍覺是天的子民。仰視蒼穹，天如此藍，雲如此白，而天又如此與我們貼近，油然興發今日何日，此處何處之感。

成吉思汗，一代英王，成就跨歐亞的帝國，而今安息，徒令人感傷逝者如斯夫的悵然。

七、庫布其沙漠

沙漠的熱，不可形容。怕曬，全幅武裝，將自己包得密不透風似的。

騎駱駝，是新體驗，很萌很可愛的駱駝群隊在牧人的呼喝下行進。

在沙漠裡也體驗一些現代化的遊樂方式，包括沙漠飛鼠、滑沙、空中滑索等項。膽怯的我，央求被包在中間，不打前鋒頭陣，亦不作壓隊者，只要安安穩穩躲在中間就好了。

滑沙。當我們站立在一百二十公尺高處往下眺望時，立即投降說，我放棄，我放棄。隨著年輕人紛紛安然無事由高處滑下時，且又看著年近七十的老師都在玩滑沙，我才惴惴不安的跟著滑下，結果，並不可怕，自己的手掌，就是最好的快慢控制板，克服了懼高的恐懼。

空中滑索。徒手從此處滑向遠處的站體，中間是懸空的深谷，我也是克服心理障礙才敢隨著大家滑向彼端。

空中飛鼠。類滑水道的概念，只是滑的是沙道。乘著小機板，順軌道而下，速度很快，一度驚呼連連，最後平安抵達，才鬆了口氣。

最難忘的是，在沙漠玩起沙漠之舞，跳舞，拍照，渾然是沙漠子民似的。崑陽師也和我們一同表演千手觀音並拍照，珍貴的場景令人難忘。

八、輝騰席勒的黃花溝

東行，進入陰山山脈的輝騰席勒景區，整個視野更有不同於西部的草原。東部草長，景闊，花草較優美。尤其風力發電的圖景遍地皆是。我們就著草原之綠，努力捕捉迎風舞紗、飛跳的快樂，拍著各種沙龍照，重溫青春。

進入黃花溝，才有不虛此行的感覺。在蒙古大漠之中，仍有如此壯麗之美景，收攝我們的眼目。草綠山青雲白天藍，我們恣意飽覽風景，在峽谷中行進。北進南出，上上下下搭乘各種交通工具，馬車，滑索，接駁車，碰碰車，小火車等，讓草原之旅畫上美麗的印記。

九、蒙茶

米彥青夫婦宴請我們豐富的晚餐，意猶未盡，翌日，還帶我們品嚐蒙式早茶。

進入客棧，頗有豪邁氣度。喝奶茶，品茶食，吃餡餅，啖乳酪，風味獨特。體會蒙人特殊的茶飲。可能不慣，少了蔬果佐餐，有點油膩。想著，台灣人的早餐是什麼？具有傳統風味的中式早餐是稀飯、燒餅油條雖有，卻逐漸被西式的漢堡、三明治取代了，殊為可惜。

十、賦歸

一行八人，十天，因為龍學會議得以一遊內蒙古。欣見大沙漠，大草原，蒙古包及壯闊的黃花溝。歸來，猶念念不忘沙漠之舞及親愛的小花馬。

二〇一七年八月十七日

欣遊圓明園

曾經，一把火燒成斷坦殘壁；無從臆想她的風華艷絕。而我，終想一遊的御花園。

曾經，是清代末世中最美麗的園林，不斷地召喚我到此一遊。而我，終能一遊的名園。

八月七日，結束了詩經會議，到此一遊，既是夢裡徘徊不去的園林盛景，也是近代史上一個恥辱的印刻。

而今，我來了，似乎是泅過歷史的長流，隨著歲月款擺，臨現在這個歷史的津渡，不管過去多少的蒼桑，不堪回首記憶，而我只要此時此刻在此細細品味她的嫵媚，她的哀感，她的細顰，以及開展無盡的冥想。

湖畔，臨水的綠柳依依，寫進多少的風月，照進多少的古月今塵？

湖心，佇立的荷花亭亭，迎接多少的朝夕，映入多少的宮廷往事？

這些都不重要了，只要一畝翠荷，便能納進日月的光華；只要綠樹成蔭，便能留住躊躇的行跡。

至於斷壁殘垣復修之後的芳草芊芊，綠意盎然，於我，是不經意的照眼一亮，隨它吐納芳芬，收翕眼目，釋放形神。

臆想著，不論晴湖、雨湖、雪湖，總是收攝眼底最美的凝視；無論是日裡，夜裡，總是含納星雲明月的投影；無論是風陽雨露，無論是春夏秋冬，總能歌盡它最婉轉媚人的身姿，迎人顧盼，贏人注目。

如是，我來，在溽夏，在盛暑，順著歷史的軌道，泅著滿身的汗水，在此淋漓盡致地品賞她的風華，她的艷絕，以及一幕幕寫不完，訴不盡的故事，流衍在歷史的一隅。

二〇一四年八月十七日

側身在歷史的角落行吟

河間，是詩經的發源地，站在這塊哺育中華兒女的土地上，體契文學的燦然煌然，在歷經千百代綿長歲月之後，仍然熒熒發光。任憑朝代興亡起落，任憑時光悠悠，它仍然以睥睨之姿，傲視歲月的流轉，呼喚著千秋萬世之後的我們，凝視它的幽香清韻、它的傲然風骨。

悄立在詩經齋前，感受河洲關睢的寤寐思服；感受中谷葛覃的黃鳥喈喈；感受卷耳的懷人永傷；感受南有樛木的福履成之，這些，曾經，在字裡行間流蕩的文字，發想成河間濮上的綿長情意，臆想它的山形水影如何地間關迢遞，如何地風華艷絕，而我們，終能一遊在這個非古非今的的歷史勝景之中，藉由思古幽情，重新感受與契會。

沉吟。在歷史的涯岸中，喜見文學之炬，如熒熒之火發皇，永世薪傳；如兀兀燈塔高矗，指引迷津，讓我們得以泅過重重疊疊流光的曲灣海隅，臨現在這個既清芬沁心，又窈邃蒼桑之後的要妙勝境中，細細品賞她的盈盈風姿，她的低吟淺唱，她的畸笏索漠，她的婉轉惻人。

疏瀹。駐足在詩經齋前發想，渡越迷濛的歲月流域之後，在這兒還可以照進多少朗朗古月？傳釋多少瑯瑯吟咏？感蕩多少懷思情意？驚悸多少戰火煙塵？冥思多少哀感悲悒？不堪回首的朝代更迭，向我們索取無盡的冥想幽懷，在午後的悠然流光中，藉由重建的新古蹟，讓我們再一次逡巡在歷史的迴廊中，品味再三；讓我們再一次溫存在詩經溫柔敦厚中，諷誦成吟。

低迴。在斷壁殘垣復修之後的墓碑前，臆想著歷史的風華，以及它的蒼桑與芊眠，隨它收翕形神眼目。

如是，我們來了，盡致地品賞豔絕、複刻風華，重新演繹詩經裡的歡悲情愁。

如是，我們，側身在歷史的角落裡，行吟。

二〇一四年九月十二日

風清月白，酣醉陽澄湖畔

中國唐代文學學會第十七屆年會暨唐代文學國際學術研討會在蘇州大學舉行，與會學者有一百五十六人，分別來自韓、日、新加坡、港、台、大陸等地，在會場中，巧遇久讀其書而未見其人的學者，也知遇來自台灣各大學的學者，在台灣，忙碌讓大家各據一地，無緣相見，來到蘇州，大家用最欣悅的心情交談，聊生活，聊學術，聊行程，聊旅遊，無所不聊，似乎，短暫數日，擬將睽隔的歲月立即彌縫。共食共遊，共酒共話，將陌生化成熟稔的對談。

陳國安，號稱小安子，邀請學者們到陽澄湖畔晚宴，享用大閘蟹。在座二十一人，除主人小安子及張珊、顧先生外，我們皆是受邀參加晚宴的饕客。

喝酒總需要名義，才能名正言順，端出為趙昌平教授及呂正惠教授暖壽的「抬頭」，我們遂能舉杯高歌酣飲。

在座皆是中文人，飲酒作詩、吟唱，不遑多讓；此時與李白心境最貼切，大家吟哦著將進酒，呼兒將出換美酒，與爾同銷萬古愁，正是此時。

酒酣耳熱之際，大家吟詩，用韓、日、粵、閩、國語等語言，既吟且唱，氣氛由融洽轉為高亢，高談闊論，暢所欲言，暢所欲飲，忘記白天會場中的殺伐之氣，也忘記初識的靦腆，合桌共飲，相逢自是有緣，管它初識，管它酒精濃度五十二，或是九度，舉杯就是一種歡樂。

享用三白：銀魚、白蝦、白魚；享用蓴菜羹、大閘蟹，各種水產應有盡有，化作盤中飧，桌菜琳瑯滿目，無論酒品如何？不論酒量如何？酒興方濃，高歌歡唱，舉杯酣飲，最是人生快意，忘記歲月，忘記尊卑，酒前，大家既是尊者，也是王，也是后，無論位階，感受李白存在的逸興。

宴罷，徐行陽澄湖畔，享受風清月白，月影高掛雲天，月色倒映水中，蘆葦疏疏作響，幽靜的湖畔，僅我們一行人賞月，品風，遊湖，觀景，同是月色，卻覺陽澄湖畔的月色分外清明可人，分外清馨令人陶然。彷彿之間，我們是度越千古來到湖畔的詩人李白，吟哦著：蓬萊文章建安骨，中間小謝又清發。雖無高樓可對，卻依然可以酣歌暢飲。

享受美食，品賞美酒，銘刻美景，我們是李白的後裔，是酒國的傳人，在陽澄湖畔，傲骨如梅，享受每一寸悠揚快哉的酣暢時光。

二〇一四年十月十七日

蘇州大學印象

沒有高樓，只有平整的紅樓，襯著芊眠綠草以及拔地而立的梧桐、銀杏，讓整個校園如同沐浴在清涼的水風中，讓我們品賞襯著紅磚樓的藤蘿幽幽森森一如靜默無語的巧笑女子，正當對你嫣然回眸；而蓊蓊鬱鬱的綠樹恰似有了歲月風霜的老者正當徐步慢行於你不經意的佇立凝視中。

在這個如薰如醉的節候裡，感受秋風送爽，燦陽迎人，欣欣此生意，自爾為佳節，是的，美麗的季節當從微涼似薰的秋天開展。酩酊在秋風中，如痴如醉，是我們不醉也微薰的陶陶然。

東吳大學的牌樓仍在，標誌著校史更名的印記，而景海女子師範學院的古跡應是更古的遺跡。行走在靜謐如洗的校園裡，看不到現代化，只有一簾思古幽情巧然爬駐心臆。風華歲月，悄然在這兒盤桓，靜靜地流淌著年光的刻度。

藍天，白雲，綠地，紅樓，梧桐，銀杏，鐘樓，澄淡幽靜遠離紅塵喧囂，佇立悄然。古亭畔的悠然小坐，讓我們成為逸出時光邊境的偷渡客，遣度在流光的縫隙中。

且問，誰是行客匆匆？誰是過客悠悠？綿長的歲月裡，因著清寂而有了新的註解，我們既是過客，也是歸人，在錯誤衍成美麗之後，還能賸下一桁碎陽隨風款擺著胭脂般的酡紅，流醉在清狂的歌吟之中。

二〇一四年十月十七日

夢在烏鎮

原本不想參加三月份上海大學舉辦的詩禮研討會，因為與我的專長不相符應，但是，旅行社安排蘇杭及上海之旅，讓我有點心動。其中最吸引我的是烏鎮。似是千年呼喚，我一定要去，就是烏鎮，讓我改變不想去的念頭，草草寫了台灣詩經禮制研究綜述，希望能符合大會詩禮研究的範疇，讓我可以憑著一篇論文，飛到對岸進行文化之旅。

一踏進烏鎮西柵，整個人的心情變得很不一樣了。風土民情，讓我著實感受到古鎮悠然地在這兒臨風揮灑著歷史的扉頁。搭乘搖櫓到對岸，雖只有五分鐘水程，我們卻大排長龍，臨風枯候，等了三班船才搭上。

一上船，周邊的水影、古建築的遠景，一一在呼喚我們用清亮的眼眸張望，每一屋一磚，每一橋一水，每一黑白牆，寸寸縷縷，皆是古鎮的紋理，皆是用歷史文化打造出來的美感，似在傾訴無邊無境的思古幽情。流醉的心眼一一被深幽古意給點燃起來了。我們似乎乘著千年古船來到了夢的邊境，貪婪地享受著水風水影所幻化而成的千年古鎮。

每一步走在街道巷弄中，都彷彿是難以忘懷的舊夢，依依點醒歡樂的幽情。柳岸垂絲，碧水幽邃，拱橋向人，小船汎影，而我們就在斑斕的石板路上逡巡，踱步，拍照，在向光的小弄中，找到好的光影，立即按下快門。

迂迴在漫長的古鎮巷弄裡，青板石迤邐延宕在無盡的路頭，臨河的垂柳是陽光下的含羞佳人，款款搖曳柳姿。

步步行走，步步張望，深怕錯漏了美景。長長的水岸，似乎要引領我們過渡到夢的邊境，無悲無歡，只有沉靜的歲月靜好陪伴著古鎮的甦醒。

隨意漫步在染房四週，看著飄揚的水染布，徜徉在風的衣袖裡任意飄飛。

隨意沿著河岸蹁躚在葦芒之中，看著大戲劇院幽謐的清景，想像著戲劇節的鑼鼓喧天，想像著金戈玉振的歡樂美好。

隨意張望著店家販賣著各色舊時玩意兒，似乎也將一股深沉的思古幽情給召喚醒來了，柔美的旗袍，舒張的絹扇，流香的酥餅，龍飛鳳舞的字畫，以及茶香、咖啡香氣，宛然要留客多觀望駐足。

隨意臨灑的春陽，映照在河岸上，波光粼粼，瀲灩美好；順著風，順著水，著著實實地曬著溫暖和煦的春陽，看著白壁攀爬藤蘿，也婉轉成一幅美好的對話，在這個千年的古鎮中。

依依難捨，終要告別遠行。

夢，就留在古鎮，讓它發酵，讓它醞釀成一醅美酒，引領更多旅人遊客，到此尋夢，到此陶醉。

二〇一七年四月二日

七里山塘

悠悠的水色，妝點著江南水鄉。

七里的水岸，讓我恣意飽覽風光。

任性的南風，就是要牽曳款款流動的水流，讓舟舫順流而下；就是要牽曳裊裊的柳絲，翻動婀娜舞姿，讓我彷彿錯身在唐代的灞橋，臨別依依，思古悠情悄然襲上心臆，雲影悠悠，行水漠漠。

水的呼喚，讓我心甘情願做一個追風逐影的旅人，在七里的水岸，在人生的涯岸。行過一程又一程的水路，浮過一里又一里的水岸，迎風飄遙的水風水影，讓我時時注目，不肯放棄欣賞的眼眸，隨著水景一路追蹤躡跡，來到了山塘街。

我是旅人，是遊客，是騷人，也是墨客，定靜凝視著水風幡旗，所有的美麗是為了造就今日的造訪，馬蹄雖已不再，扁舟卻可成就一尊駐足張望之姿，在繁華的市街中守候與回眸。

信步在喧鬧的市街中，時有評彈悠揚的歌聲傳入耳膜，一曲難忘奼紫嫣紅的流水美眷而今安在？感念著，若有所失，竟然和友伴們錯身而過。找不到熟悉的身影，在異鄉，在陌生的異地裡，如何不緊張呢？

一個人焦急地駐立在繁華的市街中，張望著來來往往的熟悉身影或容顏，居然盼望不到一張熟稔的容貌如花開綻。如何是好？如何是好？鵠候在熙來攘往的人群中，我站在午餐的店家門口等候友朋回頭來找我，但是，等了近二十分鐘，未見熟人。

望不見李有成老師斑白的頭髮，望不見張錯詩人的岸偉身影，望不見紹誼老師的鴨舌帽，望不見振興老師的西式牛仔帽，望不見小康的身影，望不見璐璐的身影，望不見張丹，望不見紅衣女子，將所有同遊人的特徵形貌在眼底心中點數一遍又一遍，望不見就是望不見呀。唉！如何是好呢？

伶仃一人，如何是好，駐立艷陽下的我，宛如駐立在千朝萬歲之中，任憑流光悠悠流逝，而每一分每一秒對我皆是煎熬，和團隊走失了的我，只好問路前進地鐵站，大家預訂四點鐘回程，約在地鐵站集合，想不到大夥先帶隊前進，只有我孑然一人未知。落寞地前進地鐵時，遠遠看到紅衣同學在等候我，原來，大家先往地鐵前進，找不到我，派二人在街口等我，幸好，得遇紅衣，否則從山塘到廣濟南路轉臨頓路也是一番周折呢。

想，和團隊錯身而過，迷失在喧譁的市街之中，心情一如擊鼓鉦鉦，焦灼，緊張，而悠揚的崑曲、評彈的歌聲仍散播在市街裡，與我的心情成為反差對比。

七里山塘歸來，飽覽水景的眼目，不曾被迷路炫惑。大家再到下榻的全季飯店取行李要回上海，結果，到高鐵站，又是一趟驚魂的迷失記。

十六人分散在江蘇往上海的各個車廂裡，只有我一人在第四車廂，心想，下車，應該可以在月台集合碰頭，結果，終點站一抵達上海虹橋火車站時，如濤洶湧的人潮淹沒了熟悉的容顏，行色匆匆的旅客一潮一潮湧動，駐立在月台久候，望不到熟人，只好下月台出站。心想，大家應該在高鐵出口等我，或是在地鐵入口等我吧，結果，二邊久候十多分鐘，皆未望見熟人，如何是好？如何是好呢？

再一次，又在心中點數著同遊者的形影與特徵。望不見李有成老師斑白的頭髮，望不見張錯詩人的岸偉身影，望不見紹誼老師的鴨舌帽，望不見振興老師的西式牛仔帽，望不見小康的身影，望不見璐璐的身影，望不見張丹，望不見紅衣女子，將所有同遊人的特徵形貌在眼底心中點數一遍又一遍，望不見就是望不見呀。唉！如何是好呢？

沒有帶任何人的電話號碼，亦未能上網和大家微信聯絡，只好自立救濟。先看地鐵網狀地圖，確定地鐵二號線，往浦東方向前進，抵達江蘇站下車，步行約十分鐘到達下榻的美麗園飯店，心想，大夥一定會在大廳等候我，結果，整個大堂空蕩蕩的，只有冷氣輒輒作響。那麼，他們全部比我更早抵達飯店，且作鳥獸散盡了？

第二天，才知道，大家找不到我，等我，又聯絡不上我。很緊張。

為何我在月台、高鐵出口，地鐵入口皆等不到、看不到熟悉的人呢？仔細分析，應該是我的腳程太快，有幾位資深學者的腳力不好，慢步行走，才會彼此錯過。幸好，平安抵達飯店。

心想，如果在亂世之中，和親人走散了，是不是也是這番的焦灼呢？在顛沛流離之中，當如何倉皇與心焦？如何淒然與無助呢？

一天二次迷航記，真的很難忘。難忘七里山塘水色；難忘在山塘街繁華市街鵠立張望的焦灼；更難忘在高鐵、地鐵人潮如浪波湧的鵠候張望，將自己定成一尊守候的涯石一般，張望著千年萬年的潮水來來去去。

二〇一七年六月一日

上海經驗

有人說，心有多大，世界就有多大。

從上海歸來，我想大聲說，世界有多大，上海就有多大。

這個大，不是物質性的大，不是心靈想像的大，而是一種體驗，特殊的體驗。

繁華的市街中，清晨六七點，就有善男信女擎著清香，佇立在靜安寺的神像前膜拜。

還有一群人在靜安公園跳舞、打拳，信步閒走。老外，庶民，遊客麕集，像是一座都會的沼澤地，各種生物匯聚在此。

早上清閒的時間裡，還有一群在市街遊蕩的都會浪遊者，在肯德基裡談電話，看視頻。下午也有一群閒遊者在咖啡廳裡看書，品咖啡。

市街中隨時看到，匆匆行走的人們，也看到信閒散步的都會浪遊子，這種反差，齊會在上海的街頭上。

用餐時間，到處充斥了人潮。

地鐵，人潮洶湧，一波波流動，你只能順流而行。

高鐵，候車處，擠滿了南來北往的旅客。進站，出站，候車，是你無法用台灣的經驗想像。把台北車站人潮放大一百倍的想像，把北車站體放大一百倍的想像，進出各車站更有安全檢查。進匣門，必須大排長龍。這些規格是為了保障更好的人身安全。

用支付寶購物付費。

用微信談天說地。

馬路旁的人行道到處是共享單車，黃紅綠各自成形成列。

除了尖端科技之外，隨處讓你有驚喜的是名人故居，或是夾在巷弄之間，或是張皇在大馬路旁。杜月笙的東湖賓館、餐廳霸据上海繁華的區段。

這是一個有歷史的都會，上海租界地留下外國人的痕跡，用建築的型態張望著城市的變化。法國梧桐也是美麗的邂逅，隨處形成行道樹伴你而行。

呼吸之間，看不到藍天白雲，有的人閒步慢遊在都會中，有的人快步疾走，似要趕辦重要事情。每一個不同的行者，有不同的故事，在都會裡演繹著不同的心情記事。遊走在市街之中，彷彿重新體會三〇年代的老上海時期，重溫租界地的喧擾。

這一切，皆要造就一個都會的國際化。物質文明與世界接軌，包括消費力。而精神文明則要與歷史接軌，一個層層刮除的羊皮，可以裸露城市曾經走過的風華歲月，建築是觀看的視角，也是我們仰望的弧度。

繁華與孤寂同體演出都會的風情；科技與歷史共構一個時代的尖端與傳統。停佇上海街頭，可以用微茫的眼眸定視歲月的嬗變，也可以用急遽營求之眼端視科學滾輪的輾軋，在變與不變之間，間白，是我們的間奏；留白，成為深情的呼喚。世界有多大，上海就有多大，所有的意象濃縮在這兒，讓你諦觀凝視；所有的養份匯聚在這兒，讓你盡情吸吮、哺飲。

二〇一七年六月三日

上海電影博物館

早在二〇一五年時，紹誼老師便向我推薦上海電影博物館，由石川策展，他協助處理英譯部分，位於當年聯華製片廠的舊址。心裡想像著，舊址，應是一幅廢墟景象吧，而且幽暗不見天日。

參加胡金銓國際研討會，大會在五月二十八日下午安排二場活動，一是參觀電影博物館，一是參加張錯老師榮退懇談會，事先已安排我參加張錯懇談會，且已準備發言的資料了，遂未能參觀上電。這是很可惜的，因為由策展人石川親自導覽，想必精采萬分。第二天早晨，和台灣來電影館的睿穎對談之下，知道上電珍藏許多珍貴文物與照片，興發前往一覽的念頭。

五月三十一日，所有的與會人士陸續離開，或繼續留下來遊上海，我的班機是晚上七點五十分，尚有一整天的時間可以活動，和上戲博生張丹約好一同參觀上電，喜孜孜地，雀躍地搭乘計程車前往。

整棟博物館四層樓，必須從四樓開始參觀，逆反一般從一樓開始盤旋而上的參觀路線。踏進四樓，先要讓大家感受親臨星光大道的氣圍，一踏上燈飾紅毯，立即有觀眾歡呼聲、鼓掌聲夾道歡迎，想像自己是位馳名世界的國際大明星。

四樓最特色的是電影名人牆，每位曾經在電影史上留名的明星、導演、製片、劇作家，甚或是電影推手，皆有經典的照片嵌在牆上，甚至牆中間小幅景象輪播精彩的電影畫面，向偉大的演員致意。看到了張愛玲睥睨群倫的孤高照片，看到了馬路天使的趙丹，白楊，看到了胡蝶……對於早年電影相當陌生的我，經由學生如數家珍的導覽，讓我感受曾經風光一時的上海影業。

展場中間還有最被忽視的播音員的影像播放，他們侃侃談論自己對播音事業的理念與尊重。數面電影劇照牆，依時間先後排序，最後一面牆，還看到了張菲，成龍，鞏俐等人，重慶森林、霸王別姬、警察故事等影像似乎從心底浮出地表。

學生指著暗黑展場中一些特別的劇照，一張張為我解說他們的電影，以及生平逸事，阮玲玉與胡蝶二人一坐一立相依搭的塑像讓我印象最深刻，立著的胡蝶目光如炬，熊熊似焰，人生正是前途似錦，而阮玲玉幽傷的垂頭低顰，正陷入愛情的困境之中，二位絕代風華的女子不同的氣勢，展現了迥異的人生態度，最終阮玲玉走不過情關，以二十五歲芳齡香消玉殞。

每位曾經叱吒風雲的電影從業人員，只能有一張劇照，那麼策展人如何挑選，在這兒頗見慧心巧構，精心設計的電影牆，讓我們透過一張張黑白照片隨著影像進入時光隧道，也是讓我們留連忘返的區域。想著一生豐富的經歷，也僅能用一張照片呈現，人生，真如蝶夢，真如南柯。

展場播放著周璇的歌聲，帶著我們進入三〇年代的老上海，音律起伏，旋律悠揚，懷舊情懷爬上心臆，盤據著思維，想像著這些歌聲陪伴著中國人渡過了租界日戰時期。

繼續參觀三二樓的展場，時光一直往後退，我們是乘著逆光機回到舊時上海，各種電影海報的宣傳，電影畫報的出品，報章雜誌的廣告，如何以魅惑的文字圖像吸引人們的目光駐足，並且化為動力走進電影院，看到這些廣告，充滿了力與美的結合，有勵志的庶民小敘事，有愛國的宏大史詩的氣勢，更有男女情愛糾葛的纏綿。展場也還原一江春水向東流的場景，栩栩生如的人物出現在不同的場景裡上演複雜的人性矛盾。人生，就是如此，從對立面才能看到更真實的自己所扮演的角色。脫開一層，才能讓我們真實的看到人生百態。

良友畫刊呈現搔首弄姿的女子封面，吸引目光，如何風華絕代，如何輝煌一時，至此，也僅是畫面留影，曾經滄海難為水，而今，巫山仍舊是巫山嗎？

三毛流浪記在展場中輪播，也是反諷的手法演出庶民的心聲。突梯滑稽的造型，莫非就是要製造詼諧的笑場，雖是輕鬆可引人發笑的影像，內裡卻含蘊著譎諫的溫柔敦厚的婉約。

謝晉燃燒生命火光，為我們照亮電影的光芒，輝照著我們，透過影像，讓我們永遠感念這位偉人的電影人。

走過動漫區，感受另一種畫時代的新科技，與懷古無關，與念舊無關，題材雖是取自傳統的西遊記，但是輕鬆浪漫的畫面與塑像就是要博得孩子們的青睞，讓孩子們感受傳統往下扎根的可能性。

走過一區又一區的展場，最難忘的是電影牆的電影人物，每幀黑白照片皆是他們用盡一生氣力努力去羅織的影業人生。

回首，只能看到他們凝視著後代的我們。

回眸，我們能繼續留下什麼，讓後代子孫看見我們的努力？

博物館結合最新科技，檔案夾以電腦動態取拿的展示方式，讓我們驚喜，電腦科技進駐，不僅此，還有電影場景還原的機智問答，藏在劇照中的畫像隱然是一幅電影的縮小版播放，還有小朋友可以動手玩的各種道具，播聲的工作等等，讓我們驚呼策展人的巧思，不僅讓我們回歸到舊時的上海時期，也迎向最新科技的前端，懷舊復古與時代摩登同體演出，一體兩面，深深著迷，我們從十點入館一直到下午一點多出館，意猶未足，礙於時間，只能匆匆作此一覽。悠悠的周璇的旋律，浮晃的樂音，一一在腦海中盤旋，而影像則悄然在心底沉澱。

二〇一七年六月二日

張愛玲故居：常德公寓

什麼樣的誓言，造就傾城之戀。
什麼樣的盟約，邂逅臨水伊人。
什麼樣的承諾，瞥見綠水驚鴻。
閱讀，反芻，金鎖記的曹七巧，躡步行來；張、胡愛戀成就一場負心的故事。蘊積在心底的湖水終要汲水而飲。

紹誼老師指著某個方向說，到張愛玲故居很近的，一定要去走走。

尋訪張愛玲，成為命定的必然。

在常德公寓前拍照留影，是為了見證到此一遊？抑是見證曾是張迷？

走進樓下的咖啡廳，臨在南京路上的繁華地段，文青們三三兩兩散坐開卷閱讀著書報，而我們也興奮地坐在這個彷彿有歷史意味的咖啡廳裡，感受張式的存在。

點杯傾城之戀、六月新娘，宛然之間，酸甜滋味也是張式的心情流轉。

一本書的高度必須有多高，才能形成紅學如海。像紅樓夢，在學界的研究、在庶民的日常生活中，形成另一種存在的生活方式。有人終其一生只研究紅學，活得很自在昂然。也有人以紅樓人物存活在世界，也很坦然自適。更有許多紅樓夢的文創商品因應而生，這種影響力，比起李杜王孟更具現實價值。

一個人的才情有多高，才能形成張迷互相睥睨、張望學習？舉辦過多屆張愛玲的國際研討會，見證她的影響力。而另一批有才情的善男信女，以張氏為膜拜對象，無論筆力或思維，無一不模仿張式成就另一種迷狂愛戀。更多的男男女女或許心中各自住著一個范柳原與白流蘇，演繹新的傾城之戀。或許住著一個佟振保與紅白玫瑰，流轉著新的意緒情懷。

坐在咖啡廳裡，想像著紅塵滾滾裡的悲歡離合，想像著紅白玫瑰的心境變化，想像著，一切如煙如塵，如夢似幻，而我們繼續在今生今世裡展演自己的歌悲愉泣、生老病死的故事。

暫將門外的艷陽閉鎖在一杯濃郁的酸甜飲品之中，讓我們隨著輕柔的樂音滑進思古幽情的時空中，短暫地銷魂在張氏的天才迷夢裡。

二〇一七年六月三日

社會生態池：靜安公園

位於上海繁華的南京西路上有一座靜安公園，與靜安寺對街而立，二個景點隔街呼喚，交通便利，是地鐵二號線的靜安寺站。旅客到此，可以同時滿足二個景點之旅。

靜安公園佔地三・三六萬平方公尺，原是一座上海公共租界工部局建靜安寺路公墓，後改造成都市之肺的綠色公園於一九五三年對外開放，一九九八年重新改建，於一九九九年竣工對外免費開放。

臨路的地鐵出口旁有造景的流泉，另一側則是一個深邃的舞台廣場，是年輕人麕集的地方。踏進綠林成蔭的公園，整個心情也跟著緩和起來了，與外面市街的喧囂擾攘形成反差，隨處可看到打拳、舞扇、擊劍、耍棍、跳舞的民眾們隨著音樂律動，各自成群地據地鋪陳自己的動力，有古有今，不相違合，同體在綠蔭下翕合動作。也有閒閒散散的遊客，三五成群地逡巡，更有悠閒的居民坐在樹下的椅子上閒聊。

最吸引眾人的目光是每週固定的時間裡，有禪舞群體聚集在此跳舞。所謂禪舞，就是播放禪樂，舞者任憑自己的想像，自由自在的隨著音樂起舞，沒有固定的舞姿，沒有制式的手勢，每個人如蟬，如鶴，如松，如花，如草，偃、仰、仆、張、抬、放，各有姿勢地擺動自己的肢體隨樂律動，在這兒，看到了不同年齡層的民眾舞動肢體，不同國籍的旅客駐足觀望，在光影的照映下，彷彿是隊仙人群舞，讓您驚訝無一律動的肢體是重複的，無一擺動的手勢身姿是相同的，因為每個人用肢體詮釋的禪意各有不同，呈現出來的感受也迥然不同。

定靜地觀舞，將佛國的時光留駐於此。

再步上台階，在涼亭的一隅，有個傳統戲劇演唱的小團體，約莫五六人兀自拍打、敲擊、拉著絃索演奏著音樂，讓歌者隨著旋律唱腔演繹故事文本，嘹亮高亢的歌聲一直盤旋在公園的上方，似有直上雲霄之勢。唱者輪流演繹，拿著麥克風將自己的心緒隨著唱曲劇情而婉轉起伏，我們也流醉在迷人的旋律中幽然恣肆。

再往湖畔行去，環著綠湖有一彎咖啡座，供人駐足品賞午後的悠然時光。時見老外或遊客愜意地躺在木棧上，或閉目小憩，或並肩閒話，或垂足晃蕩著腳丫子，或聽著耳機的音樂，各自展示自己最悠然的神態，留連在這座綠意盎然的公園裡。

這座臨街的公園裡，彷彿是喧譁都市逸出的一塊人間樂土，吸引各地旅客駐足遊賞，磁吸市民們到此開展悠哉的浮生閒情，它是一座社會的生態池，吸納吞吐各地遊客到此一遊，也含蘊市民的日常起居生活。各自用自己歡喜的方式進入這座都市之肺，各自在這兒展演生命的情境，將汲汲營營的忙碌拋棄在外，在這兒釋放繁華忙碌之後的壓力，也在這兒吸收生命的正向能量繼續往未竟的旅途前航。

二〇一七年六月三日

紫金庵

向陽的照壁
是你的笑意盈盈

映襯著燦陽初綻
幽行如舟
我是划行的舵手
總要向著百千萬劫恆河沙裡
尋訪你的姿影
讓我在永世無盡的輪迴中
因著你的存在而願意流轉在千重天裡
只為了和你重逢
和你敘舊

（紫金庵位於洞庭東山西卯塢內，有四百多年歷史）

二〇一四年十月十八日

拙政園

秋意漫灑　芳徑躅躇
向晚時分的芙蓉花顏
一方是艷白　開綻盈盈笑顏
一方是萎紅　濃縮暗暗哀顏

是我複雜難遣的心情

站在水榭旁
臨水召喚的是
傷心橋下春波綠
曾是驚鴻照影來
駐立花台　是花影盤桓
掩不住流逝的春光
挽不回粼粼的秋光
在殘荷中聽取可能的雨聲
而此時無雨
以心為雨
落在相思的海裡
也許　無人回應
靈台透過光影
招我以秋光的蹌踉
臨光臨影　臨著銷解的年光
未知臨光的我們將要與
何世代的詩心

對照相同的影像

二〇一四年十月二十六日

木瀆古鎮

悠悠散散的水流
訴說著源遠流長的身世
而臨流的楊柳依依
卻要挑逗情愁
裁剪成形

款款的深情在睫
一望成永世的輪迴
讓我甘心成為你的獵物
成為你永世難遣的情人
且讓你清清楚楚地閱讀我的心　我的情
明明白白地了解我的哀　我的悲
在這個秋陽燦艷的晴光下
宛然成愁的秋心

無可迴避地張揚著
與你隔水對望
感受你的波流　你的清淺
幽情如舟　臨流擺渡
讓所有的奇哀在骨的感傷
銘刻在蒼桑裡
讓所有的流水嘆逝的悲吟
流轉在冥冥漠漠中
只因為你的身世
與我邂合成天荒地老的纏綿
（木瀆古鎮，是水鄉古鎮，有二千五百年歷史，內含嚴家花園、古松園、虹飲山房、榜眼府第、靈岩山館等私家林園。）

二〇一四年十月十九日

陸巷古村

也許　石巷迂迴
是剪不斷的離愁

嵌在依依難捨的關口
青石向晚
有你的音聲留駐在歲時的邊境
而我是尋訪你的知音
歷越千秋萬世
走過海枯石爛
也要向著你的方向前進
在麻姑的喟嘆裡
記得你的溫存
蜿蜒在每一寸的思念裡
（陸巷古村，位於太湖東山後山，成於南宋）

二〇一四年十月十八日

寒山寺

是你　用悠然的鐘聲呼喚我
在渡船口　幽幽恍恍
未辨究竟是前世抑是今生

聞見你　是一生的纏綿
始自女媧煉石　而我無才補天
僅能在盤古化成的河山裡逡巡
在流淌的骨血裡取暖

跨過津度　可以知遇你
且讓我站在江楓橋畔
痴痴傻傻地注視
你蒼蒼茫茫的殿宇皇皇
一如衣袂飄飄策杖徐行的吟者
矗立在風宇水榭裡回望
而我的輕顰宛轉成舞踊的長嘆
糾纏成蝶夢人生　舞影翩翩

聽聞你的度化
但願浮岸而出的水蓮
是最虔誠的祈禱
種植在想念的心湖裡
亭亭如鐘　迎風叩首

吟哦著鳳兮歸來
而我仍然清狂如痴地向你注視
恍恍幽幽　未辨是今生抑是前世的因緣

二〇一四年十月十七日

雕花樓

細數你的紋路
每一道都是深情的鐫刻
俘虜成眼目張望的剪影

站在樓頭觀賞你的精緻
在無數的花朝月夕之後
與你對望隔雨望冷的悵惘
是我永夜的夢迴

深知身在情長在
而我竟究是流轉在那一個世代裡邂逅你

一如翩翩舞踊的彩蝶
只為了停駐在你愴惶回望的春心裡

（雕花樓又名春在樓，有江南第一樓之稱，位於蘇州太湖景區東山鎮紫金路，建於一九二二年，站地五千多平方米，動用二百五十名香山幫工匠，耗時三年，耗資十七萬兩銀元完成。內有雕刻三千八百五十四幅，含木雕、磚雕、石雕、金雕、泥雕等，是大陸國家級非物質文化遺產。）

二〇一四年十月十九日

呼喚

你用清新的山水呼喚我
希望我走進那一片湛藍的海天之間
享受塵囂外的海闊天空
盡情在山水之間釋形凝神

於是　延著蜿蜒的北海岸線
走進了可親的礁溪
漠漠水田映襯翠綠的樹影

列陣歡迎的蘆荻迎風鼓曳
將秋光剪成一段美麗的溫存
留在海風之間

是海潮將沙灘的足跡抹平
我們的足跡也將任憑海潮波波淹逝
而所有生命的故事
終將流進歷史潮流中淪逝
此生此世
我們的故事
也只能在午夜夢迴時流轉

只能任生命不斷地流轉
流轉的輪迴啊
又將帶我們進入何世何代去輪迴
又將在何世何代可以再知遇你
在海宇天風中聽取你溫柔深情的呼喚

二〇一六年十一月二十八日

語言文學類　PG1928　秀文學12

流眄

作　　者／林淑貞
責任編輯／劉亦宸
圖文排版／周好靜
封面設計／王嵩賀

發 行 人／宋政坤
法律顧問／毛國樑　律師
出版發行／秀威資訊科技股份有限公司
114台北市內湖區瑞光路76巷65號1樓
電話：+886-2-2796-3638　傳真：+886-2-2796-1377
http://www.showwe.com.tw
劃撥帳號／19563868　戶名：秀威資訊科技股份有限公司
讀者服務信箱：service@showwe.com.tw
展售門市／國家書店（松江門市）
104台北市中山區松江路209號1樓
電話：+886-2-2518-0207　傳真：+886-2-2518-0778
網路訂購／秀威網路書店：http://store.showwe.tw
國家網路書店：http://www.govbooks.com.tw

2018年1月　BOD一版
定價：440元

國家圖書館出版品預行編目

流旳 / 林淑貞著. -- 一版. -- 臺北市：秀威資訊科技, 2018.1
面； 公分. -- (語言文學類 ; PG1928)(秀文學 ; 12)
BOD版
ISBN 978-986-326-501-6(平裝)

855 106021430

讀者回函卡

感謝您購買本書，為提升服務品質，請填妥以下資料，將讀者回函卡直接寄回或傳真本公司，收到您的寶貴意見後，我們會收藏記錄及檢討，謝謝！

如您需要了解本公司最新出版書目、購書優惠或企劃活動，歡迎您上網查詢或下載相關資料：http:// www.showwe.com.tw

您購買的書名：＿＿＿＿＿＿＿＿＿＿＿＿＿＿＿＿＿＿

出生日期：＿＿＿＿年＿＿＿＿月＿＿＿＿日

學歷：□高中（含）以下　□大專　□研究所（含）以上

職業：□製造業　□金融業　□資訊業　□軍警　□傳播業　□自由業

□服務業　□公務員　□教職　□學生　□家管　□其它＿＿＿

購書地點：□網路書店　□實體書店　□書展　□郵購　□贈閱　□其他

您從何得知本書的消息？

□網路書店　□實體書店　□網路搜尋　□電子報　□書訊　□雜誌

□傳播媒體　□親友推薦　□網站推薦　□部落格　□其他＿＿＿＿＿

您對本書的評價：（請填代號　1.非常滿意　2.滿意　3.尚可　4.再改進）

封面設計＿＿　版面編排＿＿　內容＿＿　文／譯筆＿＿　價格＿＿

讀完書後您覺得：

□很有收穫　□有收穫　□收穫不多　□沒收穫

對我們的建議：＿＿＿＿＿＿＿＿＿＿＿＿＿＿＿＿＿＿

請貼
郵票

11466
台北市內湖區瑞光路 76 巷 65 號 1 樓
秀威資訊科技股份有限公司　　收
BOD 數位出版事業部

....

（請沿線對折寄回，謝謝！）

姓　　名：＿＿＿＿＿＿＿＿　年齡：＿＿＿＿　性別：□女　□男

郵遞區號：□□□□□

地　　址：＿＿＿＿＿＿＿＿＿＿＿＿＿＿＿＿＿＿＿＿

聯絡電話：(日) ＿＿＿＿＿＿＿＿＿＿ (夜) ＿＿＿＿＿＿＿＿＿＿

E-mail：＿＿＿＿＿＿＿＿＿＿＿＿＿＿＿＿＿＿＿＿